KB139322

어느 중년의
일상 탈출
고백서

Confessions of a Middle-Aged Runaway: An RV Travel Adventure
Copyright © 2019 by Heidi Eliason
All rights reserved.
HeidiEliason.com

Korean language edition © 2020 by The Covered Book
Korean translation rights arranged with Heidi Eliason through
EntersKorea Co., Ltd., Seoul, Korea

이 책의 한국어판 저작권은 (주)엔터스코리아를 통한 저작권사와의 독점 계약으로
탐나는책이 소유합니다. 저작권법에 의하여 한국 내에서 보호를 받는 저작물이므로
무단전재와 무단복제를 금합니다.

어느 중년의
일상 탈출
고백서

하이디 엘리어슨 지음 | 이길태 옮김

탐나는책

사랑하는 딸 캐미와 엄마에게 이 책을 바친다.
강인하고 독립적인 딸이 지지해 준 덕택에
이번 여행을 감행할 수 있었다.
엄마는 당신의 방랑벽을 그대로 닮은 나의 꿈을 이해해 주셨다.

차례

그린 몬스터

|

2006년 8월

인생은 안전지대 끝에서 시작된다.
— 마이클 하얏트*

    나는 휘둥그레진 눈으로 그린 몬스터를 물끄러미 바라보았다. 잔뜩 들떴던 마음이 두려움으로 바뀌었다. 첫 운전 교습을 받으려고 강사와 잡아둔 약속이 방금 취소되었다. 이 어마어마한 크기의 캠핑카를 운전할 방법을 가르쳐 줄 다른 사람

---

* 미국의 작가이자 팟캐스터, 블로거, 연사로 리더십과 계획 및 목표 설정에 관한 여러 책을 저술함_옮긴이

이 있는 것도 아니었다. 반짝반짝 빛나는 9미터 길이의 새 캠핑카는 측면에 두 가지 색조의 초록색 줄이 있었다. 캠핑카는 신중하게 생각해서 살 수밖에 없는 물건이었다. 하지만 나는 그것을 내 소유로 하기 위해 망설이지 않고 점선 위에 서명을 하러 왔다. 그리고 나면 캠핑카를 몰고 로키 산맥을 넘는 일만 남았다.

눈앞이 캄캄했다.

나는 잠시 걸음을 멈추고 심호흡을 했다. 라스베이거스 RV Recreational Vehicle(침대와 주방 등이 갖추어져 그 안에서 생활하면서 여행을 다닐 수 있는 레저용 자동차_옮긴이) 공원 사무실의 로비로 들어갔다. 방금 내 캠핑카를 끌고 온 마이크를 만나기 위해서였다. 마이크는 삼십 대 중반으로 붙임성이 좋은 사람이었다. 캠핑카 구매를 위한 서류 작업을 마무리하면서 나는 마이크가 제시한 서류 몇 장에 서명했고, 그는 과장된 동작으로 내게 자동차 키를 건넸다.

"이제 완전히 고객님 차가 되었군요. 축하드립니다! 여행을 계획해 두셨어요? 아니면 주말에만 여행을 하시고 다시 직장으로 복귀하시나요?"

마이크가 물었다.

"돌아갈 직장이 없어요. 얼마 전에 일도 그만두고 집도 팔고 갖고 있는 물건도 다 처분했어요. 1년 동안 쉬면서 캠핑카로 여행만 할 계획이에요."

"우와, 고객님 혼자서요?"

마이크가 눈썹을 치켜 올렸다.

"나와 반려견 둘이서요."

"용기가 대단하시네요. 행운을 빕니다!"

마이크는 나와 악수를 하고 일어섰다.

나는 문을 향해 성큼성큼 걸어가는 마이크를 바라보았다. 순간 운전 교습이 취소되었다는 사실이 떠올랐다. 다짜고짜 마이크를 향해 몸을 내던져 그의 두 발목을 붙잡고 싶은 충동이 일었지만 그만두었다. 잔뜩 긴장한 채 잠시 시운전을 두어 번 했을 뿐, 캠핑카를 몰아본 경험은 전혀 없었다. 운전 경험이라고는 도요타와 혼다 소형 자동차를 몰아본 게 전부였다. 그러니까 대형 차량을 운전해 본 적이 한 번도 없었던 것이다. 내 주위에는 운전을 가르쳐 줄 사람도 없었다. 앞으로 이 거대한 자동차에 내 승용차를 연결해서 다녀야만 했다. 그 말은 곧 길이가 13미터도 넘는 차량을 운전해야 한다는 뜻이었다. 더구나 나는 그 차로 후진할 줄을 몰랐다. 견인장치를 사용하는 경우에는 후진할 때 승용차가 끌려가면서 변속기에 문제가 생길 수 있다. 캠핑카로 후진할 수 없었기 때문에 그렇게 큰 차를 운전해야 한다는 것이 부담스러웠다. 거기에서 받는 스트레스가 이만저만 아니었다. 주차장이나 주유소에 차를 대면 나갈 때는 앞으로 가야 했다. 당장 운전 교습을 받지 못한다면 앞으로도 교육을 받을 일은 없을 터였다. 그런데 이런 상황에서 마이크까지 그런 몬스터를 나에게 덩그러니 떠넘긴 채 떠나가려 하고 있었다.

"잠깐만요!"

나는 마이크를 불러 세웠다.

마이크는 돌아서서 어리둥절한 표정으로 물었다.

"제가 뭐 빠트린 거라도 있나요?"

"아니, 그, 그게……."

나는 말을 더듬거리며 시간을 벌었다.

"혹시 헤어지기 전에 저한테 해 주실 조언이 없나 해서요. 예를 들어 이 차를 다루는 방법이라든가……."

내 목소리에 어려 있는 망설임, 그리고 갑자기 내게 엄습한 불안감을 마이크가 눈치 못 챌 리 없었다.

"걱정하지 마세요. 잘하실 거예요. 이런 차는 정말 튼튼하거든요. 그냥 신나게 즐기세요."

마이크가 미소를 지으며 말했다.

나는 숨을 죽이고 있었다는 사실을 망각하고 숨을 크게 내

쉬고는 마이크를 향해 살짝 미소를 지어 보였다.

"고마워요."

나는 떠나가는 마이크를 지켜보다 그린 몬스터 옆을 천천히 걸었다.

"이제 너랑 나 둘뿐이구나."

나는 소곤거리듯 말했다.

"앞으로 내 말 잘 들어야 해."

덩치가 산만 한 녀석은 아무런 대꾸도 하지 않았다.

그때가 2006년 8월이었고, 내 일정은 빠듯했다. 다음 날 라스베이거스 공항에 가서 스물한 살인 내 딸 캐미를 차에 태울 계획이었다. 그런 다음 내가 성장한 미네소타 주로 곧장 가서 부모님을 만날 예정이었다. 캐미는 샌프란시스코 베이 에어리어(미국 캘리포니아 주 서부에 있는 샌프란시스코 만 지역_옮긴이)에 있는 직장에서 고작 일주일의 휴가를 받았다. 그래서 나는 지체할 수가 없었다. 운전 교습을 받았든 안 받았든 길을 떠나 앞으로 3,000킬로미터를 달려야 했다. 나는 승용차에서 작은 보더콜리 믹스견(바이킹족이 영국의 스코틀랜드로 들여와 개량한 목양견으로 지구력과 순발력이 뛰어난 최고의 양치기 개_옮긴이) 라일리를 꺼내 다시 캠핑카로 걸어갔다. 라일리를 조수석에 앉힌 후 앞으로 빙 돌아 운전석으로 갔다.

"내 계획을 망칠 생각은 아니겠지?"

나는 그린 몬스터에게 주의를 주고는 문을 열고, 막대 손잡이를 붙잡고 운전석에 올라탔다. 차 앞 유리를 통해 주차장에 주차된 승용차들을 가만히 내려다본 다음 라일리를 힐끗 보았다. 기대에 부푼 녀석은 영리해 보이는 갈색 눈으로 나를 바라보았다. 귀여운 라일리의 얼굴은 대부분 갈색이었다. 코 오른쪽 흰색 부분에 주근깨가 나 있고, 코에서 이마 위까지 눈 사이로 이어진 가느다란 흰색 줄이 있었다.

"이렇게 높이 앉아 있으니까 훨씬 더 잘 보이는구나."

내가 라일리에게 말했다.

"좋은걸."

라일리도 나와 같은 생각인 것 같았다.

"꽉 잡아, 출발한다."

심호흡을 하고 시동을 걸었다. 그러자 새 자동차에서 으레 나는 냄새가 콧속 가득 들어왔다. 그린 몬스터의 E-550 엔진이 요란한 소리를 내며 살아났다. 나는 변속 기어를 드라이브에 슬며시 넣고 거울로 몇 번이고 확인하며 고객용 주차 공간에서 천천히 나왔다. 나는 별다른 문제 없이 주차장에서 야영지로 차를 몰고는 안도의 한숨을 크게 내쉬었다. 난생처음 캠핑카를 몰고 1킬로미터를 무사히 달렸다!

풀스루 야영지pull-through site(대형 차량을 후진하지 않고 출입할 수 있는 야영지_옮긴이)를 예약해 두기를 잘했다. 여기서는 직진만 하면 되고 차량을 후진할 필요가 없었다. 그런데도 차의 폭이 워낙 넓다 보니 야영지가 도살장의 활송 장치(재료를 미끄러뜨리듯 이동시키는 장치_옮긴이)처럼 좁게 느껴졌다. 내게는 그린 몬스터를 살살 구슬려 로키 산맥을 넘어 미네소타까지 가야 할 책임이 있었다. 그리고 그것은 첫 목적지에 불과했다. 내 계획은 차를 끌고 전국을 돌아다니는 것이었다. 갑자기 심장박동이 세 배로 빨라졌다.

내가 무슨 짓을 한 거지? 집을 팔고 직장을 그만두다니! 다른 직장을 못 구하면 어쩌려고? 게다가 이제는 이 덩치가 산만 한 녀석을 관리해야 하다니. 도대체 내가 뭘 하는 건지 모르겠네. 어떻게 이런 일을 혼자서 할 수 있다고 생각했지?

나는 내 인생이 기우뚱했던 그날과 이런 무모한 짓을 저지르게 만들었던 절박함을 돌이켜 보았다. 그날은 월요일이었고 다른 수많은 회색빛의 단조로운 날들과 다를 바 없이 시작되었다. 그때 나는 사람들로 가득한 통근열차를 타고 한 시간 거리의 샌프란시스코에 있는 따분하기 짝이 없는 직장으로 가고 있었다. 창가 자리에서 기차 벽면에 최대한 바짝 앉아 있으니 온갖 냄새가 콧구멍에 훅 들어왔다. 체취, 커피를 마시고 내뱉는 숨결, 짙은 냄새가 나는 오드콜로뉴(연한 향수의 일종_옮긴이).
한 시간 동안 다른 곳에 있다는 상상을 하자 엠바카데로 센터
에 있는 정류장에 도착했다. 나는 활기 없는 다른 직장인들과
함께 플랫폼으로 쏟아져 내리듯 나왔다.

시끌벅적한 지하역에서 사무실까지 세 블록을 서둘러 가면
서 노숙자들을 힐끔힐끔 보았다. 노숙자들은 잡담을 하고 빈둥
거리고 한가롭게 거닐고 있었다. 특히 이날은 노숙자들과 눈이
마주치지 않도록 조심했다. 나를 지배하는 감정을 노숙자들에
게 들키고 싶지 않았다. 그 감정이 어찌나 위협적인지 어디로
든 도망치고 싶다는 충동이 일었다. 내가 향하는 곳과 멀리 떨
어져 있기만 하다면 어디든 상관없었다. 노숙자들에게 부러운
감정이 일었다. 그들이 마냥 부러웠다.

나는 이것이 정신 나간 생각이라는 것을 알았다. 내 마음속
어딘가에 이성이 남아 있기는 했으니까. 노숙자들은 부러워할
대상이 아니었다. 어쩌면 동정의 대상일 수도 있었다. 노숙자
들은 위험하고 가혹한 환경에서, 일부는 극복할 수 없을지도
모르는, 수많은 도전과 문제들을 안고 사는 떠돌이였다. 하지
만 그날은 무한해 보이는 노숙자들의 자유만 눈에 들어왔다.

노숙자들은 갚아야 할 주택담보대출이 없고 지불해야 할 청
구서도 날아오지 않았다. 그래서 매일 똑같은 일과를 반복하

며 사무실의 비좁은 칸막이 안에서 매일 여덟 시간씩 일하지 않아도 되었다. 이런 두려운 상황을 매일 마주하기 위해 매일 두 시간 이상을 들여 출퇴근하지 않았다. 노숙자들에게는 마당이 딸린 집이 없었다. 그래서 시계가 점점 더 큰 소리로 빠르게 똑딱거리며 월요일을 향해 달려가는 주말이면 어김없이 해야 하는 집안일도 없었다. 노숙자들에게 시간은 무한한 상품이었다. 그래서 허둥지둥 서두를 필요가 없고, 너무 짧은 시간에 너무 많은 활동을 하느라 아등바등할 필요가 없었다. 아무튼 기울어진 나의 세계에서는 그렇게 보였다.

이런 공상을 해 보았다. 만일 내가 노숙자라면 나는 사고방식이 비슷한 사람들이 모인 공동체의 일원이 되어 일정이나 마감 시간, 제약에 쫓기지 않고 그들과 느긋하게 시간을 보낼 것이다. 당일이든 격일이든 가고 싶은 곳은 어디든 가고, 하고 싶은 일은 뭐든 할 수 있을 것이다. 숨 돌리고 쉴 여유가 있을 것이다. 내게 중요한 유일한 화폐, 즉 시간이 풍요롭게 주어진다면 부자가 된 기분이 들 것이다. 그런 생활은 정말 거치적거릴 게 없어 보였고, 그래서 무척…… 끌렸다. 나는 다람쥐 쳇바퀴에서 벗어나고 싶었다. 내 인생은 끝이 보이지 않는 마라톤이었다. 나는 지쳐 있었다. 자유를 누리고 싶었다.

나는 언제부터인가 전통적인 성공 모델인 아메리칸 드림(사람들이 미국에서 이루고자 하는 가치나 사회적 수준_옮긴이)을 꿈꾸며 살았다. 보수가 좋은 직장을 구하고, 결혼을 하고, 집을 장만하고, 온갖 덫을 구매하라. 우리 자본주의 사회를 움직이는 톱니바퀴 역할을 하라. 매년 아주 짧게 주어지는 몇 주간의 휴가에 만족하라. 휴가야말로 내가 진정으로 살아나 행복을 느끼는 시간이었다. 내가 스스로 선택한 삶이 나를 불행하게 만들고 있다는 사실을 깨닫기까지 수십 년이 걸렸다.

게다가 내게 방랑벽이 있다는 사실도 깨달았다. 틀에 박힌 일상은 내게 맞지 않는다. 호기심, 어딘가 훌쩍 떠나고 싶은 충동, 모험에 대한 갈증을 충족시킬 새로운 경험이 필요하다. 거의 아무런 변화가 없는 삶을 살다 보면 움직이고 싶은 욕망에 사로잡혀 우리 안에서 왔다 갔다 하는 동물이 된 기분이 든다. 나는 여행을 갈망했다. 여행할 때는 일상에 치여 빠져 있었던 잠에서 깨어나 살아나곤 했다. 내 딸 캐미 외에 내게 힘을 불어넣어 준 건 여행이었다. 아무리 그래도 노숙자들이 부럽다고? 분명 나는 제정신이 아니었다. 나는 변화, 인생의 중대한 변화가 절실히 필요했다. 여행을 할 때면 살아나는, 잃어버린 나 자신의 일부를 되찾아야 했다.

그러던 어느 날 내 집을 구매 가격의 두 배에 팔 수 있겠다는 생각이 들었다. 그러면 잠시만이라도 내가 원하는 건 뭐든 할 시간과 자유를 누릴 수 있었다. 거대한 문이 활짝 열린 기분이었다. 우울감에 젖은 칙칙하고 어두운 마음 한구석으로 햇살이 쫙 비쳐 들었다. 문 위에 달린 크고 밝게 빛나는 간판에 '출구'라고 적혀 있었다.

1년 가까이 걸리기는 했지만 준비를 하면서 희망과 기대가 점점 커졌다. 이제 나는 그 출구로 나가고 있었다. 이 여행을 하게 되어 너무 흥분한 나머지, 막상 그 꿈이 현실이 되어 마침내 길을 떠날 때는 덜컥 겁이 날지도 모른다는 생각은 미처 하지 못했다. 공식적으로 그린 몬스터의 주인이 되었는데, 다리가 후들거렸다. 준비가 됐든 안 됐든 새로운 삶이 시작되고 있었다.

내가 가장 먼저 할 일은 이 덩치가 산만 한 녀석을 먹이는 것이었다. 그러기 전에 캠핑카 바닥에 어지럽게 있는 상자들 가운데 하나를 풀어야 했다. 2주 전에 접시, 프라이팬, 여러 가재도구를 담은 상자들을 자동차 제조업체에 보내서 캠핑카에 보관했다. 그리고 구매가 마무리되면 내게 배달되게 해 두었다. 상자 하나를 비우자 여유 있게 지나다닐 수 있는 공간이 생겼다.

부엌 용품 몇 개를 꺼내어 작은 찬장에 정리한 뒤 남은 상자들을 비집고 운전석으로 갔다. 시동을 걸고 천천히 야영지에서 나와 각 방향을 두 번씩 살피며 RV 공원의 도로에 올라 탔다. 거기서부터는 운전대를 꽉 잡고 4차선 도로로 방향을 틀어 주유소를 찾으러 갔다. 그날은 뒤에서 따라오는 사람에게 미안한 마음이 들었다. 도로에서 눈을 떼고 속도계를 볼 엄두는 나지 않았지만, 아마 시속 16킬로미터로 달리고 있었을 터였다.

나는 캠핑카의 후미를 어디에도 부딪치지 않고 주유기 옆에 정차했다. 그제야 앙다물었던 입이 벌어지고 운전대를 부여잡은 손가락에서 힘이 빠졌다. 캠핑카가 무척 길게 느껴졌고, 방향을 바꿀 때는 끝부분이 꽤 흔들렸다. 나는 신용카드를 주유기에 넣고 기름을 연료 탱크에 주입하기 시작했다. 기분상 한참 시간이 흐른 뒤에 주유기가 멈추었다. 75달러의 가격표를 본 순간 놀라서 눈이 튀어나올 뻔했다. 나는 항상 경제적인 승용차를 끌고 다녀서 탱크에 75달러 가까이 기름을 넣어본 적이 한 번도 없었다. 흠, RV 차는 기름값도 차원이 다르군.

더욱 황당한 건 시동을 걸어 보니 탱크에 기름이 가득 차지도 않았다는 점이었다. 이 주유기는 신용카드로 주유할 때는 한도가 최대 75달러인 모양이었다. 나는 대량으로 주유를 해 본 적이 없어서 탱크를 가득 채우려면 다른 주유소에 가야 한다고 생각했다. 캠핑카 운전을 시작한 후 맨 처음 저지른 바보 같은 실수였다.

나는 다음 주유소까지 약 시속 30킬로미터의 무서운 속도로 천천히 달렸다. 새로 쌓은 접시와 프라이팬이 찬장에서 달그락거리며 부딪쳤다. RV 공원으로 돌아가면 접시와 프라이팬을 찬장 안에 꼭 고정해야겠다고 마음먹었다. 나는 다음 주유소에서 탱크를 가득 채웠다. 나중에 RV 차를 끌고 다니는 한 친구가 이런 말을 해 주었다. 신용카드가 최대한도에 이르면 다른 주유소에 갈 필요 없이 다시 한 번 카드를 넣으면 된다는 것이었다. 카드를 다시 넣어서 쓸 수 있다면 한도를 정하는 것이 무슨 소용이란 말인가? 분명 나는 기름을 대량으로 넣을 때의 주유기 사용법을 이해하지 못했다.

나는 RV 야영장으로 조심조심 돌아와 그린 몬스터를 안전하게 주차했다. 그런 다음 갖가지 호스와 코드를 다시 연결하고는 소파에 털썩 주저앉았다. 이렇게 큰 차량을 다루느라 긴장한 나머지 지치고 말았다. 어떻게 며칠 안에 이 차를 몰고 국토의 절반을 횡단하지? 꽁무니에 승용차가 연결된, 바퀴 달린 집 한 채를 끌고 로키 산맥을 잘 넘을 수 있을까 생각하니 속이 울렁거렸다.

내가 두려워할 줄은 몰랐다. 나는 준비가 되었다고 생각했고 숙제도 해 두었다. 타이어, 컨버터, 인버터, 배터리, 프로판가스 탱크, 발전기, 하수 탱크, 물탱크, 물 펌프, 견인장치, 바닥판, 레벨링 블록(기계 밑에 설치해 수평을 유지하는 데 사용하는 블록_옮긴이)에 대해 배웠다. 그런 다음 전기 배선, 태양 전지판, 보조 제동장치, 시민 밴드 무선기(일반인이 이용하는 무선 통신 장치_옮긴이)에 대해 배웠다. 그 외에도 배워야 할 복잡한 장치가 아직도 많았다. 타이어 공기압 연결 기구, 타이어 공기압 경보장치, 하수 탱크 점검 장치, 전기 수평기, 공기 압축기, 배터리 충전기 등등. 그 목록은 끝이 없었다. 정말 많이 배웠지만 아직도 배워야 할 것들이 엄청나게 많았다. RV에서 생활하고 여행하는 사람을 'RV 상시 여행자'라고 하는데 내가 과연 그럴 준비가 될지 의문이 들기 시작했다.

다행히 RV 소유자들을 위한 학교인 라이프 언 휠스가 있었다. 4개월 전, 나는 투손(미국 애리조나 주 남부에 있는 도시_옮긴이)에 있는 대학 캠퍼스에서 3일 과정의 수업을 들었다. 하수 탱크를 비우는 일에서부터 간단한 RV 수리에 이르는 모든 것을 배웠다. 사흘째 되는 날에는 혼자 여행하는 사람들을 위한 수업에 들어가 앞쪽에 있는 책상에 앉았다. 내 맞은편에는 다정한 미소를 띤 여자가 앉아 있었다. 짧고 연한 갈색의 곱슬머리에 주근깨가 약간 있고 체격이 다부졌다. 그 여자는 마흔다섯 살인 나와 같은 또래로 보였는데, 이 수업에서 그런 나이는 드물었다. 내가 본 대부분의 RV 차량 소유주들은 나이가 정년에 가깝거나 그 이상이었다. 여자가 내 마음을 읽었는지 수업이 끝나자 내게 몸을 기울였다.

"우리가 끼면 안 될 자리에 와 있는 기분이에요. 우리가 여기서 가장 어린 것 같아요. 열 살이나 스무 살 정도."

여자는 고갯짓으로 다른 사람들을 가리키며 나직이 말했다. 그러더니 전염성 있는 따뜻한 웃음을 지어 보였다. 나는 그녀가 금세 마음에 들었다.

"이 분들은 건강하게 새 출발을 하고 계시네요. 저는 그렇게 오래 못 기다리겠어요."

나는 활짝 웃으며 동의했다. 은퇴하고 여행을 한다는 목표는 너무 아득했다. 나는 하루가 시급했다.

"저도 그래요. 최근에 캠핑카를 구입했는데 두 달 후면 도로를 달릴 거예요."

"저는 집이 팔리면 한 4개월 뒤에 준비가 될 것 같아요."

"어떤 차종의 RV를 갖고 있어요?"

여자가 물었다.

"사실은 아직 없어요. 캠핑카를 살까 생각 중인데 결정을 못했어요. 여기에 오면 도움이 될지도 모르겠다고 생각했어요."

"잘 생각하셨어요. 그건 그렇고 저는 신디라고 해요."

"하이디예요. 같은 또래를 만나서 반갑네요."

"어떻게 여행을 결심하게 된 거예요?"

신디가 물었다.

머릿속에서 지난 시간이 빠르게 스쳐갔다. 경제적으로 어려웠던 시절이었다. 두 가지 일을 하고 혼자 캐미를 키우면서 외로웠다. 내가 노숙자들을 얼마나 부러워했는지 떠올랐다.

나는 그런 구구절절한 사연은 접어두고 간단히 대답했다.

"치열한 생활에서 벗어나 항상 여행을 하고 싶었어요. 1년 동안 여행하면 자유를 온전히 누릴 수 있을 것 같았어요."

그 말도 틀리진 않았지만, 아주 솔직한 대답은 이대로 살다간 죽을 것 같아서 도망쳐 나왔다는 것이다. 나는 마음의 치유를 위한 혼자만의 여행을 하기 위해 관례적인 '아메리칸 드림'에서 빠져나와 휴식을 취하고 있었다.

"당신은 어때요? 무엇 때문에 지금 여행을 하기로 결심한 거예요?"

신디는 어깨를 펴더니 눈 한 번 깜박이지 않고 내 눈을 똑바로 바라보며 대답했다.

"뇌종양이 생겼어요."

신디는 안타까워하는 내 표정을 보더니 이렇게 말했다.

"괜찮아요. 양성이었는데 제거했어요. 하지만 뇌종양이 생기는 바람에 여행을 떠나겠다는 결정을 쉽게 내렸어요. 늘 생각만 하고 있었거든요. 은퇴할 때까지 기다리지 않기로 했어요. 그래서 아파트를 팔고 직장을 그만뒀죠."

우리는 잠시 이야기를 나누다가 연락처를 주고받았다. 서로 연락하고 여행 중에 어디선가 만나기로 했다. 나는 여행하는 동안 배짱 두둑한 여자들을 많이 만나고 존경하게 되었다. 그들 모두 나에게 큰 인상을 남겼다. 신디는 그들 가운데 가장 처음 만난 사람이었다.

신디도 하는데 나라고 못 하겠어?

나는 몇 달 동안 조사를 했고, 라이프 언 휠스, 인터넷 포럼, 다른 사람들과 나눈 이야기를 통해 지식을 쌓았다. 그러고 나자 RV에 관해서는 일자무식이었던 내가 RV 아인슈타인으로 변모해 타이어 공기압 상대성 이론을 막힘없이 쏟아내게 되었다. 캠핑카는 어떤 종류로, 견인 패키지 제품은 어느 것으로 사야 하는지, 장비는 어떤 것이 필요한지, 어떤 동호회에 들어가야 하는지 알게 되었다. 그러나 금세 알게 된 사실이지만, 아직도 모르는 게 너무나 많았다.

나는 덩치가 산만 한 녀석에게 먹이를 주고 돌아온 후, 상자 여러 개를 계속 풀었다. 그 안에 담긴 많지도 않은 소유물을 아주 작은 찬장, 서랍, 그리고 통에 보관했다. 집을 팔 때 가구와 대부분의 옷, 책, 접시, 장식품을 처분하고 나니 더 가벼워지고 자유로워진 기분이 들었다. 내 수중에 있던 모든 물건이 나를 얼마나 짓누르고 있었는지 모르고 살았던 것이다. 미련이 남는 유일한 물건은 책이었다. 그동안 모아둔 책이 집을 팔때는 700권이 넘었다. 차라리 옷을 버리는 편이 낫지, 책은 아까웠다. 책을 팔거나 누군가에게 줄 때마다 마음이 편하지 않았다. 나는 저자들의 서명이 있는 특별한 책들 가운데 몇 권을 소장했다. 남은 여러 책 상자 가운데 하나를 캠핑카 외부 보관함에 조심스럽게 두고, 나머지는 승용차 트렁크에 넣었다. 책이 아직도 나와 함께 있다는 사실이 위로가 되었다.

그날 저녁 나는 여행을 준비하고 캠핑카 생활에 적응하느라 너무 바빴다. 그래서 이웃들을 방문하거나 새로운 생활을 시작하는 첫날밤을 온전히 누릴 시간이 없었다. 내가 지쳐서 침대에 쓰러져 바로 곯아떨어졌을 때는 늦은 시간이었다. 다행히 다음 날 무슨 문제가 생길 수도 있다는 생각은 전혀 하지 않았다.

출발하다

|

2006년 8월~9월

무엇보다도 준비하는 것이 성공의 열쇠이다.
— 알렉산더 그레이엄 벨[*]

　다음 날 아침 승용차를 끌고 공항에 가서 캐미를 태웠다. 베이 에어리어에 두고 온 지 불과 며칠이 지났을 뿐인데, 캐미를 보자 흥분이 되었다. 긴 금발에 따뜻한 갈색 눈동자, 밝은 미소를 보자마자 나의 두려움은 어느새 사라졌다.

[*] 전화기를 발명한 것으로 알려진 영국 태생의 미국인 과학자이자 발명가_옮긴이

"네 얼굴을 보니까 정말 좋구나. 캠핑카로 가는 첫 여행에 네가 동행한다니 너무 설레."

나는 캐미를 덥석 안으며 말했다.

"저도 그래요! 캠핑카를 얼른 보고 싶어요."

우리는 곧바로 여행을 떠날 계획이었다. 그래서 캠핑카에 견인장치를 설치하고 승용차를 연결해 미네소타까지 가기 위해 RV 공원으로 돌아왔다. 캐미와 라일리가 반갑게 재회를 했다. 그런 다음 나는 캐미에게 캠핑카를 구경시켜 주었다.

"제한된 공간을 얼마나 기발하게 사용하는지 몰라."

내가 말했다. 나는 캐미에게 침실에 있는 침대를 보여 주었다. 밑에 수납 서랍이 있고 양쪽에 작은 옷장이 있는 퀸사이즈 침대였다. 샤워실은 변기와 세면대가 있는 아주 작은 공간과 분리되어 있었다. 샤워실 문은 완전히 열고 잠글 수 있어서 침실과 나머지 공간을 차단할 수 있었다.

"식품 저장실도 있어."

나는 샤워기 문 반대쪽에 부착된 전신 거울의 손잡이를 열었다. 그러자 통조림을 넣어둔 선반 네 칸이 보였다. 싱크대 옆에는 오븐이 달린, 화구 세 개짜리 프로판가스레인지와 카운터로 쓰라고 접어둔 작은 선반이 있었다.

"카운터에 공간이 별로 없네요."

캐미가 말했다.

"그렇긴 한데 크게 요리할 일은 없으니까. 넌 여기서 자면 돼."

나는 캐미에게 소파가 더블 침대로 바뀌는 걸 보여 주었다.

"침대에서 TV를 볼 수도 있어."

소파 맞은편에 식탁이 있었다.

"식탁을 이 작은 찬장의 옆면 아래로 접으면 거실 공간이 더 넓어져. 식탁 상판을 들어 올리면 2인용이 돼. 여길 봐. 아래쪽에 와인 선반까지 있어. 이 찬장 안쪽을 열면 안에 보조 식탁이 보관되어 있어. 보조 식탁을 붙이면 다섯 명까지 앉을 수 있을걸."

"정말 멋져요. 그걸 다 접으니까 이 안이 훨씬 더 넓어 보여요."

캐미가 말했다.

"가장 마음에 드는 건 창문이야. 큰 창문이 사면에 다 있어서 야외에 있는 기분이 들어."

내가 말했다.

"엄마, 정말 근사해요. 재미있겠는데요!"

우리는 캠핑카를 둘러보고 나서 밖으로 나갔다. 여행을 시작할 수 있도록 견인장치를 설치해야 했다.

견인장치와 보조 제동장치용 바닥판은 이미 2주 전에 승용차에 설치되어 있었다. 하지만 캠핑카에 견인장치를 설치하는 건 우리가 해야 했다. 쉬운 작업이라고 들었기 때문에 나는 아무 걱정도 하지 않았다.

우리는 상세하게 적힌 설명서 덕분에 차근차근 캠핑카에 견인장치를 설치했다. 캐미는 승용차 앞면의 바닥판에서 캠핑카 밑바닥으로 안전 케이블을 연결하려고 했다. 어떻게든 나를 도울 생각으로 무릎을 꿇고 앉아 낑낑댔다.

"이런. 엄마, 문제가 생겼어요. 케이블이 짧아서 캠핑카에 닿지를 않아요."

"뭐라고? 어떻게 그럴 수가 있지? 우리가 뭘 잘못했나?"

나는 무릎을 꿇고 캠핑카 아래에 있는 케이블을 자세히 보았다. 케이블은 부착점에서 약 10센티미터 떨어져 있었다.

설명서를 다시 읽고 제대로 한 건지 확인했다. 우리는 설명서에 적힌 그대로 완벽하게 작업을 했다. 나는 혈압이 오르고 식은땀이 나면서 소름이 돋았다. 아무도 안전 케이블이 짧을 수도 있다는 사실을 말해 주지 않았다. 라이프 언 휠스에서 괜히 시간만 허비했다는 생각이 들었다. 승용차를 캠핑카에 연결하지도 못하면서 어떻게 꿈꾸던 삶을 살 수 있겠어? 이제 어쩌지? 그린 몬스터는 벌써부터 말썽을 피우며 나를 비웃고 있었다. RV 아인슈타인인 줄 알았던 나는 순식간에 일자무식으로 돌아와 있었다.

그때 헨더슨에 캠핑월드가 있다는 사실이 떠올랐다. 라스베이거스에서 차로 30분 정도 거리에 있는 캠핑월드는 캠핑 장비와 RV 부품을 판매할 뿐만 아니라 정비도 해 주었다. 나는 캠핑월드에 전화를 걸어 이 곤경에서 빠져나올 수 있는 해결책이 있는지 알아보았다. 그리고 정비 부서에 있는 남자에게 진땀을 빼며 문제를 설명했다.

"연장 케이블만 있으면 돼요. 이런 전화가 늘 오더라고요. 왜 케이블이 하나같이 짧은지 모르겠어요. 재고가 있으니까 와서 가져가시면 돼요."

남자가 말했다.

나는 긴장이 풀리면서 안도의 한숨을 쉬었다. 문제가 해결됐다. 캐미와 나는 승용차를 타고 헨더슨으로 가서 연장 케이블을 산 다음 라스베이거스로 돌아왔다. 연장 케이블을 설치하고 캠핑카 뒤쪽에 승용차를 연결하고 나니 오후 2시였다. 이제는 이 거대한 차를 끌고 고속도로에 올라타는 일만 남았다.

드디어 출발.

나는 혼잡한 고속도로에 서서히 진입했다. 차와 트럭이 내 옆으로 쏜살같이 달리는 동안 초조하게 사이드미러를 힐끔힐끔 계속 쳐다보았다. 처음으로 큰 트럭이 최고 속력으로 지나가자 바람이 퍽을 때리는 하키 스틱처럼 캠핑카를 강타했다.

"우와, 바람이 센데요!"

내가 차선을 지키려고 안간힘을 쓸 때 캐미가 소리쳤다.

나는 이를 악물고 있는 힘을 다해 운전대를 움켜잡았다. 아드레날린이 혈관을 타고 마구 분비되었다. 대형 화물차가 지나갈 때마다 이런 기분이 들까? 320킬로미터쯤 달리고 나자 운전대를 너무 꽉 잡은 탓에 어깨가 아팠다. 중간에 하룻밤을 머물기로 했다.

나는 야영장을 찾아 주차를 했다. 그러자 달리는 차 안에서 잠을 자던 라일리가 꼬리를 흔들며 조수석 바닥에서 냅다 튀어 나왔다. 내가 캠핑카를 운전할 때마다 잠을 자는 건 어느새 녀석의 일상이 되어 있었다. 운전하는 시간이 낮잠을 자는 시간이었다. 하지만 일단 주차를 하면 라일리는 항상 밖으로 나가 탐색을 하고 싶어 안달했다. 라일리는 온갖 새로운 냄새가 나는 곳에서 영역 표시할 기회가 생겨서 무척 좋아했다.

나는 캐미와 라일리를 산책시키며 말했다.

"이번 여행에는 풀스루 야영지가 있는 야영장에서만 머물기로 했어. 매일 고속도로를 달리는 것도 힘이 드는데, 승용차를 분리하고 후진해서 주차까지 해야 하는 걱정은 없을 테니까."

그것은 현명한 결정이었다. 우리는 매일 어두워진 뒤에 캠핑장에 도착했다. 어느 날은 밤 10시 30분이 되어서야 왔다.

이번 여행에는 한가하게 관광할 시간이 없었다. 캐미의 휴가가 끝나기 전에 미네소타에 가서 부모님을 만나야 했다. 그건 곧 며칠 동안 3,000킬로미터를 운전해야 한다는 뜻이었다. 나는 국립공원을 쏜살같이 지나가면서 안타까운 눈빛으로 공원 표지판을 바라보았다. 공원에 들어가지 못해서 아쉬웠지만 곧 다시 올 거라고 스스로를 위로했다.

우리는 매일 일찍 출발하고 싶었지만 뜻대로 되지 않았다. 출발을 준비하는 시간이 오래 걸렸다. 나는 아직 이 복잡한 기계를 조작하는 일에 익숙해지는 중이었다. 이 덩치가 산만 한 녀석을 운전하는 방법뿐만 아니라 온갖 호스와 코드를 연결하고 분리하고, 탱크를 채우고 비우고, 점검 장치를 확인하고, 총 여섯 개인 캠핑카 타이어의 공기압을 측정하고 채우는 방법과 그 밖에 필요한 모든 작업을 배우고 있었다. 나는 캠핑카에는 항상 채우고, 비우고, 점검하고, 관리해야 하는 뭔가가 있다는 것을 배워가고 있었다. 그래도 일상적으로 해야 하는 일이 손에 점점 익으면서 자신감이 생기기 시작했다.

콜로라도 주에 접어들자 운전하는 것이 조금 더 편해지기 시작했다. 그리고 나서 우리는 로키 산맥을 올라갔다. 거의 3킬로미터에 달하는 베일 패스(로키 산맥에 있는 높은 산길_옮긴이)에 오르는 건 인디애나폴리스 500(매년 5월 말경 인디애나폴리스에서 열리는 500마일 자동차 경주로 2.5마일의 트랙을 총 200바퀴 돌아야 함_옮긴이)에서 달팽이 경주를 하는 것과 같았다.

"좀 더 빨리 갈 순 없어요?"

승용차들이 계속 앞질러가자 캐미가 물었다.

"가속 페달을 꾹 밟고 있는걸. 시속 60킬로미터 이상은 못 달리는 것 같아."

나는 뒤에서 빠른 속도로 달려오는 차량들을 초조하게 지켜보았다. 그 바람에 눈 덮인 로키 산맥의 아름다운 경치에 눈 돌릴 겨를이 없었다. 나는 점멸등에 대해 꽤 잘 알게 되었고, 엔진이 과열되지 않는지 온도계를 매의 눈으로 지켜보았다. 그러나 곧 알게 된 사실이지만 산을 올라가는 건 어렵지 않았다.

올라가면 내려와야 하기 마련이다. 8톤 무게의 캠핑카가 가파르고 구불구불한 산길을 내려가니 무서운 롤러코스터 같았다.

"브레이크를 너무 많이 밟지 말아야 할 텐데."

내가 캐미에게 말했다.

"저속 기어로 가고 있어."

나는 긴장을 풀지 않고 한 발을 브레이크 위에 올려놓은 채 몸을 앞으로 숙였다.

"적어도 이 경사로에서는 차가 빨리 달리네요."

캐미는 나를 안심시키려 애쓰며 대꾸했다.

나는 안심이 되지 않았다. 마침내 백미러로 로키 산맥이 보이자 안도의 한숨을 크게 내쉬었다.

"우리가 로키 산맥을 넘었어!"

네브래스카 주를 횡단할 때는 단조로웠다. 바싹 말라 보이는 들판이 끝도 없이 수 킬로미터 이어져 있었다. 우리는 사우스다코타 주를 향해 북쪽으로 달리다가 미네소타 주를 향해 동쪽으로 갔다. 일단 35번 주간(州間) 고속도로에 올라타고 다시 북쪽으로 가기 시작하자 낯익은 땅에 들어와 있었다. 미네소타 주 남부의 푸른 옥수수밭과 황갈색의 대초원이 마침내 북부의 무성한 숲들과 암청색의 호수들에 자리를 내주었다. 미네소타 주는 남부와 북부의 풍경이 판이하게 달라서 두 개의 다른 나라가 공존하는 것 같았다. 덜루스(미국 미네소타 주 북동부에 있는 항구 도시_옮긴이), 그리고 내가 어린 시절을 보낸 집에 가까이 이르자 나는 점점 마음이 설렜다. 우리 둘 다 얼른 부모님이 보고 싶었다.

자동차 정비사이자 카레이서였던 아빠는 이제 나이가 칠십 대인데 아직도 바퀴 달린 기계에 관해서라면 자신이 전문가라고 자부했다. 엄마는 아빠보다 몇 살 어리고 말씨가 상냥했다. 나는 아빠와 엄마를 꼭 끌어안았다. 그런 다음 진입로에 캠핑카를 주차하려고 하자 아빠가 거들어 주었다. 나는 아빠와 엄마에게 캠핑카 내부를 잠깐 구경시켜 주었다.

"필요한 게 이 안에 다 있어서 아주 좋구나."

엄마의 커다란 갈색 눈이 걱정으로 흐릿해졌다.

"그런데 너무 크다. 그냥 승용차를 타고 다니면 안 되니?"

"엄마, 안 돼요. 차에서 생활해야 하는데 승용차 안에서는 살 수가 없어요."

아빠의 찡그린 표정을 보니 아빠 역시 약간 걱정하는 눈치였다.

"아빠, 왜 그러세요?"

"몇 년 전에 이런 차를 정비했거든. 그런데 고장이 잦더구나."

아빠가 걱정스런 얼굴로 말했다.

"옛날에는 그랬죠. 지금은 더 잘 만들어요. 걱정 마세요, 괜찮을 테니까."

내가 말했다. 그래도 아빠는 못 미더워하는 표정이었다.

그다음 며칠 동안 캐미와 나는 숲속에 있는 아늑한 부모님의 집에서 그동안 못 쉰 것까지 한꺼번에 편안히 쉬었다. 나는 내가 성장한 집에 갈 때마다 나를 둘러싼 푸르고 무성한 나뭇잎을 보며 위안을 얻었다. 시간이 흐를수록 캐미와 부모님과 보내는 며칠이 더욱 소중하게 느껴졌다. 특히 캐미를 두고 여행을 간다는 것이 불안했다.

"네가 정말 보고 싶을 거야. 너를 두고 이 모험을 떠나려니 나쁜 엄마가 된 것 같아. 너를 버리고 가는 기분이 들거든."

내가 캐미에게 말했다.

"나쁜 엄마가 되는 것도 아니고, 저를 버리시는 것도 아니에요. 이제 엄마는 치열한 생활에서 벗어나 즐기실 때가 됐어요. 이건 엄마한테 딱 맞는 여행이에요. 이 여행을 하려고 그동안 정말 열심히 일하셨잖아요. 저도 엄마가 보고 싶을 거예요. 하지만 앞으로 자주 볼 텐데요, 뭘."

캐미가 말했다.

나는 캐미를 안아 주었다. 캐미가 이 여행을 적극 밀어줘서 안심이 되기도 하고 고맙기도 했다. 캐미의 말이 옳았다. 나는 이 여행을 위해 정말 열심히 일했다. 열여덟 살 때부터 줄곧 두 가지 일을 했다. 정규직으로 일하면서 대학에서 강의를 듣기도 했다. 야근을 하고 부업으로 장사를 하기도 했다. 그렇게 열심히 일하는데도 겨우 생계를 유지했다.

내가 스물네 살일 때 캐미가 태어났고, 그때부터 나는 혼자 캐미를 키웠다. 중간에 캐미의 아버지와 재회한 적도 없었다. 캐미가 대학에 다닐 때까지 아버지를 만나지 않았기 때문이었다. 우리는 쫓기듯 잠깐 연애를 한 뒤에 내가 스물한 살일 때 결혼을 했다. 나는 나에 대한 스티브의 열정과 끊임없이 보이는 관심에 푹 빠지고 말았다. 스티브는 우리가 만난 지 4개월 만에 청혼했다. 그때만 해도 어리고 순진했던 나는 그것이 낭만적이고 짜릿한 일로 보였다. 나 역시 스티브가 평생을 살면서 잠깐 충동적으로 만날 여러 여자들 가운데 한 명에 불과했는데, 그때는 그 사실을 깨닫지 못했다.

결혼한 지 2년이 되자 스티브는 사소한 일도 뜻대로 안 되면 벌컥 화를 내기 시작했다. 내게 성질을 내고 개들에게는 더 심했다. 그러더니 물건을 던지기 시작했다. 어느 날 우리는 새로 산 집의 뒷마당에서 판자로 울타리 작업을 하고 있었다. 스티브는 판자에 못을 박느라 애를 먹고 있었고 못이 휠 때마다 더욱 화를 냈다.

"판자를 좀 똑바로 잡아."

"어떻게 잡으면 되는데? 당신이 이렇게 잡으라고 했잖아."

스티브는 또 다른 못을 박으려 했고, 못이 휘자 마당 저 편으로 망치를 던졌다.

"난 좀 쉴게."

나는 구부러진 못이 된 기분이 들어서 그렇게 말하고는 집 안으로 성큼성큼 들어갔다. 스티브가 그럴 때는 곁에 있고 싶지 않았다.

또 한 번은 스티브가 2층 복도에서 진공청소기를 고치느라 애쓰고 있을 때였다. 이번에도 스티브는 짜증을 내고 화를 내더니 내가 앉아 있는 거실로 스크루드라이버를 던졌다. 스크루드라이버는 유리창과 그 아래에서 자고 있는 개를 아슬아슬하게 빗나가 현관문에 부딪혔다.

"스티브! 몰리가 드라이버에 맞을 뻔하고 창문도 깨질 뻔했잖아."

나는 소리를 질렀고, 말다툼이 이어졌다.

"이제 내가 당신을 사랑하는지 모르겠어."

스티브가 말했다.

"나는 당신이 점점 낯설어."

나는 대꾸했고, 스티브는 문을 쾅 닫으며 나갔다. 그 말이 전적으로 옳은 건 아니었다. 스티브는 항상 낯설었다. 나는 결혼하기 전에 스티브와 충분한 시간을 보내지 않았다. 그래서 그에 대해 제대로 알지 못했다. 그때 나는 스티브와 함께 하는 이 새로운 삶에 적응하려고 내가 얼마나 열심히 노력하고 있는지 깨달았다. 나는 두렵고 혼란스러웠다. 이 남자는 내가 결혼했을 때와는 너무 달라. 이런 남자와 평생을 살아야 할까?

스티브가 돌아왔을 때 내가 말했다.

"아무래도 우리 상담을 받아야겠어."

"우리는 그럴 여유가 없어."

스티브가 말했다. 더 이상 말해봐야 소용없었다.

나는 낙심한 채 계단을 터벅터벅 올라갔다. 그런 다음 방에 들어가서 울다 잠이 들었다.

그 무렵 내가 임신했다는 사실을 알게 되었다. 혼란스러워서 마음이 어수선했다. 우리는 몇 달 동안 아이를 가지려고 노력했지만 임신이 잘 되지 않았다. 그런데 이제 와서 갑자기 임신이 되었다. 임신을 했는데도 스티브와의 상황은 전혀 나아지지 않았다. 우리 관계가 무너지기 전에는 아기를 낳는다고 생각하면 무척 흥분이 되곤 했다. 하지만 걸핏하면 화를 내는 이런 남자와 아이를 키울 수는 없었다. 고심 끝에 부모님께 말씀을 드리고 힘든 결정을 내렸다. 일을 마치고 돌아온 어느 날 밤에 용기를 냈다.

"떠날래. 미네소타로 돌아갈 거야."

내가 스티브에게 말했다.

"가면 안 되지."

"왜 안 돼?"

나는 숨을 죽이고 스티브의 대답을 기다렸다. 스티브가 여전히 나를 사랑하고 있으며, 이 문제를 잘 풀어가고 싶다고 말해 주길 원했다.

"그냥."

마음의 상처와 실망감에 온몸에 힘이 쭉 빠지면서 나도 모르게 한숨이 나왔다.

"그런 대답 말고 내가 이 집에 있어야 하는 더 타당한 이유를 대봐. 나는 충동적이고 늘 화가 나 있는 사람과는 살고 싶지 않아."

나는 이혼 변호사와 처음 만난 뒤 도요타 소형차 뒷자리에 우겨넣을 수 있는 물건은 전부 챙기고, 앞자리에 개를 앉혔다. 그런 다음 콜로라도 주의 험준한 산과 밀 빛깔의 평원 사이에 들어앉은 우리 집에서 나왔다. 나는 콜로라도를 사랑했고, 스무 살 때는 그곳으로 이사하게 되어 무척 흥분했다. 하지만 이제는 가족이 필요했다. 나는 고즈넉하게 아름다운 덜루스로 돌아가 스스럼없이 나를 반기는 부모님의 집으로 들어갔다.

캐미가 태어난 순간부터 언제나 내 삶의 나침반은 나의 진정한 북쪽인 캐미를 향해 있었다. 나는 캐미를 깊이 사랑했다. 좋은 가정과 경험을 선사해 캐미의 삶이 풍요로워질 수 있도록 열심히 일했다. 어쩌면 무의식적으로 캐미의 삶에 빠진 아버지의 빈자리를 채워주려 애쓰고 있었는지도 모른다. 나는 캐미의 어린 시절이 가능한 한 평범하기를 원했다. 그리고 양부모 가정의 아이들에게 주어지는 기회를 캐미에게도 똑같이 주고 싶었다. 캐미가 6개월이었을 때 이혼이 확정되었다. 스티브는 캐미를 보러 오겠다고 계속 말했지만 한 번도 그러지 않았다.

캐미가 두 살 가까이 됐을 때였다. 나는 캘리포니아 주 샌프란시스코 베이 에어리어를 방문했다. 거기에서 나는 캘리포니아와…… 사랑에 빠졌다. 나는 캘리포니아야말로 내가 살아야 할 곳이라고 생각했다. 그곳은 굉장히 아름답고 무한한 가능성이 있는 곳이었다. 태양이 끝없는 파란 하늘 아래에서 바다 위를 날렵하게 달렸다. 또한 샌프란시스코 만 건너편에 있는 도시들을 샌프란시스코까지 연결하는 여러 다리가 내게 놀러 오라고 손짓했다. 해변에서 불과 몇 시간 거리에 눈 덮인 산들이 있었다. 그 사이사이에는 달콤한 냄새가 나는 오렌지 나무와 과즙이 풍부한 딸기밭이 있었다. 캘리포니아에는 거리와 고속도로를 따라 늘어선 빨간색, 흰색, 분홍색 협죽도만큼이나 기회가 많았다. 일이든 교육이든 문화든 여가든 선택의 기회가 무한했다. 나는 희망의 씨앗이 내 안에서 싹트기 시작하는 것을 느꼈다. 기회가 별로 없는 덜루스와는 매우 달랐다. 덜루스

의 사람들은 술집 의자에 앉아 담배를 피우며 긴 밤을 지새우
곤 했다.

"언젠가는 캘리포니아로 이사를 갈 거야."

나는 캐미에게 말했다.

캐미가 세 살일 때 나는 캘리포니아에 취업 면접을 몇 건 잡
아 두었다. 두 군데에서 같이 일하자는 제안을 받았다. 한 군데
는 샌프란시스코에서, 다른 한 군데는 샌프란시스코 동쪽으로
약 40킬로미터 떨어진 작은 도시 월넛 크리크에서였다. 교외가
아이를 키우기 더 좋을 것 같아서 나는 캐미에게 말했다.

"월넛 크리크로 이사할 거야!"

우리는 3주 뒤에 도착했다. 그러나 캘리포니아의 아름다움
과 많은 기회를 누리며 살기 위해서는 치러야 할 대가가 있
었다.

나는 법률 비서의 월급이 덜루스에서 받은 액수의 두 배라
는 걸 알고 정말 기뻤다. 하지만 안타깝게도 생활비가 내가 쓰
던 액수의 세 배가 든다는 걸 얼마 뒤에 깨달았다. 심지어 맥
도날드도 가격이 더 비쌌다. 나는 더 열심히 일했다.

나는 스티브한테 몇 년 동안 양육비를 받지 못한 적도 있
었다. 그나마 받아도 액수가 너무 적어서 크게 쓸 것도 없었다.
가장 힘들었던 시기는 정규직으로 일하면서 2년 동안 승용차

로 신문까지 돌렸을 때였다. 나는 새벽 3시에 일어나 캐미를 뒷좌석에 재우고, 두 시간 동안 차로 신문을 배달했다. 집에 돌아와 30분 동안 자고, 다시 일어나 캐미를 학교에 데려다 주고, 본업인 직장에 출근했다. 신문 배달은 1년 365일, 1주일에 7일 동안 했지만 적어도 주말에는 사무실에 나갈 필요가 없었다.

그 2년의 시간이 끝날 무렵 나는 지치고 우울했다. 여유 시간이 생기면 오로지 잠만 자고 싶었다. 두 가지 일을 하고 싶지는 않았지만, 우리는 돈이 필요했다. 몇 년 동안 나는 몇 안 되는 가족을 부양하기 위해, 그리고 나중에는 대출금을 갚기 위해 여러 가지 일을 했다. 그 일들은 나의 감각을 마비시키고, 덫에 걸린 기분이 들게 했다. 나는 다람쥐 쳇바퀴를 돌면서 다음 몇 걸음에만 집중할 수 있었다. 새장 너머에 크고 아름다운 세계가 있다는 것을 볼 수 없었다.

고등학교를 졸업한 캐미는 콜로라도 주, 포트 콜린스에 있는 대학에 가기로 했다. 그곳은 오래된 벽돌 건축물이 가득한 예쁜 대학 캠퍼스와 근처에 아름다운 로키 산맥이 있는 친절하고 작은 도시였다. 캐미가 안전하게 지낼 만한 곳이었다. 나는 캐미가 대학 생활을 경험한다고 생각하니 흥분했다. 하지만 막상 캐미를 기숙사 방에 데려다 주자 나도 모르게 울컥했다. 캐미에게 자전거를 사 주고, 캐미와 함께 그녀의 옷을 풀어 옷장과 서랍에 넣으면서 눈물을 삼켰다. 무너지지 말자. 몇 달 뒤 크리스마스에 집에 올 캐미를 생각하며 마음을 다잡았다.

캐미가 대학에 간 지 6개월 정도 되었을 때 거대한 바위처럼 무거운 것이 굴러 와서 나를 납작하게 짓눌렀다. 나는 내가 혼자라는 것을 깨달았다. 내 삶의 나침반인 캐미는 이제 성인이었고, 캐미는 나 없이 온전히 자신의 삶을 살았다. 나는 자식을 떠나보내고 집에 홀로 남은 부모였다. 거울을 통해 바라본 내 모습은 가관이었다. 남은 평생 하고 싶은 게 뭔지도 모르는, 눈에 생기라곤 없는 중년 여자가 나를 빤히 바라보고 있었다.

"누구세요?"

나는 거울 속에 있는 낯선 여자에게 물었다. 외로움, 목적 상실, 뼛속 깊숙이 스며든 피로, 연애에 굶주린 생활과 기대할 것이 별로 없는 하루하루, 몇 주, 몇 달이 끝없이 계속되었다. 물고문과도 같은 일, 몇 시간이 걸리는 출퇴근, 끝이 없는 마당 일과 집 관리를 하느라 기력은 바닥나고, 기분을 전환할 즐거운 일은 거의 없었다. 너무 오랫동안 캐미를 중심으로 살아온 탓에 캐미 없이 혼자 산다는 것이 막막했다. 캐미 없이 살아온 세월이 20년이 넘는데도 귀를 먹먹하게 하는 고요함과 공허함에 견딜 수가 없었다. 인생에 새로운 변화가 생겼으니 흥분할 법도 했지만 나침반도 없는 숲속에서 길을 잃은 기분이었다.

2004년에 콜로라도에서 캐미가 전화를 걸었다.

"엄마, 크리스마스 때 콜로라도에 있고 싶어요. 마크의 부모님이 휴일을 같이 보내자고 초대를 하셨어요. 그래도 돼요?"

마크는 캐미가 포트 콜린스에서 만난 새 애인이었다. 뭐라고 대답할까 고민하다 어깨가 축 처졌다. 캐미가 어릴 때 어디를 가든 항상 내 손을 꼭 쥐었던 것이 떠올랐다. 캐미는 뛰어다니다가 위험한 곳에 빠질까 봐 걱정을 할 나이가 지났을 때에도 자연스럽게 내 손을 잡았다. 고등학교에 다닐 때는 내가 잠자리에 들기 전에 책을 읽고 있으면 내 방에 들어오곤 했다. 캐미가 내 옆에 엎드리면 우리는 이런저런 이야기를 하곤 했다.

이제 내 어린 딸이 손을 빼내려 하고 있었고, 나는 차갑고 공허한 진공 상태를 느꼈다. 나는 이 감정적인 분리가 온다는 것, 그리고 그것이 필요하다는 것도 진작부터 알고 있었다. 하지만 안다고 해서 받아들이기가 조금 더 수월해지는 건 전혀 아니었다. 잠들기 전에 모녀가 이야기를 나누던 시절도 이제 끝났다는 것을 나는 알았다.

"그럼, 괜찮지. 그래도 보고 싶긴 할 거야."

나는 간신히 대화를 이어갔다. 결국 눈물이 뺨을 타고 주르륵 흘러내리기 시작했다. 사실은 캐미가 크리스마스에 집에 와서 내가 생기를 되찾게 해 주기를 굉장히 기대하고 있었다. 하지만 그런 내 심리 상태와 나침반을 되찾고 싶어 하는 내 절박한 마음을 캐미가 아는 것을 나는 원하지 않았다.

무거운 회색 망토가 나를 덮었고, 나는 그것을 털어낼 수가 없었다. 나는 항상 예민한 사람이었고, 이런저런 일에 힘들어했다. 고독과 우울로 희뿌연 안개 속에 갇힌 채 삶에 대해 아무런 기대도 할 수 없었다. 지금 나의 목적은 무엇인가? 열심히 일하고 외로움에 시달리는 것 외에 내게 어떤 삶이 남아 있을까?

내 친구들과 가족들은 이 시기에 내가 우울해한다는 사실을 알았다. 하지만 나는 정말 얼마나 심각한 상황이었는지는 그들에게 말하지 않았다. 나는 내 삶에 감사할 수 없다는 것이 부끄러웠다. 그것은 어느 정도 내가 선택한 인생이었고, 끔찍하게 비극적인 일이 있었던 것도 아니었다. 그러나 기쁨이 조금씩 침식되는 것이 때로는 급작스럽게 찾아오는 대단히 충격적인 사건보다 더 치명적일 수 있다. 나는 나를 짓누르는 우울증에서 벗어날 수 없을 것 같았다. 나는 탈진과 감정 마비 증상이 나타나기 시작했다. 그래서 스스로 빠져 들어간 실의에서나를 일으켜 줄 긍정적인 무언가가 절실히 필요했다. 미래의 삶을 그려보면 열정이나 의미, 재미를 불러일으킬 만한 것이 전혀 보이지 않았다. 건강이 나빠지기 시작했고, 의사들도 정확한 진단을 내리지 못했다. 처음에는 원인 모를 돌기가 두 손에 나타났고, 그다음에는 방광에서 피가 났다. 나는 그런 증상들이 스트레스 때문일 수도 있다고 의심했다. 나중에 그런 증상들이 처음에 나타났을 때처럼 감쪽같이 사라졌을 때 그러한 의심은 사실로 굳어지는 듯했다. 이 시기에 나는 심리치료사에게 상담을 요청했다. 내 마음 상태에 대해 누군가에게 터놓는 것이 조금 홀가분하긴 했지만 우울증을 극복하는 데 크게 도움이 되지는 않았다.

나는 모든 걸 두고 에어스트림 트레일러(여행용 트레일러의 미국 브랜드_옮긴이)를 끌고 어디로든 달아나는 공상을 하기 시작했다. 내가 노숙자들을 부러워하기 시작한 것이 바로 그때였다. 심지어 캐미가 콜로라도에서 사귄 애인을 데리고 캘리포니아로 돌아왔을 때에도 도망치는 공상은 계속되었다. 나는 전형적인 '아메리칸 드림'이 제공할 수 있는 것과는 다른 종류의 삶을 원했다.

이제 나는 자유로운 삶을 위해 다람쥐 쳇바퀴에서 탈출했다. 다만 에어스트림 트레일러 대신 캠핑카가 있었다. 하지만 캐미를 두고 떠나는 일은 여전히 버거웠다. 캐미는 캘리포니아로 돌아가서 학교를 다니며 일을 해야 했다. 나는 캐미를 덜루스 공항으로 데려다 주고 꼭 껴안으며 말했다.

"크리스마스 때 보자. 몇 달 남지도 않았네. 하지만 언제든지 전화해. 그리고 엄마가 필요하면 말만 해. 네 곁으로 돌아올 테니까."

나는 약속했다.

"엄마, 걱정 마세요. 전 잘 지낼 거예요. 여행 즐겁게 하세요!"

캐미는 씩씩해 보였다. 하지만 비행기에 탑승하는 딸을 보니 여전히 가슴이 먹먹했다. 부모님의 집으로 돌아오는 길에 다음 여행지에 집중하며 슬픔을 잊으려고 애썼다.

2주 후에 나는 뉴멕시코 주에 갈 예정이었다. 라이프 언 휠스에서 만난 신디와 앨버커키 열기구 축제에서 RV로 여행하는 신디의 친구 몇 명을 만나기로 했다. 그때만 해도 나는 목적지에 도착해 어떤 눈총을 받게 될지 전혀 몰랐다.

어울림

2006년 10월

어울리는 건 쉽다. 그리고 그것은 당신의
가장 중요한 부분들을 잃어버리는 가장 쉬운 방법이기도 하다.
— 앤 베커드*

"오늘 밤에 야영장에 도착하면 전화할 거지?"
엄마가 나를 안고 작별 인사를 하며 물었다.
"네가 잘 갔는지 알아야겠어."

* 휴스턴에 본사를 둔 컨설팅 업체 BloggersWithDayJobs의 설립자_옮긴이

"알았어요, 엄마. 전화 드릴게요."

나는 엄마를 안심시켰다. 그 바람에 새로운 야영장에 갈 때마다 정기적으로 보고를 하게 될 줄은 미처 몰랐다. 엄마는 내가 운전을 하고 다니는 걸 항상 불안해했다. 이제 와서 생각해 보면 그린 몬스터가 워낙 큰 데다 그런 차를 몰아본 경험이 없었으니 엄마가 걱정하는 건 당연했다.

나는 이미 진입로에서 캠핑카를 후진해서 빼고 승용차를 연결해 두었기 때문에 도로로 곧장 나갈 수 있었다. 35번 주간 고속도로를 향해 가면서 불안감과 기대감이 섞여 묘한 기분이 들었다. 이제 정말로 혼자였다. GPS가 길을 잘못 안내해도 더 이상 캐미한테 도움을 받을 수 없었다. 타이어에 공기압을 채우는 일, 길을 떠날 준비를 하거나 야영지에 자리를 잡을 때마다 해야 하는 많은 일을 캐미가 도와주곤 했다. 벌써부터 그 손길이 그리웠다. 무엇보다도 캐미와 함께 있을 때의 활기찬 분위기가 그리웠다. 라일리는 조수석 밑에서 부드럽게 코를 골았다. 그린 몬스터가 습관적으로 낮게 부르릉 소리를 내는데도 아주 조용하다는 기분이 들었다. 나는 플레이어에 시디를 넣고 노래를 따라 불렀다. 열 개의 타이어가 수 킬로미터를 굴러갈수록 기분이 점점 들떴다. 이제 본격적으로 혼자만의 여행이 시작되는구나!

앨버커키는 덜루스에서 2,200킬로미터 거리에 있었기 때문에 앞으로 사흘 동안 운전을 해야 했다. 나는 35번 주간 고속도로를 따라 남쪽으로 달리며 미네소타 주 남부와 아이오와 주의 빽빽한 옥수수밭과 건초가 가득한 농장을 지나갔다. 간간이 헛간이나 소떼가 나타나 단조로움을 깨뜨렸다. 미주리 주 모퉁이를 질러 캔자스 주로 들어서서 목적지를 향하자 더욱 푸른 황금빛 풍경이 휙 스쳐갔다. 나는 계속 고속도로로 달리다 하룻밤을 보내기 위해 근처에 있는 RV 전용 공원으로 들어갔다. 승용차를 분리할 필요가 없도록 풀스루 야영지를 얻었다. 이렇게 하면 아침에 더 빨리 출발할 수 있었다. 나는 여전히 그린 몬스터를 관리하는 일에 익숙해지는 중이었다. 더디지만 확실하게, 점점 더 빠르고 능숙해지고 자신감도 커지고 있었다. 오클라호마 주에 도착할 때까진 모든 일이 순조로웠다.

유료 도로를 이용한 건 이번이 처음이었다. 고속도로를 달리며 통행료를 계산하는 것이 내게는 새로운 경험이었다. 나는 베이 에어리어에서 다리를 건너며 통행료를 내는 건 익숙했지만, 고속도로에서는 그렇지 않았다. RV 공원에서 나오는 중에 GPS에 오류가 났다. GPS의 명령을 충실히 따르며 미로 같은 길과 고속도로 진입로를 통과하다가 있지도 않은 도로에서 방향을 전환하라는 지시를 받고 있다는 사실을 너무 뒤늦게 깨달았다. 서둘러 진로를 수정하며 고속도로 진입로를 찾기 위해 두 대의 차량을 끌고 차선 여러 개를 변경하며 달렸다. 초조하기도 하고 당혹스러운 나머지 유료 도로로 들어가고 있다는 것을 너무 늦게 깨달았다. 설상가상으로 서쪽이 아닌 동쪽으로 가고 있었다. 그런 다음 차를 돌릴 수 있는 출구를 놓쳤다. 나는 짧게 욕설을 내뱉으며 한참을 달려 다음 출구로 나가면서 통행료를 지불했다.

그 당시는 통행료 자동 정산 시스템이 일반화되기 전이었다. 통행료 수납 부스에 징수원이 없어서 차를 타고 지나가면서 돈을 철제 용기에 넣게 되어 있었다. 나는 지갑을 뒤져 마지막 잔돈 한 푼까지 긁어냈다. 그래도 액수가 모자랐다. 잔돈을 부스에 넣고, 통행료를 지불할 돈이 모자라면 어떻게 해야 하는지 말해 줄 사람을 찾으려고 주위를 둘러보았다. 주위에는 아무도 없었고, 도움이 될 만한 안내 문구도 보이지 않았다. 그래서 가속 페달을 밟고 가버렸다. 빨간 불이 번쩍이거나 경고종이나 사이렌 소리가 들릴 것으로 예상했지만 아무 일도 없었다. 몇 킬로미터를 갈 때마다 뒤에서 불빛이 번쩍이는지 계속 확인했지만, 아무도 나타나지 않았다. 나는 숨을 내쉬고 마음을 놓기 시작했다.

나는 더 이상 아무 문제 없이 오클라호마 주의 나머지 지역과 뉴멕시코 주를 질러갔다. 드디어 고지대 사막 도시인 앨버커키에 도착했다. 녹슨 색깔의 산디아 산맥이 도시의 동쪽을 에워싸고 있었다. 모래사장이 있는 리오그란데 강은 남쪽을 향해 굽이굽이 이어져 도시 한복판을 지나 텍사스 주로 흘렀다.

앨버커키 국제 열기구 축제는 매년 열리는 행사로 세계에서 가장 규모가 큰 열기구 축제이다. 9일 동안 수백 개의 열기구가 참가한다. 열기구 축제도 RV 단체 이벤트도 와 본 건 이번이 처음이었다. 그래서 어떤 기대를 해야 하는지도 몰랐다.

나는 RV 주차장으로 안내하는 표지판을 따라갔다. 나보다 먼저 도착한 신디가 일러준 방향도 참고했다. 흙과 자갈이 깔린 RV 주차장은 RV 야영장이 아니라 흡사 거대한 RV 판매 부지처럼 보였다. 온갖 종류와 크기의 캠핑카와 트레일러가 일정하고 질서정연하게 늘어서 있었다. 신디가 자신과 친구들이 어디에 주차했는지 알려 준 장소로 천천히 향했다. 낯익은 복고풍과 화려한 줄무늬의 캠핑카들이 눈에 들어왔다. 재빨리 그린 몬스터를 주차한 다음 견인장치에서 승용차의 연결 장치를 풀었다. 주차 요원들의 지시에 따라 승용차를 캠핑카에 바짝 세웠다. 그러다 라이프 언 휠스의 강사가 우리에게 했던 말이 떠올라서 다시 운전석에 올라탔다. 그 당시에 강사가 수강생들에게 이렇게 말했다.

"RV를 주차할 때는 냉장고 때문에 수평을 잘 맞춰야 해요. RV 냉장고는 가정용 냉장고와는 작동 방식이 달라요. 그래서 내부가 제대로 작동하려면 냉장고가 수평이 되어야 해요. 그건 곧 수평기가 필요하다는 말이죠. 많은 RV에 자동 수평기가 장착되어 있어요. 자동 수평기는 버튼을 눌러 올리고 내릴 수 있는, RV 하부에 장착된 강철 다리와 같다고 보시면 돼요. 자동 수평기의 단점은 무겁고 비싸다는 거예요. 자동 수평기가 없으면 레벨링 블록을 구하거나 주차할 때 다른 방법을 이용해 캠핑카가 수평이 되도록 해야 합니다."

나는 캠핑카에 자동 수평기를 설치하지 않았다. 대신 레벨링 블록을 샀다. 레벨링 블록은 캠핑카 바퀴보다 그다지 넓지 않은 노란색 플라스틱 사각형 세트 여러 개로 구성되어 있었다. 레벨링 블록을 쌓아 올리면 다양한 높이와 경사로 된, 꼭대기가 납작한 피라미드를 만들 수 있다. 차를 운전해서 그 위에 올라타 바퀴를 올려두는 것이다. 그건 마치 거대한 레고 블록 더미 위를 올라타는 것과 같았다. 레벨링 블록은 자동 수평기보다 사용하기가 훨씬 더 까다로웠다. 각 바퀴마다 블록이 몇 개 필요한지 알아내는 일은 내게는 새로운 도전이었다. 그러고 나서 바퀴를 레벨링 블록 가운데에 맞추는 일은 특히 나 같은 초보자에게는 집중력이 필요한 일이었다. 가속 페달을 너무 세게 밟거나 살살 밟으면 바퀴가 블록 뒤쪽이나 앞쪽으로 너무 가까이 있을 수 있다. 때로는 왼쪽이나 오른쪽으로 너무 치우치기도 했다. 나는 부모님 집에서 레벨링 블록을 사용한 적이 있었다. 이번이 처음은 아니었지만, 이 새로운 기술이 아직 손에 익지 않았다.

나는 캠핑카를 장만할 때 언제 수평이 되는지 알기 위해서 그린 몬스터의 계기반과 운전석 문에 작은 수평기 두 개를 설치했다. 주차를 한 뒤에는 냉장고 옆에 있는, 캠핑카 바닥 한가운데에 더 큰 수평기를 놓았다. 이제 모든 수평기가 캠핑카가 기울어져 있다는 것을 알려 주었다.

나는 외부 보관함에서 레벨링 블록을 찾아 그중 몇 개를 앞 타이어 밑에 넣고 차를 운전해 그 위로 올라탔다. 수평기 안에 있는 거품이 '수평' 구역 안에 들어가자 흡족했다. 나 자신이 꽤 대견스러웠다. 나는 사흘 동안 9미터 길이의 캠핑카를, 그것도 승용차를 달고 다섯 개 주를 운전하고도 큰 사고 없이 무사했다. 여행은 거뜬히 할 수 있겠어!

주차를 하자마자 라일리는 평소처럼 조수석 밑에서 나타났다.

"라일리, 산책할 준비 됐니?"

라일리에게 목줄을 채우자 녀석은 꼬리를 흔들었다. 우리는 신디를 찾으러 출발했다. 나는 투손에서 신디를 만난 이후로 그녀와 통화를 많이 했기 때문에 친한 친구를 만나는 기분이 들었다. 나는 빨간 줄무늬가 있고 길이가 8미터인 신디의 캠핑 카를 발견하고 문을 두드렸다.

"해냈구나!"

신디가 초롱초롱한 눈으로 문 앞에 있는 나를 바라보았다.

"네가 길을 잘 알려 준 덕분이야. 방금 주차했는데 라일리를 데리고 산책하러 가려고. 너와 모나도 같이 갈래?"

모나는 신디가 키우는 열일곱 살짜리 개로 비글과 미니어처 핀셔 믹스견이었다.

"좋아, 모나에게 줄을 매주고 올게."

신디는 잠시 후 모나와 함께 돌아왔다. 라일리와 모나가 안면을 튼 뒤에 우리는 RV 지역을 돌아다녔다. 신디는 다른 단체의 몇몇 사람들에게 나를 소개했고, 우리는 계속 산책을 했다. 신디가 'RV 가게'를 가리켰는데, 그곳은 캠핑월드 제품을 판매하는 텐트였다.

걷다 보니 열기구를 띄우는 들판까지 갔다. 어마어마하게 넓은 풀밭에서 열기구 축제 참가자들이 열심히 일하고 있었다.

우리는 사람들이 트럭을 후진해 장비를 내리고 거대한 풍선을 풀밭에 펼쳐 놓는 모습을 구경했다. 바구니를 트럭 뒤로 끌어내 풍선에 연결하고, 그런 다음 프로판가스 탱크를 이용해 열기구를 뜨거운 공기로 채우기 시작했다. 힘들지만 질서정연한 작업 같았다. 풍선이 불룩해지면 똑바로 서는데, 그러면 비행할 준비가 된 것이었다.

기구를 띄우는 들판에서 멀지 않은 곳에 음식에서 풍선 용품에 이르기까지 온갖 물건을 파는 행상인들이 빼곡했다. 신디와 나는 장터와 노점을 둘러보고 각자 시간을 보낸 뒤, 나중에 만나기로 했다. 나는 캠핑카로 돌아가서 자리를 잡을 생각이었다. 내 야영지를 향해 걸어가는데, 사람들 몇몇이 소곤거리며 이따금씩 그린 몬스터를 향해 눈살을 찌푸리는 모습이 보였다. 내가 가까이 가자 그들 가운데 한 명이 내게 다가와 말을 걸었다. 아까 만난 단체의 일원인 배리였다.

배리는 강단 있는 작은 체격에 진지한 표정을 띤 육십 대 남자였다. 이 남자는 캠핑카 소유자들을 위한 웹사이트를 관리하며 질문을 올린 사람들에게 조언을 해 주었다. 단체의 다른 구성원들로부터 도움이 되는 답변을 얻을 수 있기 때문에 이 웹사이트는 인기가 있었다. 나도 여행을 떠나기 전 이 웹사이트를 참고해 몇 달간 준비를 했다. 사이트에 올라온 게시물을 몇 시간씩 빠짐없이 찾아보고 모든 지식을 흡수했다. 수리나 업그레이드에 대한 질문이 많았다. 드물기는 하지만 괜찮은 여행지에 대해 의논하기도 했다. 나도 질문을 몇 개 올려서 도움을 받았다.

배리는 게시할 수 있는 정보 유형에 대해 상당히 엄격했다. '멀쩡한 캠핑카나 부품을 손상시키지 않고' 수리나 업그레이드를 제대로 하는지 까다롭게 따지는 것 같았다.

배리가 심각한 표정으로 내게 다가오자 내 얼굴에는 웃음기가 싹 가셨다. 내가 뭔가 심하게 잘못한 게 틀림없다고 생각했다. 배리는 레벨링 블록 위에 올라가 있는 캠핑카의 바퀴를 가리켰다.

"바퀴가 저렇게 레벨링 블록 측면 위에 떠 있으면 타이어에 안 좋아요. 새 타이어가 망가지길 바라진 않을 텐데요."

배리가 말했다.

나는 바퀴를 보았다. 바퀴는 레벨링 블록 바로 가운데에 놓여 있지는 않았다. 하지만 타이어의 절반이 측면 위에 걸쳐 있는 것 같지도 않았다. 중심에서 살짝 쏠려 있을 뿐이었다. 이 사람이 진심으로 하는 말일까? 이것 때문에 다들 속닥거리고 있었던 거야? 이 사람들은 내 타이어를 보는 것처럼 다른 모든 사람의 타이어를 자세히 살펴보는 걸까? 나는 농구공을 거실에 던져 소중한 램프를 박살낸 장난꾸러기 아이가 된 기분이었다. 타이어를 약간 치우치게 걸쳐 놓은 것을 두고 사람들이 보이는 반응에 놀랐다. 이 여행자들은 자신의 캠핑카뿐만 아니라 다른 사람들의 캠핑카도 애지중지했다.

"아, 알겠어요. 고맙습니다. 다시 해 볼게요."

나는 벌게진 얼굴로 운전석에 올라탔고, 몇 사람의 도움으로 캠핑카를 후진해 레벨링 블록을 내려온 다음 다시 차를 레벨링 블록에 올렸다. 하지만 한쪽으로 너무 쏠렸다. 일행은 나에게 후진하라고 손짓을 했고, 나는 거듭 시도했다. 식은땀이 나서 소름이 돋았다. 몇 번을 앞뒤로 왔다 갔다 한 끝에 마침내 일행이 만족하게끔 타이어 네 개를 전부 블록의 가운데에 올려놓았다. 그들은 일제히 안도의 한숨을 내쉬는 것 같았다. 나는 윗입술에 난 땀을 닦고 운전석에서 내려왔다. 그런 다음 모두에게 도와줘서 고맙다고 말하고는 캠핑카 안으로 슬그머니 들어갔다. 이 여행이 생각만큼 호락호락하진 않겠는걸.

열기구

2006년 10월

하늘을 나는 건 마법 같은 일이다.
— 그레이엄 혹스*

　그다음 날 나는 숨을 헐떡이는 큰 소리에 아침 일찍 잠에서 깼다. 라일리는 낯선 소리가 나자 으르렁거렸다. 캠핑카 바깥의 여러 방향에서 나는 소리 같았다. 나는 누운 채 침대 머리맡 위에 있는 넓은 창의 차광막을 올려 하늘을 보고 눈이 휘둥그

* 영국의 선박 기관사이자 잠수함 디자이너_옮긴이

레졌다.

열기구 수백 개가 이른 아침의 햇살 속을 떠다니고 있었다. 밝은 색깔과 다양한 모양의 열기구가 하늘에 가득했다. 열기구는 떠오르는 해를 좇아 조용히 위로, 미끄러지듯 멀리 나아갔다. 풍선에 뜨거운 공기를 주입하는 프로판가스 버너에서 이따금씩 소음이 날 뿐이었다. 열기구 수백 개를 동시에 올리는 것으로 유명한 이 어마어마한 기구 띄우기 행사는 믿어지지 않을 만큼 장관이었다. 나는 황소, 곰, 마녀에 둘러싸여 떠다니는 돼지를 놀란 눈으로 구경했다. 잠시 뒤에 역마차가 호박벌 두 마리를 좇고, 마법의 양탄자를 탄 지니가 사람들 틈으로 들어왔다.

침대에 누워 창밖으로 지나가는 이 색다른 광경을 보면서 나는 낯선 감정에 휩싸였다. 기쁨을 느꼈다. 사무실로 걸어가면서 노숙자들을 부러워하던 때를 회상했다. 삶에 지친 나머지 노숙자들의 '자유'를 부러워하지 않았더라면, 아마 나는 이곳에 있지 않았을 터였다. 서둘러 옷을 입고 밖으로 나갈 때 내 얼굴에는 미소가 가득했다.

내 동료 야영객들 중 몇몇이 근처에 모여서 그 광경을 보고 있었다. 신디도 있었다. 신디는 하늘을 멍하니 바라보고 있는 나를 보고 다가왔다.

"낮에 하는 불꽃놀이 같아."

신디가 말했다.

"이게 훨씬 더 좋아. 열기구는 불꽃놀이처럼 몇 초 안에 사라지지 않잖아."

내가 말했다.

몇몇 이웃들은 더 잘 보려고 캠핑카 지붕 위로 올라갔다. 다들 목을 길게 빼고 열기구가 하늘로 자유롭게 날아가는 것을 구경했다. 카메라 셔터를 마구 누르는 소리가 '어!', '아!' 하는 군중들의 환호성과 섞였다.

"여기 같이 오자고 초대해 줘서 고마워. 새로운 인생을 시작하는 완벽한 출발이야. 이 열기구들처럼 나도 하늘을 나는 기분이야."

나는 신디에게 말했다.

"나도 그래."

신디는 활짝 웃었다.

그날은 다양한 풍선 활동이 아주 많았다. RV 주차장에서 길 건너편에 있는 여러 부스를 다니고 새로운 친구들을 만났다. 우리는 낮과 저녁 내내 축제 행사에서, 그리고 서로의 캠핑카에서 삼삼오오 모여 이야기와 음식, 와인을 나누었다.

나는 내 야영지 근처에 주차한 다른 여자들 몇 명을 알게 되었다. 자신감 있고 모험심이 강한 그들의 모습을 보고 깊은 인상을 받았다. 루시는 픽시(사람의 모습을 한 귀가 뾰족한 작은 요정_옮긴이) 같은 이목구비에 숱 많은 회색 머리는 파마를 해서 부풀어진 헬멧 스타일이었다. 체형이 넉넉하고 함박미소를 지었다. 화끈한 웃음소리와 넘치는 재치 덕분에 거의 모든 사람들과 만나자마자 친구가 되었다. 대화를 나누며 루시는 이혼을 했고 캠핑카 상시 여행자라고 내게 말했다. 애니는 말투가 부드럽고 날씬한 육십 대 초반의 여자였다. 짧고 세련된 머리에 사서처럼 안경을 썼고, 남부 사람 특유의 느린 말씨가 약간 있었다. 애니는 몇 년 전에 루시와 친구가 되었고, 각자 캠핑카를 끌고 종종 함께 여행을 한다고 내게 말했다.

그 여자들은 처한 환경이 저마다 달랐다. 루시처럼 상시 여행을 하거나 어딘가에 집은 있는데 며칠이나 몇 주 동안 짬이 날 때 여행을 하거나 남편을 동반하지 않고 여행을 하는 여자들도 있었다.

한 여자가 말했다.

"나는 남편한테 말했어요. '당신이 풍선축제에 가기 싫다고 해도 어쨌든 난 갈 거예요.'라고. 그래서 정말 그렇게 했다니까요."

이 여자들은 캠핑카를 능숙하게 관리했고 타이어 공기압,

탱크 비우기, 엔진 정비 같은 주제에 막힘이 없었다. 굉장히 독립적이고 아는 것이 많았다. 나도 그들처럼 내 캠핑카를 자신 있게 관리하고 싶었다.

캠핑카는 이 단체를 결집시키는 핵심 주제였다. 나는 사람들이 몇 시간 동안 이야기를 나누고, 캠핑카를 어떻게 업그레이드했는지 보여주고, 차 관리에 대해 아주 상세히 토론하는 모습을 지켜보고 경청했다. 레벨링 블록 때문에 곤욕을 치르고 난 후 내가 다른 사람들만큼 진지하게 캠핑카를 관리하지 않는다는 사실을 알 수 있었다. 나는 업그레이드를 하는 일에는 전혀 관심이 없었다. 그런 몬스터는 내 집의 판매 수익 상당 부분을 꿀꺽 삼켰고, 어쨌든 나는 1년 동안만 상시 여행을 할 계획이었다. 나는 그 단체의 사람들과 캠핑카 업그레이드 장치와 부품 시장을 둘러보았다. 그 과정에서 모든 사람들을 더 잘 알게 되어 즐거웠다. 오랫동안 내 삶에서 빠져 있던 것이 바로 그들처럼 결속력이 좋은 공동체였다.

열기구 축제의 여러 활동은 날씨에 크게 좌우되었다. 비가 오거나 바람이 불면 행사가 취소될 수 있었다. 다음 날 예정된 프로그램이 바람 때문에 취소된다는 것을 알았을 때, 애니는 카샤 카투웨 텐트 바위 국립 기념물에 단체 등산을 갈 준비를 했다. 개는 입장이 허용되지 않았기 때문에 라일리는 캠핑카 안에 두고 갈 생각이었다. 그리 오래 걸리진 않을 터였다.

협곡에는 수백만 년 전에 일어난 화산 폭발로 인해 티피(과거 북미 원주민이 거주하던 원뿔형 천막_옮긴이)처럼 보이는 특이한 암석이 형성되어 있었다. 우리 여덟 명은 길이가 7미터인 애니의 캠핑카에 우르르 타고 앨버커키 북쪽으로 한 시간을 달렸다. 주차를 한 후 우리는 등산로 입구에 모여 단체 사진을 찍었다. 그런 다음 등산로를 오르기 시작했다.

나는 자연스럽게 신디에게 끌렸다. 이 단체의 몇 사람이 내가 레벨링 블록에 주차한 방식을 아주 탐탁지 않아 했던 표정이 떠올랐기 때문이었다. 신디는 아무런 판단도 하지 않았고 나를 웃게 해 주었다. 또 유일하게 내 나이 또래였다.

우리는 돌과 바위를 빙 돌아 좁은 협곡을 올라가고 있었다. 그때 내 뒤에서 신디의 신음소리가 들렸다. 뒤를 돌아보니 신디가 등산로에 서 있었다. 신디의 둥근 얼굴은 발그레했고, 숨소리는 거칠었다.

"발목을 접질렸어. 먼저 가."

신디가 말했다.

"정말 괜찮겠어? 난 너와 여기 있어도 돼."

내가 물었다.

"아니야, 난 쉬어야겠어. 여기가 가팔라서 말이야. 넌 등산을 마저 해. 정상에서 바라보는 경치가 믿어지지 않을 만큼 멋질 거야. 여기 있을 테니까 갔다 와."

신디가 말했다.

나는 마지못해 계속 등산을 했고 어느새 애니 옆에 있었다.

"애니, 어디서 오셨어요?"

나는 애니의 남부 사투리에 주목하며 물었다.

"지금은 필라델피아에 살고 있는데 성장한 곳은 뉴올리언스 예요. 사투리 억양이 완전히 없어지진 않더라고요."

우리는 협곡을 계속 올라가며 편하게 이야기를 나누었다.

"은퇴하셨어요?"

내가 물었다.

"네, 3학년 학생들을 가르치다가 2년 전에 은퇴했어요."

"좋으시겠어요! 저도 은퇴해서 평생 여행만 하면 좋겠어요. 저는 여행을 하려고 1년만 쉬고 있거든요."

"아, 난 상시 여행자는 아니에요. 보통 몇 주 동안만 여행을 하고 집으로 가요. 손주들이 보고 싶어서 더 오래는 못해요. 게다가 나는 돌아갈 집이 있는 게 좋아요. 캠핑카에서 한두 달 이상 살다 보면 밀실공포증이 생기거든요."

애니의 캠핑카는 내 캠핑카보다 2미터가 더 짧았다.

내가 만난 사람들 가운데 일부는 애니처럼 상시 여행에는 관심이 없고, 집을 보유한 채 RV로 장기간 여행할 수 있는 재력이 있었다. 나처럼 집을 팔지 않으면 RV 생활을 할 여유가 없는 사람들도 있었고 집을 소유할 여유가 있지만 그러지 않는 사람들도 있었다. 집을 관리하는 일에 얽매이지 않고 온전히 자유를 누리는 편이 더 좋기 때문이었다.

"그동안 가보신 곳 중 어디가 가장 좋으셨어요?"

내가 물었다.

애니가 전에 가 본 몇몇 여행지에 대해 특유의 부드러운 말투로 이야기하자 내 경계심이 누그러졌다.

"등산을 하면 사람들을 쉽게 사귈 수 있어요."

애니가 말했다.

"나는 이렇게 단출하게 사람들과 교제하는 편이 좋아요. 한꺼번에 많은 사람들과 어울리기보다는 한두 사람과 이야기를 나누는 게 더 편하거든요."

나는 동의했다.

우리는 협곡 정상에 이르렀고 애써 올라간 보람이 있었다. 텐트 바위의 봉우리들이 발치 아래에 흩어진 회색의 뾰족한 독버섯처럼 보였다. 멀리 햇살이 내리비치는 산디아 산맥은 타오르는 석탄처럼 희미하게 빛나고 있었다. 우리는 협곡을 내려가기 전에 사진을 찍고 간식을 먹으며 경치를 즐겼다.

정상에서 내려오는 동안 나는 다른 사람들과 이야기를 나누었다. 그들은 내가 처음에 생각한 것처럼 엄격하고 비판적이지 않았다. 무던하고 친절했다. 어쩌면 나는 생각했던 것보다 이 사람들과 공통점이 더 많을 수도 있어. 여행이 공동의 관심사였지만 등산, 자연, 동물들에 대해서도 마찬가지였다. 어쩌면 그들은 내 캠핑카 주변에 모여 레벨링 블록에 주차를 잘못했다고 말했을 때 신출내기에게 무안을 주려는 의도가 없었던 것일 수도 있었다.

우리가 협곡 맨 아래에 거의 왔을 때, 신디는 아까 헤어졌던 바로 그 자리에서 기다리고 있었다.

"기분이 좀 나아졌어?"

내가 물었다.

"훨씬 좋아졌어. 여기 앉아서 느긋하게 쉬는 것도 좋더라고. 다른 사람들이 모두 협곡 위로 올라가는 걸 지켜봤지."

나도 마음이 느긋해지고 더 행복해졌다. 잘 어울리지 못하는 나의 모난 성격이 조금 둥글게 깎인 기분이었다. 하지만 자신감을 키우기 위한 이 여정에서 아직도 배울 게 많았다.

다음 날 우리는 등산을 한 뒤에 우리가 주차한 RV 근처에 모여 이야기를 나누고 있었다.

"잡아요!"

누군가가 다급하게 소리쳤다.

우리는 우리 옆에 나란히 주차된 RV 건너편을 바라보았다. 그러자 불안해 보이는 갈색 닥스훈트 두 마리가 마구 짖어대며 우리 쪽으로 달려왔다. 그 뒤를 쫓아오는 한 여자가 보였다. 닥스훈트들이 짧은 다리로 굉장히 빨리 움직일 수 있다는 사실이 놀라웠다.

우리 일행 중 한 여자가 개를 잡으려고 손을 아래로 뻗었다. 그러다 한눈에 봐도 히스테리 상태인 그 개에게 물리고 말았다. 그때 나는 라일리를 줄에 매고 근처에 서 있었다. 그 개는 곧장 나를 향해 달려오더니 미친 듯이 날뛰며 내 다리를 기어오르려고 필사적으로 버둥거렸다. 나는 그 개를 집어 들고 싶었다. 하지만 그럴 새도 없이 겁에 질린 그 개는 점프를 멈추더니 볼일을 보기 시작했다. 그것도 내 신발 위에. 내가 껑충 뛰어서 피하는 동안 개를 쫓던 여자가 마침내 따라잡아서 개 목걸이에 줄을 잽싸게 맸다. 그러자 그 즉시 개는 진정되는 듯 보였다. 다른 닥스훈트가 오자 여자는 녀석에게도 재빨리 목줄을 채웠다.

"당신 개들이 꽤 흥분한 것 같아요."

단체 구성원 중 한 명인 알렌이 말했다.

"제 개가 아니고, 제 옆에 있는 트레일러에서 지내던 남자의 개예요. 그 남자가 심장마비로 쓰러졌고, 이 개들은 오랫동안 그 남자와 함께 그곳에 갇혀 있었어요. 개들이 미친 듯이 짖는 소리를 들은 또 다른 이웃이 그 남자한테 무슨 일이 있는지 확인하러 갔어요. 그러다 바닥에 쓰러져 있는 남자를 발견하고 구급차를 불렀어요. 저는 그저 그 사람들을 도우려고 이 개들을 산책시켜 주는 것뿐이에요. 그런데 가엾은 개들이 몹시 겁을 먹었어요."

나는 사십 대이고 건강했지만 이 일로 충격을 받았다. 혼자 여행을 하면 한순간 모든 일이 틀어질 수 있다는 것을 알게 되었다. 나는 와락 밀려드는 공포에 휩싸인 나머지 자신의 꼬리를 쫓는 히스테리 가득한 닥스훈트처럼 꼬리에 꼬리를 무는 쓸데없는 걱정에 미친 듯이 빠져들었다. 만약 내가 위험할 정도로 건강이 안 좋아지거나 의식을 잃으면 어떡하지? 심장마비나 뇌동맥류로 죽는다면? 캠핑카에 혼자 남겨진 라일리는 어떻게 될까? 캐미와 가족들이 내게 일어난 일을 무슨 수로 알지? 일이 생겼다는 걸 누군가 알아내기까지 얼마나 걸릴까? 고속도로에서 타이어가 터져서 끔찍한 사고가 나면 어떡하지? 혼자 등산을 하다가 넘어져서 다친다거나 연쇄 살인범을 마주칠 수도 있는 인적 드문 고속도로에서 캠핑카가 고장 나면 어쩌지? 사람들이 나한테 용기가 대단하다고 계속 말을 하는 것도 당연해. 온갖 일들이 꼬일 수 있으니까! 내 머릿속은 램프 갓 속의 나방처럼 정신없이 여러 불행한 사건으로 엎치락뒤치락하며 점점 이성을 잃었다.

"혼자 여행하다가 무슨 일이 일어날까 봐 걱정해 본 적 있어?"

나는 옆에 서 있는 신디에게 물었다.

"처음에는 그런 생각을 했지. 하지만 그러고 나서 깨달은 건 집에서 혼자 살든 캠핑카에서 혼자 살든 마찬가지라는 거야. 집에서 산다고 해도 나한테 얼마든지 무슨 일이 일어날 수 있겠더라고. 페인트칠을 하다가 사다리에서 떨어지거나 샤워하다가 미끄러져서 머리를 부딪칠 수도 있어. 일은 어디에 있든 일어날 수 있어."

"맞아. 폭풍우가 지나간 뒤에 나뭇가지를 치우려고 흔들리는 사다리를 타고 지붕에 올라간 적이 있어. 그때 마당으로 떨어져서 의식을 잃을 수도 있었어. 그랬다면 내가 잘못됐다는 걸 이웃 사람이 알아내기까지 아주 오래 걸렸을 거야. 왜냐하면 이웃들과 거의 얼굴을 못 보고 살았거든."

나는 맞장구를 쳤다.

"맞아. 난 여행을 다닌 뒤로 매일 사람들과 만나 이야기를 나눠. 다른 여행자들이든, 야영지 주인들이든, 아니면 친구들이든 누군가와 꾸준히 접촉을 해. 그런데 아파트에서 살 때는 늘 소통을 하는 건 아니었어. 여행자들은 대개 친절하고 도움을 베풀어. 서로를 살펴 주지."

"그래, 그런 것 같아. 심장마비로 쓰러진 남자와 그 불쌍한 개들한테 정말로 나쁜 일이 일어나기 전에 이웃들이 발견했으니까."

내가 말했다.

신디는 잠시 말이 없다가 입을 열었다.

"나는 뇌종양이 걸렸다는 사실에 지나치게 집착하고 미래에 일어날지 안 일어날지 모르는 일에 대해 걱정하느라 너무 많은 시간을 보냈어. 그건 시간낭비라는 생각이 들었어. 그래서 더 이상 그런 걱정은 안 할 거야. 대신 내 꿈대로 살 거야."

"나도 그럴 거야."

나는 대답했다. 두려움을 느끼는 건 괜찮다. 어쨌든 중요한 건 도약하는 것이다. 이것이 나의 새 좌우명이었다. 나는 히스테리가 많은 닥스훈트를 머릿속에서 지워버리고 신발을 닦으러 갔다.

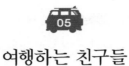

여행하는 친구들

2006년 10월~11월

인생에서 언제 진정한 모험을 하든 너무 늦은 때란 없다.
— 로버트 커슨*

"뉴멕시코 주의 다른 곳도 가보고 싶어?"
열기구 축제가 끝났을 때 신디가 물었다.
나는 주저하지 않고 대답했다.
"물론이지. 가 보자."

* 미국의 작가_옮긴이

나는 전국을 여행하겠다는 생각만 하고 있었을 뿐, 기구 축제가 끝난 뒤에 무엇을 할지 아무 계획이 없었다.

"나바호 호수 주립공원이 예쁘다고 들었어. 그리고 근처에 푸에블로 유적지가 있대. 우선 거기부터 가면 되겠어."

"그럴 듯한 계획인데. 실행에 옮기자."

나는 충동적으로 결정되는 이런 새로운 생활 방식이 마음에 들었다.

우리는 열기구 축제에서 새로 사귄 친구들에게 우리의 다음 목적지를 말했다. 그러자 테레사와 사라가 우리와 함께 가고 싶어 했다. 테레사와 사라는 둘 다 오십 대 후반이고 은퇴를 하지 않았다. 테레사는 회갈색의 긴 머리카락 때문에 꿰뚫어 보는 듯한 푸른 눈이 도드라져 보였다. 테레사가 기르는 검은색 래브라도 리트리버 믹스견은 얌전했다. 테레사는 거의 쉴 새 없이 말을 했다. 그래서 우리는 이따금씩 틈새를 비집고 들어가서 한 마디 했다. 사라는 작고 호리호리한 체격에 짧고 검은 머리 스타일이었다. 사라는 테레사와는 정반대로 조용하고 내성적이었다. 두 여자 모두 집에서 그들이 돌아오기를 기다리는 남편이 있었다. 루시와 애니는 나중에 우리와 만나겠다고 했다. 그래서 우리는 카라반(차에 매달고 다니는 이동식 주택_옮긴이)을 정리하고 캠핑카를 북쪽으로 돌리고 고속도로를 달렸다.

얼마 뒤 우리는 뉴멕시코 주의 북쪽 경계를 향해 차를 몰고 로키 산맥 분수령을 건너고 있었다.

나바호 호수 주립공원은 뉴멕시코 주와 콜로라도 주 경계에 자리해 있었고, 그 안에 댐이 있었다. 댐은 승용차 두 대가 겨우 들어갈 정도의 좁은 흙길로만 갈 수 있었다. 그 댐은 좀처럼 인적이 없는 시골 지역에 있었다. 뉴멕시코에서 흔히 볼 수 있는 전형적인 곳이었다. 곤경에 처하면 금방 도움을 받을 수 없을 확률이 높은 곳이었기 때문에 나는 함께 여행하는 친구들이 고마웠다. 댐 도로 양쪽에 방벽이 없어서 차량이 가파른 둑 아래로 굴러떨어져 물에 빠질 염려가 있었다. 우리는 야영장을 찾다가 그곳으로 길을 잘못 들었다.

"길을 잘못 들고 있어. 차를 돌려야 해."

우리의 카라반을 앞에서 이끌던 신디가 시민 밴드 무선기로 알렸다.

다른 세 사람은 더 짧은 캠핑카를 운전하고 있었고 아무도 승용차를 연결하지 않았다. 그래서 댐 도로의 교차점에서 쉽게 유턴을 할 수 있었다. 이제 내 차례였다. 그런 정교한 운전을 해 보는 건 이번이 처음이었다. 승용차가 연결되어 있는 상태에서 후진할 수 없다는 걸 염두에 두면서 가능한 한 크게 방향을 틀었다. 운전대를 힘껏 돌렸다. 하지만 그건 마치 아주 작은 개울에서 유람선을 돌리려는 것과 같았다. 그린 몬스터의 바퀴가 위험할 정도로 댐 도로의 가장자리에 바짝 붙었다. 내 눈은 가파른 둑을 훑어 저 아래에 있는 물을 향했다. 심장이 두근거렸다. 내가 할 수 있을까? 나는 아주 조금 더 천천히 나 아갔다. 못할 것 같아!

나는 멈춰서 승용차를 분리할 수 없다는 것을 너무 늦게 깨 달았다. 아슬아슬하게 차를 돌리고 있기 때문이었다. 각도가 좁아서 견인장치가 꽉 끼인 바람에 견인장치를 풀어서 승용차 를 분리할 수가 없었다. 설상가상으로 댐 옆으로 떨어지지 않 는다 하더라도 도롯가에 있는 아주 커 보이는 구덩이를 향해 있었다. 구덩이는 안에 물이 가득해서 얼마나 깊은지 알 수 없 었다. 어쨌든 나는 웅덩이를 겨냥해 있는 힘을 다해 운전대를 돌려서 구덩이를 비껴가며 캠핑카를 간신히 댐 위에 돌려놓 았다. 내가 해냈어!

"잘했어! 네가 할 수 있을까 걱정했는데 말이야."

신디가 무선기를 통해 말했다. 신디는 도롯가에 차를 세우고 나를 기다렸다.

"나한테 다시는 그러지 말라고 일깨워줘."

나는 떨리는 손으로 무선기를 잡으며 힘없이 대꾸했다. 좁은 곳에서는 승용차를 연결해 놓은 채 유턴하지 말 것. 나는 하나 둘 배워가고 있었다.

우리가 야영장을 발견했을 때, 내 심박수는 정상으로 돌아왔다. 우리는 아름다운 호수 풍경이 보이는, 나무가 많은 야영지에 자리를 잡았다. 우리가 이 근처를 구경하는 동안 이곳이 우리의 베이스캠프가 될 예정이었다.

우리는 개들을 산책시키고 먹인 다음 낮잠을 재우려고 각자의 캠핑카 안으로 들여보냈다. 그런 뒤에 구경을 가기 위해 내 혼다 승용차에 탔다. 우리가 가장 먼저 갈 곳은 아즈텍 유적 국립 기념물이었다. 그곳에서 서기 1100년에서 1300년 사이에 푸에블로족 인디언의 조상들이 정교한 돌 건축물을 만들었다. 우리는 무너져가는 벽돌집과 지하의 제단인 키바 사이에 난, 대체로 인적이 드문 길을 안내서를 참고하며 돌아다녔다. 테레사는 낮이나 저녁이나 쉴 새 없이 수다를 떨었다. 우리는 테레사의 말을 예의 바르게 경청하다가 간혹 간신히 끼어들어 몇 마디 했다. 다음 날, 우리는 내 승용차를 타고 콜로라도 주 경계를 넘어 메사 베르데(스페인어로 '푸른 대지'라는 뜻_옮긴이) 국립공원으로 갔다.

메사 베르데 국립공원에는 푸에블로족의 절벽 주택 600채가 있었다. 이곳에는 전국에서 가장 잘 보존된 유적지들 가운데 몇 곳이 있었다. 서기 1190년까지 거슬러 올라가는 사암,

절구, 나무 기둥 구조물이 마치 거대한 날개의 보호 아래에 있는 것처럼 돌출된 절벽 아래에 박혀 있었다. 우리는 가이드 역할도 겸하는 공원 감시인을 따라 먼지투성이의 산길을 걸었다. 절벽 궁전과 발코니 하우스에 있는, 노란색과 연어색의 많은 방을 보며 경탄했다. 우리가 그곳을 둘러보는 동안 나는 잠시도 쉬지 않고 말을 하는 테레사의 능력에 입이 떡 벌어졌다. 테레사는 숨도 쉬지 않는 것처럼 다른 사람들이 끼어들 여지를 주지 않았다. 테레사는 머릿속에 떠오르는 생각을 다 말하는 모양이야.

우리의 마지막 여행지는 뉴멕시코 주에 있는 차코 문화 국립 역사 공원이었다. 하지만 이번에는 내 차를 타지 않고 각자 캠핑카를 타고 가기로 했다. 그런 뒤에는 각자 제 길로 갈 계획이었다. 역사 공원에 가려면 구덩이가 가득한 흙길을 덜컹거리며 가야 했는데, 비가 오면 물에 잠겨서 통행할 수 없다고 들었다. 우리는 계획을 세우면서 비구름이 점점 커지는 것을 주시했다. 우리는 루시와 애니를 역사 공원에서 만나기로 했다. 휴대전화로 통화를 두 번 해서 만날 장소와 시간을 정했다. 그런 다음 마침내 루시와 애니를 발견하고, 유적지를 보기 위해 14킬로미터의 순환도로를 운전하기 시작했다.

이 푸에블로 구조물들은 서기 850년에 지어진 더 오래된 것이었는데, 메사 베르데에 있는 푸에블로 구조물들만큼 잘 보존되어 있지는 않았다. 햇볕을 받아 불덩어리처럼 환한 거대한 바위들이 협곡 양쪽에 늘어서 있었다. 그 사이에 있는 협곡 바닥에는 초록색 메스키트(남미산 나무. 숯을 만들거나 음식 굽는 불을 피울 때 흔히 쓰임_옮긴이) 덤불이 듬성듬성 있었다. 나는 쉴 새 없이 떠드는 테레사가 거슬리기 시작했다. 이 끝없는 독백에 괴로워하는 사람은 나밖에 없는 것 같았다. 나는 대다수의 사람들에 비해 말수가 없는 편이니까. 우리가 푸에블로 보니토(푸에블로족이 지은 공동 주택 유적_옮긴이) 안에 줄지어 있는 많은 벽돌 출입구를 찍고 있을 때, 신디는 일행으로부터 멀리 떨어져 있었다. 나는 신디를 따라갔다.

"도대체 입을 다무실 줄을 모르네. 어찌나 말씀이 많은지 더는 못 듣겠어."

신디는 우리가 주고받는 대화가 들리지 않는 안전한 지점에 오자 말했다.

"나만 슬슬 짜증이 나는 줄 알았는데."

내가 대답하자 우리 둘 다 피식 웃음이 터졌다. 자유를 누리며 여행하는 이런 생활에도 소소하게 화를 돋우는 일이 없는 건 아니었다. 그럼에도 잘 이겨내야 했다. 모든 사람이 이상적인 여행의 동반자는 아니니까.

테레사는 직장에 복귀해야 하고, 사라는 남편한테 돌아가기로 계획한 날까지 며칠밖에 남지 않았다. 우리는 차코 문화 국립 역사 공원에 갔다 온 뒤에는 헤어져야 한다는 것을 알았다. 나는 남편이 여행에 대해 시큰둥한 반응을 보였는데도 자신이 좋아하는 일을 끝내 해내는 테레사와 사라가 대단해 보였다. 루시, 애니, 신디, 그리고 나는 모두 앨버커키로 돌아가는 길이었으므로 서로 작별 인사와 포옹을 나누었다. 우리 모두 협곡에서 나와 길고 쓸쓸한 도로를 달렸다. 각 캠핑카가 지나가는 자리마다 먼지가 일고 이따금씩 빗방울이 날렸다. 앨버커키로 돌아가는 길에 차 안에 흐르는 침묵이 그렇게 좋을 수가 없었다.

우리 넷은 앨버커키를 좀 더 보기 위해 근처에 있는 코로나도 주립 기념물 야영장에 머물기로 했다. 어느 날 저녁, 우리는 캠핑카 밖의 야영장에 앉아서 핏빛 빨간 노을이 밤하늘을 물들이는 것을 보고 있었다.

"내 친구들 몇 명이 바하 반도(태평양과 캘리포니아 만 사이의 반도_옮긴이)에 간다고 하더라. 그 친구들은 매년 겨울에 바하 반도 한가운데에 있는 해변에서 몇 달을 보내거든. 거기가 정말 아름답대. 생활비도 저렴하고. 나도 거기에 갈까 생각 중이야."

루시가 말했다.

"정말? 나도 가고 싶어."

애니가 말했다.

"재미있겠는데요. 저도 가고 싶어요!"

신디가 끼어들었다. 그들은 기대하는 눈빛으로 나를 돌아보았다.

나는 몇 명 안 되는 우리 일행을 둘러보았다. 서로 안 지 얼마 되지 않았지만 나는 이 여자들이 정말 좋아졌다.

"물론 저도 무척 가고 싶어요. 언제 가는데요?"

내가 말했다. 나는 미래에 대해 걱정하지 않고, 인생이 선사하는 모든 기회를 붙잡으며 그저 흐름에 따라가는 법을 배우고 있었다. 자유란 바로 이런 거야!

우리는 달력을 확인했고 1월 말경에 샌디에이고에서 만나서 2월 1일에 국경을 넘기로 했다. 계획을 세우고 나자 애니와 루시는 뉴멕시코 서쪽 지역을 더 탐사하기로 결정했다. 반면 신디와 나는 동쪽과 남쪽 지역을 보고 싶었다. 우리는 2주 후에 남서쪽에 있는 록하운드 주립공원에서 다시 만나기로 했다.

신디와 나는 화이트 샌즈와 칼즈배드 동굴을 포함해 여러 국립공원과 기념물을 방문했다. 이 두 곳의 풍경은 어쩌면 이렇게 다를 수 있을까 싶을 만큼 완전히 딴판이었다. 화이트 샌

즈는 눈부신 푸른 하늘 아래 펼쳐진 백색 석고 사막이었다. 바위투성이 동굴의 으스스한 구석은 살인 사건이 일어날 것 같은 환경이었다. 수천 마리의 박쥐들이 자연적으로 생긴 동굴 입구 근처에서 겨울잠을 잤다. 우리가 그곳에 간 시기는 박쥐들을 볼 수 있는 때가 아니었다. 나는 독특하게 다른 이 모든 광경을 탐험하는 것이 무척 좋았고, 신디는 훌륭한 여행 동반자였다. 신디는 느긋하고 유능하고 호기심이 많았다. 그리고 쉴 새 없이 말을 하지 않았다. 신디한테 많은 걸 배우기도 했다.

어느 날 신디가 내 캠핑카 문을 두드리고 물었다.

"발전기 오일을 갈 거야. 어떻게 하는 건지 한번 볼래?"

보통 나는 그런 일은 누군가에게 맡기고 돈을 지불했다. 하지만 캠핑카를 더욱 적극적으로 관리해야 할 필요가 있었다.

"그래. 금방 갈게."

나는 신디가 발전기에 있는 오일을 플라스틱 용기 안으로 빼는 것을 지켜보며 말했다.

"생각보다 쉽네."

"그런데 자동차 정비 작업을 허용하는 야영장을 찾는 일이 쉽지 않아. 허용하지 않는 곳이 있거든."

신디가 말했다.

"알아두면 좋은 정보네. 나는 그런 생각은 하지도 못했을 거야."

그동안 정말 많이 배운 것 같은데 여전히 배울 게 있었다.

또 한 번은 우리가 지붕 환기구를 열어둔 채 내 캠핑카 안에 앉아 있었는데 비가 내리기 시작했다. 큰 빗방울이 방충망을 통해 거실 안으로 튀어서 나는 허둥지둥 환기구를 닫았다.

"나는 캠핑카 환기구 덮개를 사다가 직접 설치했어. 이제는 비가 올 때 환기구를 열어두어도 캠핑카 내부가 젖지 않게 환기할 수 있어. 그렇게 하면 플라스틱 환기구도 더 오래 쓸 수 있고."

"일리가 있는 말이야. 환기구 덮개를 사야겠어."

좋은 생각인 것 같았다. 그다음에 우리가 RV 부품 가게에 갔을 때, 나는 환기구 덮개를 샀다. 신디는 나와 함께 지붕으로 올라가서 내가 새 드릴로 직접 구멍을 뚫고 덮개를 설치하는 방법을 알려 주었다. 나는 내 손놀림을 바라보며 작은 자신감의 씨앗이 더 커지는 것을 느꼈다.

우리는 잘 지냈다. 하지만 신디가 얼마나 좋은 친구인지 내가 알게 된 건 샌타페이(미국 뉴멕시코 주의 주도_옮긴이)에서였다. 우리는 스키 명소인 타우스를 방문하고 있었다. 멋진 생그리더크리스토 산맥(미국 콜로라도 주 중부에서 뉴멕시코 주 중북부에 이르는 산맥으로 로키 산맥의 일부_옮긴이) 기슭에 있는 타우스에는 고풍스런 마을 광장이 있었다. 우리는 푸에블로족 마을과 미술관을 둘러본 다음 시내의 한 식당에서 저녁을 먹었다. 11월 초여서 기온이 떨어지고 있었고, 타우스는 2킬로미터 고도에 있다. 다음 날 아침에 일어나 보니 캠핑카 물 호스가 살짝 얼어 있어서 우리는 더 낮은 고도로 이동하기로 결정했다.

우리가 1시간 30분 동안 차를 몰고 샌타페이까지 갔을 때 나는 내가 아프다는 것을 알았다. 나는 샌타페이에 캠핑카를 주차하고 침대에 누웠다.

신디는 마을을 구경하러 가려고 내 캠핑카 문을 두드리고는 유령처럼 창백한 내 얼굴을 쓱 쳐다보고 물었다.

"무슨 일이야?"

"속이 거북해. 뭘 잘못 먹었나 봐. 미안해, 아무 데도 못 가겠어."

"내 걱정은 하지 마. 네 몸이나 잘 챙겨. 가기 전에 라일리를 산책시켜 줄게."

그 말과 함께 신디는 라일리에게 목줄을 채우고 녀석을 데리고 나갔다. 나는 다시 침대로 기어들어가서 바로 잠이 들었다. 잠시 후 신디가 라일리와 함께 돌아왔을 때 나는 잠에서 깨어났다.

"라일리 먹을 음식과 물그릇은 가득 채워 놨으니까 신경 쓰지 마."

"고마워."

나는 이불을 덮고 누운 채 힘없이 말했다. 그러고는 남은 하루를 침대와 화장실을 오가며 보냈다. 침대와 화장실이 멀리 떨어져 있지 않은 게 다행이었다. 약속대로 신디는 오후 늦게 돌아와 다시 라일리를 산책시키고 먹을 것을 주었다. 나는 밤새도록 잠을 잤고 다음 날 아침에 일어났을 때는 몸이 훨씬 좋아졌다. 동료 여행자들 중 한 사람이 내게 했던 말이 떠올랐다. 여행자들은 서로를 살펴 줘. 내게 도움이 필요할 때 신디가 곁에 있어서 무척 감사했다.

여행지에서 일어난 죽음

2006년 11월

인간이 두려워해야 하는 건 죽음이 아니다.
인생을 제대로 살지 못하는 것을 두려워해야 한다.
— 마르쿠스 아우렐리우스*

　　신디와 나는 앨버커키를 떠날 때 뉴멕시코 주립공원 연간
통행권을 구입했다. 통행권이 있으면 어느 공원에서나 매우 저
렴하게 야영을 할 수 있었다. 우리는 이번 기회를 이용해 뉴멕

* 로마 제국의 16대 황제_옮긴이

시코 주의 많은 야영지에 가 보았다. 그중 몇 군데는 호수가 있었다. 하지만 내가 미네소타에서 성장하며 늘 보거나 캘리포니아에서 야영할 때 그 근처에 있었던, 나무로 둘러싸인 예쁜 호수는 아니었다. 이곳은 사막이 있는 고지대였고, 나무는 듬성듬성 있었다. 하지만 나는 그 경치에 적응하려 애쓰고 있었다. 우리는 루시와 애니를 만나기 위해 록하운드 주립공원으로 갔다.

록하운드 주립공원은 리틀 플로리다 산맥에 위치해 있다. 록하운드Rockhound('지질학자, 돌수집가'라는 뜻_옮긴이)라는 이름은 그 지역에 광물이 풍부해서 붙여진 것이다. 수정, 벽옥, 진주암, 그리고 다른 광물을 찾는 방문객들이 그곳을 찾는다. 나는 처음에 공원 안으로 차를 몰고 들어갔을 때, 실망한 표정을 감출 수 없었다. 그 지역은 사막의 관목지대와 선인장으로 뒤덮여 있었다. 몹시 건조하고 매력이 없어 보였다. 여기에는 내 눈길을 끌 만큼 흥미로운 것이 전혀 없었다. 나무는커녕 다른 몇몇 주립공원에서 보았던 키 큰 덤불도 없었다. 모든 야영지는 완전히 노출되어 햇볕에 구워지고 있었다. 그런 경치는 숨어서 사생활을 지키고 싶은 나의 타고난 욕구를 자극했다. 나무숲에서 성장한 나는 키가 크고 잎이 무성한 보호물에 둘러싸여 있을 때 마음이 가장 편했다. 황량한 사막 풍경은 내게는 완전히 이질적인 느낌이었고 마음을 불안하게 했다. 노출되어 취약한 환경에 놓인 기분이었다. 유일하게 흥미로운 광경은 가까운 언덕 위에 높이 솟아 있는 암벽이었다. 일단 야영장에 자리를 잡으면 그리로 올라가기로 결심했다. 그러나 그 결심은 오래가지 않았다.

우리가 도착했을 때 루시와 애니는 이미 야영장에 와 있었다. 신디와 나는 각자의 야영지에 자리를 잡고 루시와 애니와 수다를 떨며 잠시 시간을 보냈다. 우리는 그동안 못다 한 이야기를 나누었고, 그런 뒤 내가 물었다.

"등산을 갈까 하는데, 같이 갈 사람 있어요?"

"난 등산은 안 해."

루시가 말했다.

"마음은 가고 싶은데 발을 다쳐서 며칠 동안 쉬어야 해."

애니가 말했다.

"등산을 하기엔 너무 더워."

신디가 말했다.

"좋아요, 나중에 만나서 해피 아워happy hour(보통 늦은 오후나 초저녁에 술집에서 할인된 가격에 술이나 음식을 제공하는 시간을 뜻함. 이 여행기에서는 지인들끼리 모여 술이나 음식을 먹는 경우를 말함 _옮긴이)를 보낼까요?"

내가 제안하자 다들 동의했다. 나는 등산복으로 갈아입으려고 캠핑카 안으로 들어갔다. 침대 밑의 서랍을 열고 양말과 스포츠 브래지어를 꺼내 라일리가 느긋하게 쉬고 있는 침대 위에 놓았다. 그리고 침대 반대편에 있는 옷장으로 가서 반바지와 티셔츠를 꺼냈다. 그런 다음 뒤돌아서서 라일리를 본 순간 웃음이 터졌다. 어떻게 했는지는 몰라도 몇 초 만에 라일리가 내 스포츠 브래지어를 자신의 머리 위에 쓰고 있는 게 아닌가.

"라일리, 너도 옷을 입는 거니?"

나는 카메라를 집어 들고 사진을 찍었다. 라일리는 당황한 표정이었다. 나는 녀석의 머리에서 브래지어를 벗기고 옷을 갈아입었다. 그런 다음 목줄을 잡고 등산을 하러 밖으로 나갔다.

캠핑카에서 나오자 공원으로 들어가는 입구를 따라 흙먼지가 일었다. 나는 부보안관(보안관은 미국에서 각 행정구역 최소 단위 지역의 민선 치안 담당 관리를 말함_옮긴이)의 차량 여러 대가 흙길을 질주해 야영장 관리인의 캠핑카 옆에 주차하는 것을 바라보았다. 야영장 관리인들은 보통 캠핑카나 트레일러에서 지내면서 현장을 지킨다. 나는 루시의 캠핑카 밖에서 캠프 의자에 앉아 있는 루시, 신디, 애니에게 걸어갔다.

"무슨 일일까요?"

나는 그들에게 물었다.

"전혀 모르겠어."

신디가 말했다. 우리는 야영장 관리인이 자신의 RV에서 나와 근처의 바위 언덕을 가리키며 부보안관들과 한동안 이야기를 나누는 모습을 지켜보았다. 이윽고 더 많은 차량이 도착하고, 'CSI'라는 글자가 박힌 셔츠를 입은 사람들 몇 명이 언덕을 오르내리다가 정상에 가까이 이르자 언덕 뒤로 사라지는 것이 보였다.

"저 산으로 못 올라가겠어요."

내가 말했다.

"안 가는 게 좋겠어."

루시가 동의했다.

결국 우리는 궁금해서 이웃인 빌에게 다가가 무슨 일인지 아느냐고 물었다.

"언덕 위에 있는 바위 뒤에서 여성의 시신이 발견됐대요. 저 수사관들은 그 여자가 등산객이라고 여기고, 그곳을 범죄 현장으로 보고 있어요."

빌은 내가 올라가려고 계획했던 지역을 가리키며 말했다.

나는 그 소식을 듣고 정신이 번쩍 들었다. 수사관들이 그 지역을 범죄 현장으로 취급한다고? 그건 그 여자가 살해되었다고 생각한다는 거잖아? 대답해 줄 사람도 없는데 온갖 질문이 내 머릿속을 헤집고 들어오기 시작했다. 여기가 위험한 지역인가, 아니면 어쩌다 일어난 일에 불과한가? 그 여자는 누구이고, 누가 여자를 죽였을까? 무엇보다 살인범은 어디에 있을까?

나는 뉴멕시코에 도착한 뒤로 다른 사람들과 함께 여행을 하고 있었지만, 곧 나 혼자 있게 될 거라는 사실을 깨달았다. 이 사건은 여자 혼자 여행할 때 어떤 위험한 일이 생길 수 있는지 잘 보여 주었다. 나는 캠핑카로 다닐 뿐만 아니라 도보로도 관광을 하고 싶었다. 많은 국립공원과 몇몇 주립공원이 개를 산책시키는 것을 허락하지 않았기 때문에 항상 라일리를 데리고 다닐 수는 없었다. 그건 내가 혼자 등산을 해야 한다는 걸 의미했다. 혼자 등산을 해도 안전할까? 불안했지만 등산객들은 항상 아주 친절하고 착해 보였다. 그래서 등산객이 살인을 한다는 건 상상하기 힘들었다.

"총을 소지하고 있나요?"

빌이 물었다.

나는 여행 중에 총이나 다른 무기를 소지하고 있는지 여러 번 질문을 받았다. 내게는 총이 없었다. 평생 총을 한 번도 쏴 본 적이 없었고 앞으로도 그럴 것 같았다.

"아니요. 그러잖아도 우리나라에 총이 너무 많은 것 같아요. 그리고 총이 있다고 우리가 더 안전해지는 건 아닌 것 같아요."

"후추 스프레이는 있어요?"

"아니요, 하지만 이 사나운 투견은 있어요."

나는 미소를 지으며 대답했다. 빌은 체중이 11킬로그램인 온순한 라일리를 바라보며 웃었다.

라이프 언 휠스에서 단신 여행자들을 위한 수업을 들었을 때가 떠올랐다. 우리는 단신 여행자에게 필요한 서비스를 제공하는 다양한 단체에 대한 정보를 제공받았지만, 안전에 관한 정보도 논의되었다. 그때 수업 중에 한 여자가 오랫동안 혼자 여행을 했다고 말했다.

"저는 개는 키우지 않아요. 하지만 낡아빠진 아주 큰 사이즈의 작업용 남자 장화 한 켤레를 가지고 다녀요. 새로운 야영지에 자리를 잡으면 가장 먼저 문밖에 장화를 내놓죠. 내 RV 안에 덩치가 큰 남편이 있다고 사람들이 생각하게끔 말이에요. 그래서인지 여태껏 아무 문제도 없었어요."

라일리는 꽤 작았지만 짖는 소리가 컸다. 나는 그 점을 이용하기로 결심하고 다음 날 시내에 갔을 때 아주 큰 개 밥그릇을 샀다. 그레이트데인이나 도베르만이 쓰면 적당할 크기의 그릇이었다. 나는 그 그릇을 라일리에게 보여 주었다.

"라일리, 어때? 이 그릇을 보니까 네 내면에 잠재되어 있는 도베르만 근성이 튀어나오려고 하지?"

라일리는 의아한 표정으로 나를 바라보더니 그릇에 코를 대고 쿵쿵거렸다. 그때부터 나는 새로운 야영지에 자리를 잡을 때 캠핑카 문 바로 바깥에 화려한 캠핑 매트를 깔고 그 위에 항상 라일리의 그릇을 놓아두었다. 바깥문 손잡이에 긴 목줄도 걸어 두었다. 그래서 누가 봐도 근처에 개 한 마리가 있는 것처럼 보이게 했다. 나쁜 짓을 하려는 누군가가 그 물건들을 보면 캠핑카에 가까이 오려다가 망설일 수도 있었다. 그리고 라일리는 누군가가 가까이 다가오면 늘 짖었다.

내가 새로운 친구들과 뉴멕시코를 여행한 뒤로 6주가 지났다. 이제 우리는 각자 제 갈 길을 갈 때가 됐다. 신디는 건강 검진을 받기 위해 캘리포니아 주 남부로 향하고, 애니는 필라델피아로 돌아갈 예정이었다. 루시는 아들을 만나러 가고, 나는 혼자 애리조나 주를 탐험한 뒤 캘리포니아로 돌아가서 크리스마스 때 캐미를 만날 계획이었다. 이 재미있는 여자들과 헤어지는 것이 슬펐다. 하지만 두 달 뒤에 바하 반도를 여행할 때 다시 만나기로 했으니 그날이 오기를 고대했다. 우리는 살인사건의 수사 결과에 대해서는 전혀 듣지 못했다. 하지만 나는 그 일을 금세 잊어버렸다.

휴일

|

2006년 11월~2007년 1월

어떤 장소가 정말 소중하다는 건 그곳을 떠난 뒤에야 알게 된다.
여행을 가봐야 당신이 사는 곳이 얼마나 멋진 곳인지 알게 된다.
— 조디 피콜트*

"바하에는 같이 못 가겠어. 곧 할머니의 90번째 생신이거든.
성대한 생일 파티가 계획 중인데 내가 빠질 수 없어서."

전화기로 들리는 신디의 목소리는 기운이 없고 체념한 듯

* 미국의 소설가_옮긴이

했다.

나는 실망해서 마음이 무거웠지만 내색하지 않았다.

"할머니 생신인데 당연히 참석해야지. 이해해."

한편으로는 이해했다. 나도 할머니의 90세 생신을 축하하고
싶었지만 할머니가 그렇게 오래 살지 못해서 안타까웠기 때문
이었다. 다른 한편으로는 유치하기는 하지만 '약속했으니까 지
켜야지!'라고 말하고 싶은 심정이었다. 나는 신디와 바하로 여
행할 날을 정말 손꼽아 기다리고 있었지만 유치한 생각은 입
밖으로 내뱉지 않았다.

"네가 없어서 허전할 거야. 하지만 언젠가 우리 모두 다시 바
하로 갈 수 있는 날이 오겠지."

작별 인사를 하고 통화를 마친 후 나는 다시 실망감에 휩싸
였다. 뉴멕시코 주를 여행하는 동안 신디에게 얼마나 의존했
는지 깨달았다. 나는 여행을 시작한 지 얼마 안 돼서 만난 모
든 사람들 중에서 신디와 가장 공통점이 많다고 느꼈다. 신디
는 내 또래인데다 혼자 살고 아직 은퇴할 준비가 되어 있지 않
았다. 우리는 라이프 언 휠스에서 만나자마자 친해졌다. 신디
는 또한 매우 외향적이었다. 그것은 곧 내가 신디와 함께 있으
면 사람들을 더 쉽게 만날 수 있다는 것을 의미했다. 루시와
애니에 대해서는 그만큼 알지 못했다. 두 사람과 많은 시간을

보내지 않았기 때문이었다.

일주일 뒤에 더 많은 나쁜 소식들이 이메일로 왔다. 애니의 이모가 세상을 떠나서 처리해야 할 일이 있고 바하에도 못 간다고 했다. 나는 애니를 안쓰러워하며 조의를 표했다. 애니의 사정을 완전히 이해하긴 했지만 나는 더욱 괴로웠다. 함께 등산을 했기 때문에 신디 다음으로 애니가 가장 대하기 편했다. 며칠 뒤에 또 이메일을 받았다. 이번에는 루시가 보낸 것이었다. 신디와 애니가 여행을 취소하자 자신의 친구들에게 바하로 같이 가자고 권했다는 것이었다. 그들은 내가 열기구 축제에서 만난 적 있는 카렌과 일레인이었다.

계획대로 바하에 가고 싶다면 루시, 카렌, 일레인과 함께 여행을 가면 되는 일이었다. 하지만 카렌과 일레인은 내가 열기구 축제에서 아주 잠깐 이야기를 나누었을 뿐 잘 알지 못했다. 세 사람 모두 나보다 열다섯 살에서 스물다섯 살이 많았고 은퇴를 했으며 경험이 많은 RV 여행자들이었다. 그래서 함께 있으면 훨씬 더 소외감이 느껴졌다. 신디가 몇 달 앞서 시작하기는 했지만, 우리 둘 다 RV 여행 초보자라서 수준이 비슷했다. 신디와 내가 그렇게 빨리 서로 통하게 된 이유 중 하나가 바로 그런 점 때문이었다.

나는 이 세 여자와 함께 수천 킬로미터를 여행하고 두 달을 다른 나라에서 보낼 생각을 하니 약간 초조해지기 시작했다. 테레사와 며칠을 보낸 뒤에는 모든 사람이 이상적인 여행 동반자가 아니라는 것을 알았다. 우리는 각자 자신의 캠핑카에서 따로 생활한다고 해도 많은 시간을 함께 보낼 터였다. 어디로 가고 무엇을 할 건지 서로 의논해 결정을 내릴 터였다. 우리가 사이좋게 지내지 않는다면 바하에서 보내는 두 달은 아주 길게 느껴질 게 빤했다.

나는 스페인어를 거의 몰랐다. 게다가 멕시코에서 일어난 범죄 이야기를 들었다. 한 남녀가 외딴 지역에서 야영을 하다 총을 겨누고 들어온 강도에게 당했다는 기사를 읽기도 했다. 어떤 사람들은 하지도 않은 교통 위반으로 부패한 경찰관들에게 끌려가 감옥에 갇히지 않으려고 돈을 지불해야 했다. 아무래도 그곳을 혼자 여행하는 건 좋은 생각이 아니었다.

나는 갈지 말지 고심했다. 잘 알지도 못하는 이 낯선 사람들과 계획대로 여행을 해야 할까? 바하 반도를 꼭 보고 싶기는 한데 간다는 것이 영 찜찜해. 이런 기분은 직관에서 나오는 걸까, 아니면 불안감에서 비롯된 걸까? 그 두 가지가 늘 헷갈렸다. 며칠 동안 그 결정을 두고 고민한 끝에 '두려움을 느끼는 건 괜찮다. 어쨌든 중요한 건 도약하는 것이다'라는 새 좌우명이 떠올랐다. 가자! 이것이 옳은 결정이기를 바랐다.

캐미는 애인의 가족과 추수감사절을 보내고 있었다. 그래서 나는 투손 사막을 탐험하면서 혼자 휴일을 보냈다. 살면서 추수감사절을 혼자 보낸 건 이번이 처음이지만 상관없었다. 혼자 여행을 하니 자신감이 샘솟는 기분이었다. 매일 아침, 라일리는 내 가슴 위에 엎드려 내 얼굴을 핥아서 나를 깨웠다. 소리를 질러대는 자명종 시계보다 훨씬 나았다.

"라일리, 잘 잤니?"

나는 라일리 머리의 부드러운 털을 쓰다듬으며 중얼거렸다. 나는 옷을 입고 녀석의 목걸이에 줄을 맸다. 우리는 사과로 국립공원을 탐험하러 나갔다. 사막이 불안감을 주면서도 아름다울 수도 있다는 사실을 처음 발견한 건 바로 이 공원에서였다.

우리는 공원의 사과로(키가 큰 기둥선인장의 일종으로 다 자란 높이는 약 15m이고 수명은 150년 이상임_옮긴이) 병사들 사이를 배회하며 모래로 덮인 외길을 따라갔다. 팔 모양의 부속기관이 달리고 피부에 두꺼운 가시가 있는 이 거대한 선인장은 애리조나 주에서 흔했는데, 특히 이 공원에 많았다. 우리는 선인장을 장식하는 날카로운 가시와 거리를 두려고 조심했다. 그러면서도 등산을 하는 동안 나는 선인장을 보며 묘하게도 위안이 되었다. 천년초(줄기 모양이 손바닥처럼 넓적한 선인장_옮긴이)와 오코틸로(건조지대에 야생하는 가시가 많은 낙엽 관목_옮긴이), 다른 다

육식물들과 함께 여기저기 드문드문 있는, 우뚝 솟은 막대기 모양의 선인장들이 등산로 옆에 있는 친구처럼 느껴졌다. 날씨는 화창하고 따뜻했다. 특히 이른 아침이라 무덥지 않았다.

나는 산책하고 돌아와서 라일리의 그릇에 사료와 간식을 약간 부어 주고 신선한 물을 주었다. 그런 다음 부엌에서 아침 식사를 만들고 네 걸음을 걸어 작은 식탁으로 가서 식사를 했다. 커다란 창문을 통해 길달리기새들(멕시코와 미국 남서부의 사막에 사는 뻐꾸기류_옮긴이)이 야영장 여기저기를 날쌔게 움직이는 것을 구경하면서 미소를 띠고 여유롭게 식사를 했다. 길달리기새들은 난생처음 보았다. 모호크족(북미 동부 해안과 오대호 부근에 거주하던 원주민의 한 부족_옮긴이) 모자를 쓰고 꼬리를 까딱거리며 긴 다리로 질주하는 길달리기새들을 보자 어린 시절에 보았던 만화가 떠올랐다. 나는 숨을 깊이 들이마시고 편안하게 쉬었다.

12월 중순, 캘리포니아로 느긋하게 돌아가 크리스마스 휴일에 캐미를 만나러 갈 때가 되었다. 나는 라일리와 공원에서 마지막으로 산책을 하고 설거지를 했다. 모든 물건을 작은 찬장에 넣고 식탁을 수납장 안으로 접었다. 그런 다음 캠핑카 천장에 있는 TV 안테나를 크랭크 핸들로 내리고, 모든 찬장과 서랍이 닫혀 있는지, 걸쇠가 걸려 있는지 확인했다.

나는 캠핑카 옆으로 나가서 야영지의 물을 끄고, 수도꼭지와 캠핑카에서 호스를 뺀 다음 칭칭 감아서 외부 보관함에 넣었다. 그런 다음 전기를 끄고, 양쪽의 전기 코드를 뽑아서 보관함에 넣었다. 그린 몬스터 뒤쪽으로 가서 캠핑카 후면 위에 있는 보관함에서 일회용 장갑 한 켤레를 꺼내어 끼고 하수 탱크의 밸브를 닫았다. 캠핑카에서 하수 호스를 풀어 공중에 높이 들어서 그 안의 잔여물을 캠프장 하수 시설로 흘려버렸다. 그런 뒤 호스를 커다란 플라스틱 통 안에 있는 비닐봉지에 담아 캠핑카에 넣었다. 장갑은 벗어서 쓰레기통에 던져 버렸다. 그러고 나서 타이어 공기압 측정기를 꺼내 타이어 여섯 개의 공기압을 전부 점검했다.

나는 운전석으로 올라타 그린 몬스터에 시동을 걸었다. 차를 몰고 야영지에서 나와 그 옆에 있는 도로에 캠핑카를 주차했다. 그런 다음 운전석에서 내려 승용차가 주차된 곳으로 걸어갔다. 승용차에 타 시동을 걸고는 운전해서 캠핑카 바로 뒤에 댔다. 승용차의 시동을 끄지 않은 채 캠핑카의 견인장치를 승용차에 연결했다. 그러고 나서 보조 제동 장치에 연결해 안전 케이블을 캠핑카 하부에 고정시킨 후 승용차로 돌아와 기어를 순서대로 넣어본 다음 기어를 중립에 놓고 시동을 껐다. 그러고는 캠핑카에 올라타 운전하는 동안 승용차를 계속 살펴

볼 수 있도록 후방카메라를 켰다. 출발할 때마다 으레 거쳐야 하는 긴 과정을 마치자 마침내 길을 떠날 준비가 되었다.

샌프란시스코 베이 에어리어에서는 RV 야영을 하는 일이 드물었다. 하지만 캐미는 대책을 세워 두었다.

"라이언의 부모님이 엄마가 그 댁 진입로에 캠핑카를 주차해도 된다고 하셨어요."

라이언의 부모인 수와 데이비드는 이스트베이 교외에서 살았다. 그곳의 집들은 유제품 상자에 담긴 우유팩처럼 다닥다닥 붙어 있었다. 나는 관리가 잘된 그 집 앞에 차를 세우고 승용차를 분리했다. 데이비드의 도움을 받으며 조마조마한 마음으로 왼쪽 울타리와 오른쪽에 줄줄이 심어 놓은 싱싱한 페튜니아 꽃을 조심조심 피했다. 여러 번 시도한 끝에 좁은 진입로에 후진해 들어가서 캠핑카 문을 열고 나올 때 꽃을 밟지 않게끔 차를 세웠다.

캠핑카에서 크리스마스를 보내기는 이번이 처음이었다. 너무 낯설어서 시베리아로 유배된 기분이었다. 베이 에어리어를 기준으로 하면 몹시 추웠고, 유난히 차가운 공기가 캠핑카 안에 스며들어 내 생각까지 마비될 지경이었다. 하루에도 몇 번씩 라일리와 산책을 할 때는 가장 따뜻한 옷을 껴입었다. 하지만 여기 있으면 안 될 것 같은 찜찜한 기분이 들었다.

이런 상황에 맞닥뜨릴 줄은 몰랐다. 여태까지는 나의 새로운 생활방식이 만족스러웠다. 가끔 스트레스를 조금 받고 잠깐 불안하거나 짜증이 나기는 했다. 하지만 그런 기분은 대개 금방 사라졌다. 새로운 생활방식에 환멸을 느낀 건 이번이 처음이었다. 크리스마스 때 누군가의 진입로에 주차를 하고 있으니 마음이 영 불편했다. 폐를 끼치는 것 같아서 내 작은 집이 그리웠다.

이런 기분은 어느 날 볼일을 보고 캠핑카에 돌아왔을 때 더 커졌다. 차를 끌고 수와 데이비드의 집에 오니 그 앞에 주차된 경찰차가 보였다. 데이비드는 길에서 경찰관과 이야기를 나누고 있었다. 내가 승용차를 주차하고 있을 때, 경찰관은 순찰차에 올라타더니 가버렸다.

"무슨 일이에요?"

나는 데이비드에게 물었다.

"아, 이웃에 사는 까탈스런 칼라 때문이에요. 평소 쓸데없이 말이 많은 여자거든요. 걸핏하면 민원을 넣어요."

"어떤 민원을 넣었는데요?"

"진입로에 캠핑카가 주차되어 있다고 민원을 넣었어요. 하지만 괜찮아요. 제 친구 팀이 경찰인데, 캠핑카가 2주 동안만 여기 있을 거라고 제가 설명했어요. 칼라는 항상 뭔가 트집을 잡아 경찰을 불러요. 그래서 새삼스러울 것도 없어요. 걱정 안 하셔도 돼요."

"하지만 데이비드, 저는 당신과 수가 이웃과 문제가 생기는 걸 원하지 않아요. 캠핑카를 다른 곳에 주차하면 돼요."

"그러실 필요 없어요. 우리는 칼라와 몇 년 동안 사이가 안 좋았어요. 이 동네에 있는 이웃들도 마찬가지고요. 그냥 칼라가 너무 예민해서 그러려니 생각하시면 돼요. 우리는 익숙해요."

데이비드가 말했다.

내가 데이비드의 이웃을 언짢게 했다는 걸 알았을 때, 나는 천덕꾸러기가 된 기분이었다. 하지만 데이비드는 나를 말렸다.

어느 날 캐미가 나를 보러 캠핑카에 왔을 때 나는 캐미에게 말했다.

"크리스마스트리가 그립더라. 집에 보관해 둔 다른 장식물도 전부. 그래서 이 가짜 트리를 샀어."

나는 캐미에게 아주 작은 장신구로 꾸민 인형 크기의 작은 트리를 보여 주었다. 나는 그 트리를 테이블 위에 두었다. 캠핑카에서 아주 작은 나무 하나라도 올릴 수 있을 만큼 넓은 공간은 거기뿐이었다.

"귀여워요."

캐미가 내 기분을 맞춰주며 말했다.

"정말? 찰리 브라운 크리스마스트리 같지 않니? 이게 이 한정된 공간에서 내가 할 수 있는 최선이야."

내가 그리워하는 건 우리 집에서 보내는 크리스마스만이 아니었다. 여름이면 라일락과 과일나무, 장미꽃으로 장식되는 멋진 마당이 떠올랐다. 슬퍼서 목이 메었다.

바하 반도로 여행할 날은 다가오는데 계속 불안한 생각이 들어서 괴로웠다. 신디가 취소했을 때 왜 취소하지 않았지? 가야 해. 여행이 한 달밖에 남지 않았어. 1월에는 바하에 대해 조사하며 시간을 보냈고, 함께 갈 동료들과 계속 연락을 했다. 루시, 카렌, 일레인은 바하에 관한 유익한 소식을 전하고, 다가오는 여행에 대한 열정을 함께 나누었다. 그들은 철두철미하게 준비를 했지만, 간다고 생각하니 불안감이 다시 일었다. 나는 무엇을 두려워하는 걸까?

그때 알았다. 어울리는 것. 나는 여행하는 동료들과 잘 지내지 못할까 봐 걱정한 것만이 아니었다. 소외감을 느낄까 봐 두려워하고 있었다. 나는 잘 알지 못하는 사람들과 함께 있으면 가끔 불안해했다. 단체행사에 갈 경우에는 언제든 빠져나올 수 있게 혼자 내 차를 타고 가는 편이 좋았다. 이 여행을 가면 외국에서 낯선 사람들과 두 달을 보낼 터였다. 나는 그 나라

언어를 몰랐고, 그곳을 혼자 여행하는 건 분명 안전하지 않을 터였다. 그 여행을 가면 소외감을 느낄 건 불 보듯 빤했다. 이제 마흔다섯 살인데도 여전하군. 언제쯤 마음 편히 살까?

나는 스무 살 때, 가끔 친구들과 파티에 참석하던 시절을 회상했다. 재미있게 놀다가도 갑자기 사람들한테서 벗어나 혼자 있고 싶은 아주 강한 욕구를 느끼곤 했다. 조용한 곳에 있어야 겠어. 나는 수다를 피해서 눈에 띄지 않게 밖으로 슬며시 빠져 나가 미네소타 겨울의 몹시 추운 정적 속에서 마음을 추스르곤 했다. 그렇게 몇 분 동안 혼자 조용히 있다 다시 어울리곤 했다.

나는 인생의 대부분을 사람들과 어울리지 못하고 소외감을 느끼며 살았다. 내가 성장하는 동안 아빠는 줄곧 알코올 중독이었지만, 그 사실에 대해서는 아무도 거론하지 않았다. 다 알고 있는 그 문제가 논의되는 일은 결코 없었다. 끊임없이 지껄이는 텔레비전 주위로 입 밖에 꺼내지 않은 단어들이 구름처럼 뭉게뭉게 피어올랐다. 그것은 공허함을 감추려는 미약한 시도에 불과했다. 침묵이 흐르는 집. 내 어린 시절이 끝나갈 무렵에 우리 집은 사람들을 초대하거나 가족 이외의 사람들과 어울리는 일이 거의 없었다. 그래서 나는 사교적인 행사가 낯설기만 했다. 우리 가족은 아무 문제도 없는 것처럼 행동했다. 하지만 나는 뭔가 문제가 있다는 것을 늘 알았다. 아빠의 알코올 중독은 수치스러운 비밀이 되었다. 나는 내가 대부분의 다른 아이들과 다르다고 여겼다. 그래서 점점 더 숫기 없고 조용한 아이가 되었다. 아이들과 어울리지 못했다.

내가 고등학교 3학년이었을 때였다. 아빠는 만취 상태에서 운전을 했고 또다시 소환되었다. 하지만 이번에는 밤에는 감옥에 있고 낮에는 풀려나 출근을 했다. 나는 오랫동안 묵혀둔 문제를 꺼내도 될 만큼 나이를 먹었다. 나는 엄마에게 다가가 말했다.

"아빠는 알코올 중독이야."

오랜 세월 애써 외면해 온 진실을 마침내 뱉어내자 속이 아주 후련했다.

"그렇게 생각하니?"

엄마는 미심쩍어하는 표정이었다. 나는 엄마가 그 사실을 부인하는 건지, 아니면 그 사실에 대해 말하고 싶지 않은 건지 알 수가 없었다.

"아빠는 집에서는 술을 전혀 마시지 않아."

그건 사실이었다. 우리 집에는 술이 한 방울도 없었다. 나는 그것이 아빠가 거의 집에 없었던 가장 큰 이유라고 확신한다. 아빠는 종종 자신의 친구들이 모이는, 직장 근처의 술집에 있었다. 엄마와 나는 볼일을 보거나 쇼핑을 하고 집에 가는 길에 종종 그 술집에 들렀다. 아빠가 음주 운전을 하지 않도록 잘 구슬려 집에 데리고 가기 위해서였다. 그 방법은 가끔 효과가 있었다.

엄마는 결국 아빠가 알코올 중독이라는 사실을 받아들였다. 하지만 나는 엄마가 처음부터 알고 있었을 거라고 생각한다. 그러나 변한 건 아무것도 없는 것 같았다. 분노가 내 마음속 깊이 뿌리를 내리기 시작해 표면 아래로 가지를 뻗었다. 그 덩굴손들이 내 뼈들과 장기들을 감싸 내 심장으로 침투하기 시작했다. 우리는 침묵의 집에서 분노를 표출하지 않았다. 그래서 나는 분노를 건강한 방법으로 표현하는 방법을 배우지 못했다. 부모님은 화가 나면 싸늘한 침묵이나 회피로 서로를 대했다. 내 분노는 갈 곳이 없었기 때문에 우울증으로 곪아터져 순식간에 나를 사로잡았다. 4학년 때는 엄마에게 아프다고 둘러대고 학교를 결석하기 시작했다. 나는 성적이 여전히 좋았고 몇 학점만 따면 졸업을 할 수 있었다. 그래서 학교 측에서는 내게 추가로 숙제를 내주기만 하고 아무런 조치도 취하지 않았다.

나는 고등학교를 졸업하자 침묵의 집에서 나가야겠다고 결심했다. 잔뜩 빚을 지고 대학에 다니며 집에서 지낼 생각은 없었다. 그래서 고등학교를 졸업하자마자 당시 '전화 회사'로 알려진 노스웨스턴 벨의 사무실에서 일했다. 형편이 되는 대로 친구 두 명과 함께 아파트로 이사했다. 나는 과거에 얽매이지 않고 나만의 삶을 시작했다. 당시에 나는 그렇게 믿고 싶었지만, 당연히 우리는 과거를 안고 현재를 살아간다. 아빠는 마침내 술을 끊었다. 하지만 그때 나는 거의 서른 살이었고 캘리포니아에서 살고 있었다.

그러나 그 모든 건 오래전 일이었다. 나는 더 이상 가족의 비밀을 떠안은 외롭고 혼란에 빠진 아이가 아니었다. 나는 혼자 아이를 키웠고 캘리포니아에 집을 장만할 정도로 성공한 중년 여자야. 혼자 RV를 타고 여행을 다니고 있잖아. 그러니 내가 가고 싶은 곳이면 어디든 잘 어울릴 수 있어. 그때 샌프란시스코의 직장으로 출퇴근하면서 자유로운 노숙자들을 바라보며 느꼈던 감정이 떠올랐다. 정신을 차리려고 머리를 흔들었다. 이게 내가 원했던 삶이야. 바하에 가서 재미있게 놀자! 나는 두려움을 떨쳐 버리고 멕시코에 갈 준비를 했다.

나는 바하의 RV 여행자들이 쓴 블로그를 열심히 읽고, 책과 지도, 캠핑카 예비 부품을 비축했다. 바하의 외딴 지역에서는 좋은 RV 부품을 찾기가 어렵다는 온라인 게시물을 몇 건 읽었기 때문이었다. 다른 사람들의 경험과 조언을 토대로 무엇이 필요할지 짐작했다. 그리고 작은 보관함 여기저기에 부품을 잔뜩 넣었다. 이번 여행에 자신감이 붙도록 준비를 잘하고 싶었다.

1월 말경, 캐미와 작별하고 바하로 함께 여행할 동료들을 만나기 위해 샌디에이고로 남하할 때가 되었다.

"얼마나 자주 전화할 수 있을지 모르겠어. 하지만 이메일은 최대한 많이 보낼게. 스카이프(인터넷을 통한 무료 음성 및 화상 통화 시스템_옮긴이)도 한번 해 볼게. 보고 싶을 거야."

내가 캐미에게 말했다.

"저도 엄마가 보고 싶을 거예요. 하지만 제 걱정은 하지 마세요."

캐미는 나를 꼭 껴안았다. 나는 캠핑카 운전석에 올라탔다.

"사랑해."

나는 손을 흔들며 창밖으로 외쳤다.

"저도 사랑해요. 즐거운 시간 보내세요!"

내가 차를 몰고 떠나자 캐미가 손을 흔들며 말했다. 그때는 우리 둘 다 바하 여행이 인생을 송두리째 바꿀 경험이 될 줄은 전혀 알지 못했다.

바하

2007년 2월

좋은 친구와 여행을 하면 그 여정이 짧게 느껴진다.
— 아이작 월턴*

"해냈구나."

내가 루시의 캠핑카 문밖에 서 있을 때 루시가 말했다. 루시
는 평소에 자주 입는 넉넉한 티셔츠와 헐렁한 반바지, 크록스
차림에 얼굴 가득 미소를 띠고 있었다.

* 영국의 작가_옮긴이

"Hola(안녕하세요). 바하에 갈 준비가 됐어요."

나는 활짝 웃었다. 스페인어를 배우려고 노력 중이었지만 막상 입을 여니 몇 마디밖에 기억이 나지 않았다.

나는 샌디에이고 해변 근처에 있는 약속 장소에 주차를 한 뒤에도 내가 옳은 결정을 내린 건지 여전히 확신이 서지 않았다. 하지만 가겠다고 다짐했다. 며칠 동안 라일리와 함께 해변을 거닐고 여행할 동료들과 다시 만난 뒤로는 대범해지기 시작했다.

어느 날 저녁 우리는 바하에 있는 동안 무엇을 하고 싶은지 이야기를 나누었다.

"엘 코요테 해변에서 내 친구 프랭키와 스탠을 만나고 싶어."

루시가 말했다.

"저는 고래들을 보고 싶어요."

내가 덧붙여 말했다.

"10년 전에 티후아나(멕시코와 미국 국경에 접하는 도시_옮긴이) 남부에 있는 작은 식당에서 저녁을 먹었어. 그때 먹었던 바닷가재를 먹고 싶어. 그곳에 얽힌 좋은 추억이 있거든."

카렌이 선언했다.

"해변에서 실컷 쉬고 싶어."

일레인이 말했다.

우리는 그 정도 계획이면 충분하다고 결론을 내렸다. 2월 1일, 밝은 줄무늬가 있는 캠핑카 네 대가 대충 쓱 보고 마는 순찰대의 눈길을 받으며 샌이시드로의 국경을 순조롭게 통과했다. 우리는 티후아나에 정차를 하고 관광카드를 받았다. 그런 다음 뒤엉킨 교통 체증 속에서 엉금엉금 기어가며 그 도시에서 빠져나오려고 필사적으로 애를 썼다.

티후아나는 모래와 먼지로 덮여 있었고, 도로변에는 말 그대로 쓰레기가 널려 있었다. 승용차들이 바짝 줄을 지어 기다시피 가고 있었다. 우리는 혼잡한 이 도시를 백미러로 몹시 보고 싶었지만 도로가 꽉 차서 보이지 않았다. 다른 동료들이 각각 번갈아가며 앞장서서 일행을 이끌다가 몇 번 길을 잃었다. 그러자 애가 탄 동료들이 부추기는 바람에 나는 마지못해 선두에 섰다. 순전히 운이 좋아서 나는 바하 고속도로라고도 부르는 1번 고속도로로 가는 길을 용케 찾아냈다. 이 좁은 2차선 도로를 따라 우리는 반도 아래로 1000킬로미터 이상을 달릴 터였다. 우리는 천천히 시내를 빠져나왔다.

최근에 포장된 도로는 갓길이 없고, 협곡처럼 도로에서 흙으로 떨어지는 지점만 있었다. 그래서 나는 포장도로에서 벗어나지 않으려고 각별히 신경을 썼다. 우리는 국경을 넘기 전에 RV 여행자들의 이야기를 들었다. 운전석 옆에 달린 사이드미러가

지나가는 세미트럭에 부러진다는 것이었다. 그래서 우리는 사이드미러를 접어 두었다. 나는 뒤에서 어떤 차가 다가오는지 알기 위해 후방카메라를 켰다. 덕분에 지나가는 차량을 파악할 수 있었다.

몇 달 전에 내가 조사한 바에 의하면 바하에서는 캠핑카에 운전사 한 명만이 승차한 경우에는 차량을 견인할 수 없게 되어 있었다. 그래서 나는 승용차를 연결해서 다니지 않았다. 덕분에 훨씬 더 편했는데 마치 브래지어를 착용하지 않고 다니는 기분이었다. 그린 몬스터를 운전하는 일이 이제는 너무 쉬운걸! 바하 여행 중에 승용차가 없어서 아쉬운 적이 몇 번 있기는 했다. 하지만 대개의 경우 그런 걱정을 할 필요가 없어서 너무 감사했다. 구덩이나 비포장도로가 간혹 있는 멕시코의 좁은 길에서 9미터 길이의 캠핑카를 운전하는 일은 만만치 않은 도전이었다.

티후아나를 빠져나오자 차량이 거의 없었다. 남쪽으로 한 시간쯤 달리자 카렌이 말했던 식당에 잠시 들러 바닷가재를 먹을 때가 되었다. 우리는 식당에서 몇 블록 떨어진 자갈밭에 캠핑카를 주차했다. 우리가 식사하는 동안 나는 라일리를 그린 몬스터에 두고 가야 했고, 슬슬 불안감이 들었다. 어디를 둘러봐도 이곳은 가난한 지역 같았다. 그래서 내가 새로 산

85,000달러짜리 캠핑카가 눈에 너무 잘 띄는 것 같았다. 멕시코에서 일어난 범죄 이야기를 모두 읽고 난 뒤라 라일리나 캠핑카를 이 마을에 덩그러니 놔두어도 안전할지 걱정스러웠다. 내가 돌아온 뒤에도 여기에 그대로 있을까? 캠핑카를 두고 걸어가면서 불안한 눈초리로 뒤를 돌아보았다.

나는 식사를 하는 내내 라일리와 그린 몬스터를 다시 볼 수 있기를 간절히 바라며 시계를 계속 보았다. 그래서 느긋하게 쉬면서 즐기지도 못하고 음식 맛도 제대로 못 보았다. 저녁 식사 후 주차장으로 돌아오는 길에 빨리 걷고 싶었지만 자제했다. 라일리가 조수석에 참을성 있게 앉아 있고 독특한 녹색과 흰색의 줄무늬가 시야에 들어오자 나는 안도의 한숨을 푹 내쉬었다. 그리고는 쓸데없는 걱정에 사로잡혔던 나 자신을 비웃었다. 라일리가 앞좌석에 떡하니 앉아서 계속 지켜보고 있는데 누가 캠핑카에 침입할 생각을 하겠어? 하이디, 마음을 편히 가져.

우리는 다시 한 시간쯤 차를 몰고 가다가 밤을 보내기 위해 차를 세웠다. 해가 지평선을 향해 슬그머니 떨어지고 있었다. 잠시도 가만히 있지 못하는 태평양 위에 절벽이 우뚝 솟아 있었다. 우리는 그 절벽에 자리한 어둡고 인적이 드문 곳에 주차를 했다. 그런 다음 멕시코에서 보내는 첫날밤을 위해 건배를 하려고 캠프 의자에 모여 앉았다.

"바하의 멋쟁이들을 위해."

우리가 플라스틱 와인 잔을 짠 하고 부딪치자 루시가 선언
했다.

"바하의 멋쟁이들을 위해."

우리는 웃으며 복창했다.

나는 숨을 깊이 들이마셨다. 소금과 해초, 물고기가 한데 뒤
섞인 바다 냄새가 콧구멍 가득 들어왔다. 그린 몬스터를 끌고
익숙하지 않은 좁은 도로와 차량들 속을 운전하는 동안 긴장
했던 근육과 신경이 풀리는 느낌이었다. 나는 술을 조금씩 마
시며 함께 여행하는 동료들을 둘러보았다. 카렌은 육십 대이
고 키가 컸으며, 장밋빛 뺨에 머리는 헬멧 스타일의 검은 곱슬
이었다. 일레인은 좀 더 젊고 키가 더 작았으며 숱이 적은 금발
머리에 다부진 체격이었다. 세 여자 모두 유머 감각이 뛰어났
지만 루시가 특히 재미있었다. 루시는 열정적인 성격이었다. 방
금 자신이 한 웃기는 이야기에 낄낄거리든 무례한 사람을 야
단치든 매사에 열정이 넘쳤다. 우리는 모두 동물을 무척 좋아
했다. 우리의 작은 카라반에는 개 네 마리와 고양이 한 마리가
있었다.

우리는 잘 자라는 인사를 하고 각자 자신의 캠핑카 안으로

들어갔다. 그러고 나자 멕시코에서 일어난 무서운 범죄 이야기들이 다시 내 머릿속에 떠올랐다. 캠핑카는 고속도로에서 떨어진 인적 없는 곳에 주차되어 있었다. 나는 우리가 밝게 페인트칠한 캠핑카 안에 앉아 있는 네 마리의 오리처럼 느껴졌다. 태평양의 파도가 철썩거리며 경고를 하는 것 같았다. 나는 우리가 수적으로 우세하다는 생각을 하며 마음을 달랬다. 그나마 라일리가 곁에 있어서 다행이었다. 나는 라일리를 가까이 두고 불안한 마음으로 잠에 빠져들었다. 그날 밤은 평온히 지나갔지만 다음 날 밤에는 그다지 운이 좋지 않았다.

한밤의 테러

|

2007년 2월

자유가 나에게 어떤 의미인지 말해 주겠네.
그건 두려움이 없다는 거야.
— 나나 시몬*

다음 날 우리는 한눈에 봐도 가난하기 짝이 없는 작은 마을들을 지나 천천히 남쪽으로 향했다. 우리는 종종 시멘트와 철근 골조로 방치되어 있는, 반쯤 짓다가 만 소박한 집들을

* 미국의 재즈 가수·피아니스트·작곡가_옮긴이

보았다. 그 집들은 자금이 들어와서 완공되기를 기다리고 있었다. 이 마을들은 경기가 좋지 않은데도 불구하고 밝은 색으로 페인트칠이 되어 있었고, 그것은 희망과 축제의 분위기를 풍겼다. 오후에 우리는 어마어마하게 넓게 뻗어 있는 태평양의 황량한 해변 옆에서 하루를 지냈다. 바하 여행 안내서에는 이곳이 야영장으로 적혀 있었지만, 우리의 기준에는 야영장이라고 할 만한 곳은 아니었다. 전기 배선이나 불을 피울 화덕, 피크닉 테이블이 없었다. 그곳은 단지 샛길에서 떨어져 모래로 덮인 한적한 장소로 캠핑카를 주차할 수 있었을 뿐이었다. 길 끝에 관리인이 살고 있다는 표지판이 있었다. 하지만 다음 날 아침까지 우리는 단 한 번도 관리인을 본 적이 없었다. 내가 알기로 그곳에서 야영을 하고 있는 사람은 우리뿐이었다.

자리를 잡은 뒤에 라일리를 데리고 해변으로 산책을 나가 목줄을 풀어 주었다. 바하에서는 개들이 목줄을 거의 매지 않았다. 나는 라일리가 모래밭에서 이리저리 질주하다가 가끔 멈춰서 땅을 마구 파는 걸 지켜보며 미소를 지었다. 라일리는 물가까이 가려고는 하지 않았지만, 신나게 모래를 파는 걸 보면 해변을 무척 좋아하는 게 분명했다. 보아하니 라일리는 새로 찾은 자유를 나 못지않게 강렬히 느끼고 있었다. 내게는 우리를 구속하는 근무 일정도 없었고, 큰 집안일이나 마당의 잡일도 없었다. 무엇보다도 우리의 감각은 매일 새로운 광경, 새로운 냄새, 새로운 친구들로 가득 채워졌다. 내 심장이 여름날의 민들레 솜털처럼 나풀나풀 떠다니는 기분이었다.

우리 여행자들의 캠핑카 네 대는 해변 옆에 우묵하게 들어간 한적한 덤불 속에 바짝 모여 있었다. 저녁이 다가오자 우리는 애피타이저와 포도주 한 잔을 먹으려고 모여 캠프 의자에 앉았다. 이윽고 개 한 마리가 우리 야영지로 들어와 먹이를 구걸했다. 그 바람에 일레인의 저먼 셰퍼드 세 마리와 라일리가 한바탕 짖어대 제법 시끄러웠다.

개들은 먼 곳에 자신들이 있다는 걸 보란 듯이 알렸다. 그러더니 삶에 지친 이 사냥개가 전혀 위험하지 않다는 것을 알게되자 모두 흥분을 가라앉혔다. 우리를 찾아온 개는 중간 크기의 믹스견이었고, 얼룩무늬 털이 군데군데 뭉치고 빠져 있었다. 겁에 질린 암캐의 눈빛은 삶이 순탄치 않았음을 말해 주었다. 일레인은 연민을 느끼고 자신의 개에게 먹일 사료와 물 일부를 행색이 초라한 우리 손님에게 나누어 주었다.

바하에는 떠돌아다니는 동물들의 수가 마음이 아플 정도로 많았다. 멕시코는 미국과는 달리 동물 구조 단체가 많지 않았다. 그래서 그곳에 있는 개들의 삶은 훨씬 더 힘겨웠다. 그중 많은 개들이 음식을 찾아 거리를 돌아다녔다. 식당 뒷문의 바깥이나 음식을 찾을 수 있는 곳이면 어디든 쓰레기봉투를 뒤졌다. 주인이 있는 개들도 역시나 돌아다니며 먹이를 구걸했다. 대개 개들은 난소 적출 수술이나 중성화 수술을 받지 않았고 거리에서 짝짓기를 했다. 그 결과 개들이 필요 이상으로 증가하는 문제가 일어났다. 그러나 이렇게 아무도 원하지 않는 개들을 처리할 돈이나 자원은 거의 없었다. 예방접종이나 구충과 같이 개들에게 필요한 기본적인 의학적 치료를 받는 것은 일반적인 일이기보다는 이례적인 일이었다. 나는 내가 본 개들을 모두 구해서 미국으로 데려가고 싶었고, 내 동료들도 같은 심정이었다. 우리는 동물들과 관련된 일에 대해선 마음이 여린 사람들이었다.

우리의 새 친구는 식사를 마친 후 곁에 붙어 있었다. 두 번째 코스가 나오기를 바라는 것이었는데, 일레인은 또 선뜻 주었다. 조금 뒤에 어린 강아지가 나타났다. 근처에서 자기 엄마를 기다리고 있었던 게 분명했다. 나는 크기가 더 작은 라일리의 사료를 가져와 종이 그릇에 담았다. 강아지는 사료를 게걸스럽게 먹어 치웠고, 녀석과 암캐 둘 다 물을 마셨다. 강아지는 생강갈색 털로 된 솜털 뭉치 같았다. 그래서 얼마나 말랐는지 분간하기 어려웠다. 게다가 눈에 눈곱이 많이 끼어 있어 앞이 잘 보이지 않는 것 같았다.

"가여운 녀석. 벌써부터 인생이 고달프지? 세상에 나온 지 얼마 되지도 않았는데 말이야."

내가 말했다. 어둑어둑한 저녁이 깊어지자 어미 개와 강아지 모두 우리 야영지에 웅크리고 앉았다. 결국 우리 모두 하품을 하기 시작해서 불을 껐다.

"이 개들을 우리 캠핑카 안에 들이면 안 될 것 같아. 이 개들 이 어떤 병에 걸렸는지도 모르고, 파보바이러스(개의 입을 통해 감염되는 바이러스로 설사, 구토, 탈수, 패혈증이 나타나며 급사할 수도 있는 전염병_옮긴이)는 우리 개들한테 치명적일 수 있어. 이 개들 이 여기저기 긁어대는 걸 보면 적어도 벼룩은 있을 거야."

일레인이 말했다.

나도 같은 생각이었고, 하는 수 없이 어미 개와 강아지를 캠 핑카 밖에 두고 잘 자라고 말했다. 우리 모두 운전을 한 탓에 피곤해서 안으로 들어갔다. 우리는 개들이 온 곳으로 돌아갈 거라고 생각했다. 나는 평소처럼 침대 위 내 발치에 라일리를 자게 하고 잠에 빠져들었다.

한밤중에 라일리가 침대에서 풀쩍 뛰어내리더니 사납게 짖 으며 캠핑카 앞쪽으로 후다닥 달려갔다. 나는 라일리가 무엇 때문에 이렇게 맹렬하게 경고를 하는지 몰라서 겁에 질려 잠에 서 깼다. 라일리가 한밤중에 짖는 일은 거의 없었고, 이렇게 미친 듯이 짖은 적도 없었다. 일레인의 개들이 캠핑카 안에서 훨씬 더 크게 짖는 소리가 들렸다. 밖에 뭔가 있어. 나는 잠을 떨쳐 내려 애쓰며 침입자들의 소리를 들으려고 귀를 기울였다. 하지만 개들이 짖는 소리 외에는 조용했다.

캠핑카의 운전석과 조수석은 밤중에 닫아 놓는 짧은 커튼으로 생활공간과 분리되어 있었다. 나는 커튼 밑으로 머리를 숙여 앞좌석으로 가면 되고, 라일리는 커튼 아래로 자유롭게 다닐 수 있었다. 라일리는 여전히 사납게 짖어대며 밖을 내다볼 수 있는 캠핑카 조수석으로 뛰어들었다. 나는 커튼 아래로 엿보았지만 어둠 속에서 보이는 건 아무것도 없었다. 헤드라이트를 켰다. 하지만 캠핑카들과 그 너머에 있는 모래언덕과 덤불의 어두운 그림자 외에는 여전히 아무것도 보이지 않았다.

바깥에 뭐가 있는지 몰라서 나가 볼 엄두는 나지 않았다. 내가 아주 많이 들었던 그 사악한 멕시코 노상강도들이 캠핑카를 털러 온 걸까, 아니면 더 나쁜 짓을 하려고 온 걸까? 심장이 갈비뼈에 부딪치며 빠르게 뛰는 것만 같았다. 혈관으로 뜨겁게 솟구치는 아드레날린 때문에 숨이 가빠졌다. 나를 보호할 무기는 부엌칼밖에 없었다. 도마에서 가장 큰 칼을 집어 들자 어찌나 겁이 나는지 숨이 막히는 기분이었다. 이 칼을 써야 할 상황이 온다면 과연 휘두를 배짱이 있을까.

어떻게 해야 할지 고민하고 있을 때, 틀림없는 코요테들의 소리가 들렸다. 처음에는 으르렁대고 낑낑거리는 소리가 가까이 들리더니 캠핑카에서 점점 멀어졌다. 코요테들이 그 강아지, 어쩌면 어미 개를 쫓고 있었던 게 분명했다. 하지만 저면 셰퍼드들과 라일리가 요란하게 짖자 코요테들이 겁을 먹고 달아난 것이었다. 아무튼 나는 내 생각이 맞았으면 하는 심정이었다. 나는 너무 무서워서 밖에 나가서 확인할 수가 없었다. 코요테들이 캠핑카를 빙빙 돌고 있을 뿐 더 위험한 존재, 즉 사람들이 아니라는 것을 알게 되자 마구 뛰던 내 심장이 마침내 차분해지기 시작했다.

아드레날린이 내 몸에서 완전히 빠져나가기까지는 시간이 좀 걸렸다. 그 이후로 동이 트기까지 나는 잠을 설쳤다. 아침에 어떤 광경을 발견하게 될지 걱정스러웠다. 해가 뜨자 밖으로 나갔다. 문을 여는 소리, 발판을 내딛는 내 발소리에 어미 개와 강아지가 내 캠핑카 밑에서 나와 아침 식사를 찾았다. 그들은 내 차를 코요테들에게서 피해 있을 은신처로 사용하고 있었다. 이제 보니 나의 모든 두려움은 바하에 들어오기 전에 범죄 이야기를 너무 많이 들어서 상상력이 풍부해진 탓이었다.

정말 다행이었다. 우리의 털북숭이 친구들이 격렬하게 경고를 해서 코요테들을 막아 주었으니 말이다. 나는 고마워서 눈물이 날 것 같았다. 개들이 짖은 덕택에 강아지를 구했다. 어쩌면 어미 개도 생명을 잃을 수도 있었다. 나는 라일리에게 아침 식사를 평소보다 더 많이 주고, 어미 개와 강아지에게도 주었다.

우리가 야영장을 떠날 때에 루시는 가다가 멈춰서 야영장 관리인과 이야기를 나누었다.

"이 개들의 주인이 누군지 아세요?"

루시가 관리인에게 물었다.

"그 개들은 여기에서 살아요."

관리인이 대답했다.

"밤에는 개들을 안에 가두어 두는 게 좋겠어요. 어젯밤에 개들이 코요테 먹이가 될 뻔했다니까요."

루시가 말했다.

"Sí, señora(네, 부인), 제가 돌볼게요."

관리인이 루시에게 장담했다.

더 이상 우리가 할 수 있는 일은 없었다. 그래서 우리는 새 털북숭이 친구들이 무사하기를 바라며 갈 길을 갔다.

남편 소동

|

2007년 2월

…… 그때 이런 생각이 들었다.
누군들 저런 사람이 되고 싶어서 됐을까?
— 스티비 J. 콜*

    군인들이 내 캠핑카 안으로 처음 들어왔을 때, 나는 놀란 기색을 감추려고 최선을 다했다. 침착해. 초조해할 이유가 없잖아. 나는 바하의 첫 번째 군 검문소에서 제지를 받았다. 그 뒤

---

* 연애 소설 작가_옮긴이

로도 많은 군 검문소를 통과해야 했다. 그때마다 반자동 무기를 든 제복 차림의 젊은 군인들이 검문소 주위를 서성거리다가 내 캠핑카로 들어와 수색을 했다. 군인들이 무엇을 찾고 있는 건지 나로서는 정확히 알 수가 없었다. 가장 먼저 제지를 받은 이 검문소에서 캠핑카 문 앞에 있던 첫 번째 군인이 라일리를 한 번 쓱 보았다. 그러더니 들어오기 전에 스페인어로 물었다.

"¿Muerde el perro?"

나는 스페인어를 거의 몰랐기 때문에 군인이 나에게 무엇을 묻는지 전혀 이해하지 못했다.

어리둥절한 내 표정을 본 다른 군인이 영어로 물었다.

"개가 무나요?"

"아니요, 안 물어요."

나는 군인들에게 장담했다.

"남편은 어디에 있나요?"

다른 군인이 내 캠핑카 안을 의심스런 눈초리로 둘러보면서 억양이 강한 영어로 물었다.

"저는 남편이 없어요."

군인들은 실망한 표정이었다.

그때 군인 세 명이 들어왔다. 내가 라일리를 옆에 두고 소파에 앉아 있는 동안 군인들은 내 캠핑카 안을 수색했다. 군인들은 침실, 옷장, 화장실, 샤워실을 들여다보았다. 밀입국자를 찾고 있나? 마약? 무기? 내가 어떤 나쁜 짓을 꾸미고 있다고 생각하는 건가? 그러고 나서 군인들은 냉장고, 식품 저장실, 찬장을 뒤졌다. 세 군인은 고작 5분 동안 수색을 하더니 나를 보내 주었다.

그다음 검문소에서도 그 과정이 반복되었다. 군인들은 개가 무는지, 내 남편이 어디에 있는지 묻고는 수색을 했다. 나는 이런 일을 몇 번 겪고 나자 그 빤한 과정에 익숙해졌다. 그래서 검문이 긴장되는 일이라기보다는 시간만 허비하는 성가신 일로 여겨지기 시작했다.

그다음에 남편이 어디 있느냐는 질문을 받았을 때 나는 속으로 한숨을 내쉬며 뭐라고 대답할지 곰곰이 생각했다. 이 질문은 우리가 검문소에 들어갈 때마다 나뿐만 아니라 내 일행인 다른 여자들에게도 묻는 것이었다. 그 군인들은 남편 없이 여행하는 여자들을 탐탁지 않게 여기는 것이 분명했다. 나중에 우리가 들은 바로는 멕시코 여자들은 남편 없이 여행하는 일이 드물었다. 보호자도 없이 각자 자신의 캠핑카를 끌고 자유롭게 돌아다니는 여자 네 명을 한꺼번에 찾아낸 것이 군인들에게는 납득이 가지 않는 모양이었다.

"냉장고에 있어요."

나는 마음 같아서는 그렇게 대답하고 싶었다. 내 냉장고는 보통 냉장고의 절반 정도의 크기였다. 그래서 남편을 통째로 그 안에 넣을 수는 없었다.

"마약을 가지고 샤워실에 숨어 있어요."

이런 대답을 할 수도 있었지만 왠지 이 엄숙한 얼굴의 군인들이 그 말을 재미있다고 여길 것 같지는 않았다.

나는 정직하게 대답하기로 하고 군인에게 말했다.

"No esposo."

남편이 없다는 뜻이었다. 나는 스페인어를 배우고 있었다. 조금씩.

군인은 서랍 몇 개와 화장실과 샤워실 문, 그리고 냉장고를 열었다. 그런 다음 그 안에 든 내용물을 보더니 콜라를 달라고 했다.

"다이어트 콜라밖에 없는데 하나 드시겠어요?"

내가 물었다.

군인은 하나를 원했다. 그러고는 친구들을 주고 싶은데 세 개 더 가져가도 되느냐고 물었다. 그게 좀 이상하다고 생각했지만 미소를 지으며 콜라를 건네주었다. 군인은 나에게 다이어트 콜라를 줘서 고맙다고 하더니 나를 보내 주었다. 나는 다음

군 검문소에 가서야 그 군인들이 청량음료 캔을 한 개에 1달러씩 팔고 있다는 사실을 알게 되었다.

다음 검문소에서 다시 검문이 시작되었다.

"남편은 어디에 있나요?"

이번에는 군인이 세 명이었다.

나는 어깨를 으쓱하고 손바닥을 위로 향한 채 두 팔을 치켜올렸다. '누가 알겠어요?'라는 의미였다. 군인들이 침실을 뒤지는 동안 나는 라일리를 옆에 두고 소파에 앉아 있었다. 평소보다 시간이 더 오래 걸리는 것 같아서 결국 무엇 때문에 늦어지는지 보려고 침실로 갔다. 세 군인이 침대 오른편의 열린 서랍 옆에 웅크리고 앉아 자기들끼리 스페인어로 속삭이고 있었다. 그것은 내 속옷 서랍이었다. 군인들은 나를 보자마자 말을 중단하고 문을 향해 움직이기 시작했다. 내가 운전하는 동안 서랍이 열린 건가, 아니면 저 사람들이 연 걸까? 무슨 얘기를 하고 있었을까? 그 답을 알 길은 없었다. 군인들은 캠핑카에서 내리더니 내게 통과하라고 손짓을 했다.

또 다른 검문소에서 나는 남편이 어디 있느냐는 질문을 다시 받았다.

"남편은 없어요."

나는 힘없이 대답했다.

"남편이 없어요?"

스무 살이나 됐을까 싶은 앳된 얼굴의 군인이 물었다. 그 군인은 퀸사이즈 침대, 평면 TV, 편안한 소파를 갖춘 반짝이는 새 캠핑카 안을 둘러보고 미소를 지었다.

"전화번호 좀 알려 주시겠어요? 당신을 사랑해요."

"아니, 못 알려 주겠어! 난 네 엄마 나이 또래거든!"

나는 군인을 꾸짖었다.

여행을 하는 내내 느낀 점이 있었다. 남편 없는 여자들이 꽤 많고, 아내가 버젓이 있으면서 없는 척하는 남편들이 너무 많은 것 같았다. 나는 여행을 하면서 많은 사람들을 만났다. 혼자 여행하는 여자들은 거의 남편이 없었다. 나는 부부들을 만나기도 했고, 가끔씩 그들과 어울리곤 했다. 유부남이 아니면서 혼자 여행하는 남자들을 마주친 적은 거의 없었다. 일 때문에 여행하는 남자들도 있었다. 그 남자들은 대다수가 유부남이었다. 하지만 그들 가운데 몇몇은 그 세부적인 사항을 감추려고 굉장히 애를 썼다.

"우리는 지금 별거 중이나 마찬가지예요."

결혼한 지 오래된 어떤 남자는 내가 자신의 아내에 대해 묻자 그렇게 대답했다. 그는 텍사스에, 아내는 캐나다에 있었다. 그 부부는 법적으로 헤어진 것이 아니라 직장 때문에 지리적으로 떨어져 있었다.

"우리는 같이 있지 않아요."

또 다른 남자가 자신의 아내에 대해 말했다. 알고 보니 그의 아내는 쇼핑하러 나간 것이었다. 엄밀히 따지면 그 남자들은 거짓말을 하는 게 아니었다. 하지만 충분히 오해할 만한 말을 하는 건 분명했다.

나는 어디를 가든 원하는 걸 얻어내고 깔끔하게 끝내려는 유부남들을 우연히 만났던 것 같다. 이유는 모르겠지만 그들은 나를 속이기 좋은 후보라고 생각했다. 내가 지나치게 다정한 유부남들과 왜 그렇게 많이 마주쳤는지 이제야 알았다. 나는 캠핑카를 타고 전국을 여행하고 있었고, 그것은 내가 어느 한 곳에 아주 오래 머물지 않는다는 것을 의미했다. 이 유부남들은 내가 혼자 여행하는 사람이고 조만간 떠날 사람이라는 것을 알았다. 그래서 지저분하게 일이 꼬일까 봐 걱정할 필요가 없었다. 나는 하룻밤 풋사랑을 찾는 남자들의 희생양으로 완벽한 후보였다.

그 뒤로 희생양을 찾아 돌아다니는 유부남을 만났을 때, 나는 만반의 준비가 되어 있었다.

"아내와 나는 별거 중이에요."

그 남자는 아내의 선글라스를 야외 탁자에 올려놓은 채 말했다.

"아주 잘됐어요! 제 남편을 냉장고 안에 넣어 두었거든요."

나는 짓궂은 미소를 지으며 말했다.

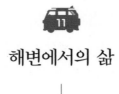

해변에서의 삶

2007년 2월

해변으로 달아나 조용히 앉아 있는 것,
그게 바로 내가 생각하는 낙원이다.
— 에밀리아 윅스테드*

"엘 코요테에 다 왔어!"

루시는 우리가 목적지인 엘 코요테 해변에 거의 다 왔다는
사실을 무선기로 알렸다. 우리가 이동하는 동안 루시는 프랭키

* 영국에서 활동하고 있는 뉴질랜드 태생의 패션 디자이너_옮긴이

와 스탠 두 사람과 이메일을 주고받았다. 그 부부가 매년 그 해변에서 겨울을 지낸다는 것을 알기 때문이었다. 바하 여행 안내 책자를 보니 엽서처럼 예쁜 엘 코요테 해변은 물레헤 남쪽의 코르테즈 해에 있는 에메랄드빛 만에 인접해 있었다. 우리는 해변에서 프랭키 부부와 함께 얼마간 시간을 보낸 뒤 태평양의 막달레나 만으로 가서 귀신고래와 갓 태어난 새끼들을 볼 계획이었다.

엘 코요테 해변 입구에 이르자 루시는 프랭키와 스탠에게 전화를 걸어 우리가 도착했다는 것을 알렸다. 스탠은 금세 지프를 타고 와서 차를 세우고는 우리가 까다로운 입구를 지나가는 일을 도우려고 밖으로 뛰어내렸다. 육십 대 초반인 스탠은 건장한 체격에 티셔츠와 반바지 차림이었다. 모자를 귀까지 푹 눌러쓰고 있어서 머리스타일이 어떤지는 도무지 알 수 없었지만 너그럽게 활짝 웃는 모습을 보니 온화한 사람이라는 것을 알 수 있었다.

"이 입구는 들어가기가 좀 까다로워요. 내가 안내할게요."

스탠은 캠핑카의 열린 창문을 통해 우리에게 말했다.

길을 보니 스탠이 없었으면 큰일 날 뻔했다는 생각이 들었다. 만 북쪽 끝의 비좁은 흙길이 오른쪽 비탈의 바위벽과 왼쪽의 바다 사이로 간신히 이어져 있었다. 게다가 여기저기 들쭉날쭉한 바위들이 돌출되어 있었다. 스탠은 우리 각자에게 이쪽저쪽으로 손짓을 했다. 그래서 우리가 바위를 피해 가고 반대편의 물속으로 곤두박질치지 못하게 했다. 나는 차에 상처를 입히지 않고 장애물 코스를 간신히 통과했다. 하지만 루시는 나만큼 운이 좋지 않았다. 스탠의 수신호대로 가려고 애쓰다 바위 하나가 루시의 캠핑카 옆구리에 세게 부딪쳐 흠집이 생겼다. 루시는 평소처럼 낙천적인 태도로 우리의 걱정을 덜어 주었다.

"처음 생긴 흠집도 아니고, 앞으로 또 생길 텐데 뭘. 걱정 마. 난 걱정 안 해."

고생고생해서 까다로운 입구를 지나온 보람이 있었다. 우리는 만의 멋진 경치가 코앞에 펼쳐진 해변 바로 옆에 주차를 했다. 캠핑카들과 트레일러들이 모래사장에 늘어서 있었다. 돛단배 한 척이 만의 남쪽에 평화롭게 정박해 있었다. 만은 관목이 듬성듬성 있는 비탈로 에워싸여 있고, 바하 고속도로가 우리보다 훨씬 위에 자리 잡고 있었다. 나는 주차를 하고 이웃들을 만나러 라일리와 함께 밖으로 나갔다. 그러자 익숙한 바다 냄새가 콧구멍으로 가득 들어왔다. 이따금씩 머리 위로 날아가는 갈매기의 울음소리가 들렸다.

우리는 스탠과 제대로 인사를 나눈 후 그의 아내 프랭키를 만났다. 오십 대의 프랭키는 등산 애호가답게 종아리 근육이 잘 발달되어 있고 흰머리가 솜털처럼 나 있었다. 우리는 그 부부가 일찍 은퇴를 하고 매년 겨울마다 미국에 있는 집을 떠나 엘 코요테 해변에서 몇 달을 지낸다는 사실을 알게 되었다. 부부는 우리에게 퇴직 교사들인 윌과 브렌다를 소개했다. 두 사람은 지난 2주일을 해변에서 보내고 일주일 뒤에 미국으로 돌아갈 거라고 말했다. 다음은 햇볕에 그을린 피부에 은빛 턱수염을 기른 칠십 대 중반의 남자 레이와 인사를 나누었다. 레이는 몸에 딱 붙는 수영복 차림으로 거드름을 피우며 남편이 없는 여자들에게 치근댔다. 보아하니 젊은 시절부터 나이가 든 지금까지 자신을 카사노바로 여기는 게 분명했다.

우리는 해변에서 캠프 의자에 편안히 앉아 있었다. 나는 프랭키와 스탠이 다정하고 활동적이며 재미있는 사람들이라는 것을 알게 되었다. 두 사람은 등산, 카약, 탐험, 모험을 좋아했고, 도움이 필요한 사람에게는 언제나 기꺼이 손을 내밀었다.

어느 날, 캠핑카 밖으로 나와 보니 타이어에 펑크가 나 있었다. 이런, 그린 몬스터가 말썽을 피우는군. 괜찮아, 이 정도는 해결할 수 있어. 나는 여행을 시작하기 전에 이런 일이 일어날 가능성에 대비해 공기 압축기를 사두었다. 상자 위에 기재된 압력 한도가 캠핑카 타이어의 압력을 초과하는지 확인했다.

꽤 간단해 보였다. 아직 사용해 본 적은 없지만 자신 있었다. 내가 얼마나 준비되어 있는지, 자기 앞가림도 못 하는 여자가 아니라는 걸 모두에게 보여 주겠어.

나는 공기 압축기를 가져오고 캠핑카 발전기를 켰다. 그런 다음 공기 압축기의 플러그를 꽂고 타이어에 공기를 넣기 시작 했다. 몇 분이 지났는데도 타이어는 똑같아 보였다. 공기 압축 기를 더 오래 작동한 다음, 압력 측정기를 확인했다. 하지만 타 이어는 거의 부풀어 오르지 않았다. 설명서에는 과열이 될 수 있으니 공기 압축기를 너무 오래 작동하지 말라는 주의가 적 혀 있었다. 그래서 공기 압축기를 식히기 위해 잠시 작동을 멈 추었다. 30분 뒤에도 타이어는 여전히 부풀지 않았다. 좌절감 이 커지고 자신감이 떨어졌다. 결국 난 제 앞가림도 못 하는 여자인가 봐. 뭘 잘못한 걸까, 이제 어떡하지? 나는 좌절감보다 두려움이 커지기 시작했다.

스탠은 내가 애쓰는 모습을 보고 나를 측은히 여겼다.

"나한테 압축공기가 한 통 있어요. 그걸 쓰면 약 30초 만에 타이어에 공기가 들어갈 거예요. 가져올까요?"

"저야 좋죠."

나는 스탠의 도움에 감사하며 말했다. 스탠은 내 타이어에 공기를 채웠다. 그런 다음 스탠과 프랭키, 루시는 내가 물레헤에 있는 타이어 수리점으로 가는 동안 혹시라도 문제가 생길까 봐 차를 끌고 나를 따라왔다. 나는 타이어에 땜질을 하고 곧 야영장으로 출발했다. 나중에 그 상자에 인쇄된 설명과는 달리 더 강력한 공기 압축기를 사용해야 한다는 말을 들었다. 내가 가지고 있는 공기 압축기는 캠핑카에는 아무 쓸모가 없었다. 이번 경험을 통해 80달러짜리 수업을 받은 셈이었다.

스탠은 캠핑카에 기계적인 문제가 생기면 많은 사람들, 특히 혼자 여행하는 여자들을 언제든 도와주었다. 한 번은 내 캠핑카 꼭대기에 있는 무선기 안테나가 충격을 받아서 작동이 되지 않았다. 그러자 스탠은 내 캠핑카 위로 올라가서 고쳐 주겠다고 제안했다. 스탠과 프랭키는 둘 다 인정이 많았고 함께 있으면 아주 재미있는 사람들이었다. 프랭키는 그날 그들이 계획한 재미있는 놀이가 있으면 항상 우리를 초대했다. 마음을 열고 사람을 대하는 이 부부와는 정이 들지 않을 수가 없었다.

우리는 즉시 프랭키와 스탠이 이룬 공동체의 일부가 되었다. 그 공동체에는 흥미롭게도 모든 연령대의 RV 거주자들이 있었다. 대부분은 미국인과 캐나다인이었지만, 영국인과 독일인 커플인 엘리와 프란츠를 비롯해 여러 나라의 젊은이들도 몇몇 있었다. 며칠이나 몇 주 동안 있다 가는 사람들도 있었고, 몇 달 동안 머무는 사람들도 있었다. 프랭키나 스탠처럼 정기적으로 오는 사람들은 겨울마다 그곳을 찾았다.

그 공동체는 결속력이 강한 집단이었다. 그 계절에 머물지 않는 사람들이 끊임없이 오가면서 인원수가 늘었다 줄었다 했다. 아침이면 해변에서 커피를 마시고, 매일 저녁에는 모닥불을 피우고 애피타이저를 곁들인 칵테일 시간, 이따금씩 하는 포틀럭(각자 음식을 가져와서 함께 먹는 식사_옮긴이) 파티 등 사교 활동이 많았다. 매일매일이 재미있거나 흥미로운 일로 가득했다. 가끔씩 우리는 이용이 가능한 승용차에 빽빽이 타고 시내로 가거나 그 지역을 탐험했다. 어떤 때는 고무보트에 가득 올라타고 스노클링을 하거나 조개를 잡고, 혹은 버사 식당으로 가서 점심과 차디찬 맥주를 마셨다. 우리는 등산을 하고, 카약과 4인용 자전거를 타고, 게임을 하고, 영화를 보고, 책을 읽었다.

카약부터 물놀이용 튜브 장난감, 음식에 이르기까지 모두가 가지고 있는 것을 공유했다. 그리고 몇 시간 동안 노를 젓거나 만을 떠다니며 시간을 보냈다. 야자수 잎과 대나무로 만든 아주 기본적인 오두막인 팔라파가 해변에 군데군데 있었다. 이 팔라파들은 장난감과 여분의 장비를 보관하거나 다른 창의적인 용도로 쓰였다. 하나는 보조 부엌으로, 다른 하나는 인터넷 카페로 개조되었다. 우리는 팔라파 그늘에 앉아서 한 캠핑카의 위성 인터넷 접속을 이용해 이메일을 확인하거나 인터넷을 검색할 수 있었다. 프랭키와 스탠의 캠핑카 근처에 있는 팔라파에는 도서관이 있었다. 거기서 우리는 책과 영화를 바꿔서 볼 수 있었다. 마음만 먹으면 항상 할 거리와 대화할 사람이 있었다. 자신의 RV 안에 들어가 조용히 혼자만의 시간을 보낼 수도 있었다.

해변에는 전기나 다른 배선이 없었기 때문에 RV에 태양 전지판을 장착한 사람들은 태양에 의존해 전기를 사용했다. 우리는 일찍 잠자리에 드는 것에 익숙해졌다. 어두워져 전등이나 TV를 켤 경우 배터리가 다 나가기 때문이었다. 발전기를 가동하는 건 해변의 평온한 삶을 방해하기 때문에 무례한 일로 간주되었다. 그래서 발전기는 꼭 필요할 때가 아니면 거의 가동되지 않았다.

우리에게 필요한 거의 모든 것은 해변에서 현지인들에게 구입했다. 담수 탱크에 채울 물, 냉장고와 온수기를 가동할 프로판가스 탱크에 넣을 연료, 신선한 해산물, 심지어 과일과 채소까지 살 수 있었다. 한 여자는 매일 아침 파인애플이나 다른 과일들이 듬뿍 들어간, 집에서 만든 맛있는 엠파나다(고기·생선·채소 등을 재료로 한, 스페인과 남미에서 즐겨먹는 파이 요리_옮긴이)를 가져왔다. 딱 한 가지 없는 건 하수와 폐수 탱크를 비울 곳이었지만, 그건 근처에 있는 해변의 쓰레기 집하장으로 차를 몰고 가서 버릴 수 있었다. 현지인들은 도자기, 보석, 옷, 직접 짠 담요, 값싼 장신구들을 포함해 다채로운 수공예품들을 가져와서 팔기도 했다. 나는 그런 목가적인 삶을 실컷 즐겼다.

어느 날 우리는 사람들을 모아 조디악 보트 두 대로 가까운 해안가를 탐험했다. 우리는 다른 해변에 들러서 조개를 찾을 수 있는지 보려고 물속으로 걸어 들어갔다. 정강이까지 차오르는 시원한 물속을 걷다가 돌아보니 바로 뒤에서 작은 가오리가 헤엄치는 것이 보였다. 가오리의 몸이 날개처럼 굽이치고 있었다. 그 뒤를 따르는 가오리가 두 마리 더 보였다. 가오리들은 우리가 무엇을 하는지 궁금해하는 것 같았다. 나는 한 번도 가오리를 본 적이 없어서 신기했다. 가오리들은 사람들의 눈에 띄자 재빨리 헤엄쳐 갔다.

우리는 조개를 좀 주운 후 다시 보트를 타고 점심 식사를 하러 버사 식당을 향해 가기 시작했다. 조디악이 물속을 질주하자 재밋거리를 찾는 돌고래 떼가 갑자기 나타났다. 돌고래들 가운데 몇 마리가 우리를 호위하는 것처럼 보트 양쪽의 뱃머리 바로 옆에 붙었다. 돌고래들은 미끈한 머리를 물속으로 집어넣었다 뺐다 하면서 전속력으로 보트와 함께 질주했다. 돌고래들은 우리가 몸을 숙이면 닿을 정도로 가까이 있었다.

"돌고래들이 굉장히 빠르네요!"

나는 돌고래들의 익살스러운 장난에 큰 소리로 웃으며 말했다. 돌고래들은 곧 새로운 즐거움을 찾아 가 버렸다. 이런 해변의 삶은 내게 순수한 기쁨을 주었고, 나는 이런 행운이 내게 주어졌다는 것이 믿어지지 않았다. 나는 물에서 놀거나 책을 읽거나 친구들과 휴식을 취하면서 몇 시간을 보낼 수 있었다. 직장으로 돌아가거나 청구서를 지불하거나 나와 라일리 이외의 다른 사람을 돌볼 걱정을 할 필요가 없었다. 이것이 내가 갈망하던 완전한 자유였다. 나는 그것을 기쁜 마음으로 자유분방하게 즐겼다. 시간과 자유를 마음껏 누렸을 뿐만 아니라 공동체의 일원이 되었다. 나는 더 이상 소외감을 느끼지 않았다. 이제는 어울릴 줄 알았다. 여기가 내가 있을 곳이야.

선물

|

2007년 2월

바다가 한 번 마법을 부리면
누구나 그 경이로운 그물에 영원히 걸려든다.
― 자크 이브 쿠스토*

    나는 검은 벨벳 같은 밤의 망토에 둘러싸인 엘 코요테 해변의 시원한 모래사장에 혼자 맨발로 서 있었다. 문명의 번잡함과 밝은 불빛에서 벗어나야만 경험할 수 있는 어둠이었다. 고

---

* 프랑스의 해저 탐험가_옮긴이

개를 들어 평소에 코르테즈 해 위로 총총히 박혀 아주 눈부시게 빛나던 별자리들을 찾아보았다. 그러나 구름들이 온종일 바느질로 서로를 꿰매어 붙여 폭신한 가림막을 만들어 버리는 바람에 반짝이던 별자리는 흔적도 보이지 않았다.

나는 저녁에 모닥불을 피우던 곳을 향해 해변을 따라 거닐다가 물가에 서 있는 프랭키를 우연히 만났다.

"하이디, 물 봤어요?"

프랭키가 물었다.

나는 고개를 돌려 바다를 바라보았다. 여러 명의 사람들이 얕은 물에서 첨벙거리며 카약을 타고 있었다. 물이 튀어서든 보트 때문이든 노를 저어서든 물이 일렁일 때마다 마치 다이아몬드 여러 양동이를 바다에 흩뿌려놓은 것처럼 물이 반짝거렸다.

"정말 아름다워요! 이게 뭐죠?"

나는 샌들을 걷어차고 물속으로 뛰어들었다.

"생물발광 현상이에요. 전에 본 적 있어요? 아주 작은 바다 생물체가 스스로 빛을 만들어 내는 거예요."

프랭키가 말했다.

"전혀요. 들어본 적은 있는데 이렇게 멋질 줄은 몰랐어요. 아까 물에서 본 게 틀림없어요."

그날 나는 여름 방학을 보내는 아이들처럼 따뜻한 만에서 몇 시간 동안 신나게 놀았다. 수영을 하고 물놀이용 튜브 위에서 느긋하게 떠다녔다. 해변에 가까이 가자 바다와 모래가 만나는 지점에서 거품이 보였다. 이제 나는 그것이 생물 발광을 내는 아주 작은 유기체에서 나오는 것임을 알았다. 빛으로 가득한 이 작은 생명체들은 놀라운 공연을 펼쳐 보였다.

우리는 해변을 따라 첨벙거리고 카약을 타고 오랫동안 노를 저었다. 그리고 노를 저을 때마다 반짝반짝 빛나는 물을 보고 즐거워했다. 물속에서 시간을 보내고 나자 우리는 모닥불 주위에 모였다. 대자연의 이 특별한 공연을 경험한 우리는 대화를 나누는 내내 행복이 넘쳐흘렀다. 결국 모닥불이 마지막으로 혀를 날름거리더니 재로 변했다. 그러자 모두들 잘 자라고 나직이 인사하며 잠을 자러 흩어졌다. 이 색다른 경험을 놓아버리기 아쉬웠던 나는 마지막에 혼자 해변에 남아 있었던 것이다.

나는 캠핑카를 향해 모래밭을 터벅터벅 천천히 걸었다. 늑장을 부린 덕택에 귀한 선물을 받게 되었다. 따뜻한 공기 속으로 이슬비가 후두두 떨어지기 시작했다. 빗방울이 바닷물을 때리자 바닷물이 어둠 속에서 윙크를 하며 번득였다. 바다 전체가 반짝반짝 빛나는 요정의 마법 가루로 가득한 것처럼 보였다. 나는 이제껏 본 적 없는 마법 같은 광경에 숨을 죽였다. 세상이 잠시 거꾸로 뒤집혀 이 순간 수십억 개의 별들이 만에서 목욕을 하고 있는 듯했다.

마음이 행복으로 넘치자 캐미가 태어났을 때 느꼈던 기분이 떠올랐다. 진통을 겪은 끝에 태어난 생명의 기적에 내 가슴은 경이로움으로 벅차올랐고, 그 속에서 내가 어떤 역할을 했다는 사실에 나는 환희에 젖었다. 이번에는 이 자연의 환상곡 앞에서 나는 구경꾼에 지나지 않았다. 그럼에도 그 순간은 나를 변화시켰다.

나는 오랫동안 기쁨, 나를 둘러싼 자연과 삶의 아름다움이 뭔지 모르고 살았다. 수년간 치열하게 살며 겪은 고통과 마음고생으로 인해 불행의 늪에 너무나 깊숙이 빠져 있었다. 그래서 삶에 대한 열정과 자연의 경이로움을 잃었다. 한 번은 외로움과 절망으로 인해 자살 충동에 사로잡히기까지 했다가 다른 탈출구가 있다는 것을 깨달은 적도 있었다.

이 여행을 하기로 결심했을 때 나는 그 결정이 옳다는 것을 의심하지 않았다. 내 마음을 치유하겠다고 '아메리칸 드림'이 규정한 지극히 평범한 삶을 뒤로하고 혼자 여행을 떠나는 일은 삶을 송두리째 바꾸는 결정이었다. 나는 어두컴컴한 터널을 서서히 지나 찬란한 햇빛이 비치는 반대편 끝으로 나왔다. 두 눈이 번쩍 뜨였다.

공교롭게도 믿어지지 않을 만큼 멋진 대자연의 공연을 해변에서 오로지 나 혼자 감상했다. 혼자 있었기 때문에 그것은 마치 나만을 위해 마련된 공연인 것 같았다. 나는 텅 빈 해변에서 마법의 순간을 목격한 단신 여행자였다. 그것을 함께 나눌 특별한 사람은 없었지만, 조금도 외롭지 않았다. 이 공연은 한 명의 관객을 위해 짜인 안무 같았다. 마치 아주 멋지고 재능 있는 댄스 파트너가 내게 손을 내밀어 함께 춤을 추자고 초대하는 듯했다.

나는 다시 바다로 재빨리 뛰어들었다. 반짝이는 물이 발목 주위에서 일렁거리고 따뜻한 빗방울이 내 피부를 간질이자 입가에 미소가 번졌다. 나는 그 순간, 내가 여기 있어야 할 운명이라는 것을 확신했고, 내 삶이 역전되었다는 사실을 깨달았다. 나는 우주와 연결되어 있다는 것을 느꼈다. 마치 내가 아주 작지만 없어서는 안 될 우주의 일부인 것 같았다. 삶이 매우 암울해 보이고, 앞으로 힘든 노동과 외롭고 슬픈 일만 있을 것 같은 확신이 들 때도 좋은 일들이 바로 코앞에서 기다릴 수도 있음을 알게 되었다. 나의 세계는 긍정적인 방향으로 판도가 뒤집혔다.

이 경험은 내가 어린 시절 이후로 느껴본 적 없는, 세상에 대한 경외심과 경이로움을 일깨워 주었다. 감정이 솟구쳐 올라왔다. 그러나 내 마음속에서는 눈물 대신 웃음이 차올라 입으로 새어나왔다. 생기와 사랑으로 넘치고 살아 있음에 감사하며 이 순간에 존재한다는 것이 얼마나 특별한 것인지 나는 알았다. 그 순간만큼은 외롭던 어린 시절과 진을 빼는 이혼, 한부모 가정의 가장 노릇을 거쳐 자신감 하락에 이르기까지 겪었던 모든 고난과 갈등이 녹아 버렸다. 대신 새로 발견한 행복이 마음속에 자리해 있었다. 그리고 아무 문제 없고, 나 역시 괜찮다는 것을 가슴 깊이 알았다. 이 멋진 여행을 눈앞에 두었을 때, 다 그만두고 떠날 준비가 되어 있었다는 사실을 아는 것만으로도 나는 감사한 마음에 들떴다.

훗날 나는 다른 여자들에게 캠핑카를 끌고 혼자 여행을 다닌 일에 대해 얘기했다. 그러자 그 가운데 몇 명은 나더러 정말 용감하다며 감탄했다. 그 당시에 나는 내가 용감한 결정을 내렸다는 생각은 하지 못했다. 그저 내 마음을 치유하고 살아남기 위해 여행이 필요하다고 생각했을 뿐이었다. 중년에 도망치듯 떠난 여행이 내 인생을 구했다.

또다시 마주한 죽음

2007년 2월

행운은 용감한 자를 돕는다.
— 라틴 속담

그 노인이 발견됨으로써 그동안 이웃 중에서 총 두 구의 시신이 발견된 셈이었다. 그러니까 RV 여행자 주변의 사람들을 이웃이라고 한다면 말이다. 뉴멕시코 주에서 등산객이 사망한 사건은 충격적인 일이었다. 하지만 이번에 그 노인이 돌아가셨다는 소식에는 눈물이 나고 슬퍼서 마음이 아팠다. 노인을 알지도 못하는데 그런다는 것이 이상해 보일 수도 있었다.

노인은 90세를 앞둔 쇠약한 어부였고, 해변 위쪽에서 자신처럼 노쇠한 동생과 가로 2미터, 세로 2미터 면적의 텐트에서 살았다.

라일리와 나는 매일 두 번씩 그 해변 전체를 걸었다. 그래서 그 형제들이 살고 있는 텐트 앞을 지나갈 수밖에 없었다. 형은 결코 우리에게 아는 척을 하지 않았지만, 동생은 미소를 지으며 내게 인사를 하곤 했다. 나는 스페인어를, 노인은 영어를 잘 몰랐기 때문에 우리는 몇 마디 말밖에 하지 못했다. 노인은 행복하고 다정한 사람 같았지만 매우 가난해 보였다. 그래도 항상 하루하루를 무척 감사하게 여기는 것 같았다. 그래서 나는 짧기는 하지만 노인과 나누는 대화가 기대되기 시작했다.

"해변 저 끝에 사는 고기 잡는 어르신들에게 무슨 사연이 있나 봐요?"

어느 날 나는 프랭키에게 물었다.

"두 분이 저 텐트에서 몇 년을 사셨다고 들었어. 일부러 거기서 사시는 모양이야."

"두 분이 행복해 보여요. 원하는 걸 다 이루셨나 봐요."

나는 다음번에 지나갈 때 두 노인의 야영지를 더 자세히 살펴보았다. 단단한 목재로 만든 낚시용 팡가(모터가 밖으로 나와 있는 아담한 크기의 보트_옮긴이)가 나무에 대강 묶여 있었다. 그늘에 쳐놓은 텐트는 차디찬 겨울바람을 간신히 막아줄 은신처로 보였다. 하지만 이 숨이 멎을 듯 멋진, 코르테즈 해의 만은 누구나 부러워할 가장 아름다운 앞마당을 제공했다. 화덕 주변에는 요리용 냄비 몇 개가 널려 있었고, 그 외에도 장기간 거주한 여러 흔적이 있었다.

이 야영지에서 멀지 않은 곳에서 형의 시신이 발견되었다. 경찰차 한 대가 해변 근처에 주차되어 있는 풍경이 왠지 어울리지 않았다. 나는 그 옆을 지나가다가 경찰관 두 명이 근처에 야영하는 사람들과 이야기를 나누는 모습을 보았다.

어느 날 저녁, 내가 해변에 오자마자 우리는 모여서 의논을 했다. 위험한 일이 있었다고 들었기 때문이었다. 누군가가 자신들의 캠핑카 옆에 있는 팔라파에서 다른 야영객의 카약이 도난당했다고 말했다.

"이웃 감시단을 만듭시다. 뭔가 수상쩍은 소리를 듣거나 보게 되면 경적을 울리는 거예요."

그 가운데 한 명이 제안했다. 여러 명이 동의했다.

"좋아요. 저도 할게요."

내가 말했다.

바로 그날, 자정 무렵에 나는 소곤대는 목소리에 눈을 떴다. 이웃들의 카약과 기타 장비가 보관되어 있는, 내 캠핑카 옆에 있는 팔라파에서 나는 소리였다. 아까 누군가 카약을 도난당했다는 대화가 떠올랐다. 나는 문제가 일어날 거라는 생각에 사로잡힌 나머지 이웃들이 곧 도둑맞을 것이라고 지레짐작했다. 밖에 있는 사람들이 보일 수도 있겠다 싶어서 창밖을 엿보았다. 누구인지는 몰라도 그들은 손전등을 들고 있지 않았다. 침입자가 틀림없어!

나는 급히 캠핑카 운전석으로 가서 경적을 울리고 무선기를 켜 응답을 요청했다. 나와는 캠핑카 몇 대를 사이에 두고 해변에 주차를 한 카렌이 유일하게 잠에서 깨어 내 말을 듣고 있었다. 하지만 상황을 파악하는 일에는 도무지 관심이 없었다. 나는 밖을 살피며 엿보았다. 이제 보니 그 지역의 연인이 사랑을 나눌 은밀한 공간을 찾다가 팔라파를 선택한 것이었다. 요란한 경적 소리가 분위기를 깼는지 두 사람은 옷매무새를 가다듬으며 걸어가고 있었다.

나는 멋쩍어하며 침대로 돌아왔다. 선입견이 얼마나 무서운지 확실히 깨달았다. 바하를 여행하면서 위험, 범죄, 부패와 관련된 경험은 한 번도 한 적이 없었다. 그런데도 나는 멕시코가 불한당과 건달들로 가득한 무서운 곳이라는 두려움에 휩싸여 있었던 것이다. 이런 내가 부끄러웠다.

그 후 며칠 동안 나는 해변에서 농담거리로 동료들의 입에 자주 오르내렸다. 하지만 중요한 교훈을 얻었다. 바하의 주민들은 우리를 화나게 하려고 나온 것이 아니라 그저 생계를 유지하며 소소한 행복을 찾으려 할 뿐이었다. 우리 대부분이 원하는 삶과 다를 게 없었다.

알고 보니 노인의 시신이 발견된 사건에 대해서도 한 점의 의혹도 품을 필요가 없었다. 노인은 낚시를 하다가 심장마비로 세상을 떠난 것이었다. 다음에 라일리를 산책시키며 형제가 야영을 하던 해변 끝으로 갔을 때 나는 가슴이 철렁 내려앉았다. 노인들이 애지중지하던 텐트가 있던 자리에 남은 것이라고는 버려진 물건 몇 개가 전부였다. 해변에 마련한 자신의 멋진 거처를 버릴 수밖에 없었을 동생을 생각하니 몹시 슬펐다. 떠나기로 한 것이 노인의 결정인지, 아니면 노인 혼자 해변에서 살면 안 된다고 누군가가 내린 결정에 따를 수밖에 없었던 것인지 궁금했다. 나는 노인이 베이지색 벽과 악취, 형광등이 있는 요양원에서 말년을 보내지 않기를 바랄 뿐이었다. 노인이 요양원에서 지냈다면 아마 얼마 못 살았을 터였다.

고래 떼를 만나다

|

2007년 2월

내 영혼은 바다의 비밀을 갈망하는 마음으로 가득하다.
— 헨리 워즈워스 롱펠로*

낚시용 팡가가 태평양 막달레나 만의 거센 파도를 가르며 나아갈 때 나는 나무 벤치를 꽉 움켜잡았다. 내 몸은 기대감에 흥분해 있었다. 나는 2주 전에 국경을 넘어 바하 반도에 온 뒤로 이날을 손꼽아 기다렸다. 이 멕시코 여행을 계획하기 시작

* 미국의 시인_옮긴이

했을 때 이 경험이 여행의 백미 중 하나가 될 것임을 알았다. 드디어 고래들을 만나는구나!

매년 귀신고래들은 먹을 것이 풍부한 알래스카에서 여름을 보내다가 더 따뜻한 멕시코의 바다로 16,000킬로미터를 이동했다. 귀신고래는 1월부터 4월까지 몇 달 동안 짝짓기와 출산을 하고 새끼를 먹였다. 2월은 해안가의 세 구역, 즉 산 이그나시오 라군, 스캠몬 라군, 막달레나 만에서 갓 태어난 새끼를 구경하기 가장 좋은 달이었다. 그중 막날레나 만은 가장 먼 남쪽이었고, 엘 코요테 해변에 있는 내 야영지에서 불과 240킬로미터 거리였다.

고래를 구경하기 위해 출발한 내 작은 캠핑카에는 나와 국경을 넘었던 세 명의 동료, 즉 루시, 카렌, 일레인이 타고 있었다. 우리는 막달레나 만에 도착하자 근처의 작은 판잣집에서 다음 날에 탈 배표를 샀다. 그리고 그 옆에 흙이 깔린 공터에서 밤을 보냈다. 다음 날 우리는 아침 일찍 지정된 출발 장소로 갔다.

우리는 뚱뚱한 중년의 선장과 함께 작은 목재 어선에 탔다. 선장은 영어를 제법 했고 우리의 가이드 역할도 했다. 그 작은 배는 빽빽이 태우면 두 사람은 더 탈 수 있었겠지만 그 이상은 불가능했다. 내가 전에 탔던, 고래를 구경하던 배와는 엄청나게 달랐다. 그 배들은 이 작은 팡가에 비하면 거대했고, 때로는 수십 명의 사람들을 태웠다. 미국에서는 고래를 관찰하는 배가 고래로부터 1킬로미터 안으로 가까이 접근하는 것이 허용되지 않았다. 고래가 지나치게 열성적인 구경꾼들에게 괴롭힘을 당하지 않도록 하기 위해서였다. 멕시코에는 그런 규정이 없어서 우리는 고래에 더 가까이 갈 수 있었다.

예전에 캘리포니아와 하와이에서 고래를 구경하러 갔을 때는 가까스로 고래 몇 마리를 찾아냈지만, 그마저도 항상 멀리서 볼 수 있었다. 나는 고래들에게 너무 가까이 다가가서 혹시 스트레스를 주지나 않을까 굉장히 조심했지만 곧 그런 걱정을 할 필요가 없다는 것을 알게 되었다. 이것은 확실히 친밀하고 아주 색다른 경험이었다. 선장은 갓 태어난 새끼들과 함께 있는 어미 고래들을 볼 수 있는 곳이 있다며 그곳을 향해 이동했다. 우리는 만에서 벗어나 태평양으로 들어갔다.

"저길 봐, 고래야!"

흥분한 루시가 먼 곳을 가리키며 소리쳤다. 우리는 고래들이 넓은 태평양의 파도를 헤치고 신나게 뛰어오르는 광경을 볼 수 있었다.

"저건 수컷 고래들이에요. 암컷을 유인하려고 뽐내는 거죠."

선장이 설명했다.

고래들은 몇 번이고 수면 위로 뛰어올라 무거운 몸을 물속으로 힘껏 내던졌다. 멀리서도 물살을 때리는 소리가 크게 들렸다. 어떤 고래들은 깡충 뛰어올라 꼬리로 서는 것처럼 거대한 머리를 물 밖으로 똑바로 내밀고 다시 물속으로 들어가며 묘기를 하고 있었다.

"어미 고래들과 새끼 고래들이 있는 만에 잠시 머물 겁니다. 거기는 물이 더 잔잔해요."

선장이 말했다. 우리는 계속 나아갔고, 얼마 후 아주 가까운 곳에서 고래를 보기 시작했다. 고래를 구경하는 다른 배들도 그 부근에 몇 척 있었다. 이따금씩 그 배들은 같은 고래들 근처에 모이곤 했다. 그러나 주위에 적어도 십여 마리의 고래가 있어서 그 정도면 어느 배에 있든 고래를 아주 가까이서 실컷 구경할 수 있었다.

"저기 봐!"

루시가 근처에 있는 고래를 가리키며 흥분해서 소리쳤다.

"저 어미 고래 옆에 갓 태어난 새끼가 있어요."

선장이 말했다. 선장은 그 고래가 있는 곳으로 배를 몰았고, 우리는 모두 서둘러 카메라를 챙겼다. 부두를 떠날 때 꽤 작아 보이던 배는 몇몇 고래들 옆으로 가자 아주 작게 느껴졌다. 다 자란 귀신고래의 길이는 약 15미터, 몸무게는 36톤이다. 이제 보니 우리가 타고 있는 5미터 길이의 팽가가 그 크기의 세 배인 이 거대한 생명체들에 의해 홀떡 뒤집힐 수도 있었다.

"새끼 고래의 척추 위로 튀어나온 손가락 관절 같은 것이 보이세요? 저건 새끼 고래의 체중이 늘면 며칠 안에 없어져요."

선장이 말했다. 새끼 고래의 척추를 따라 나 있는 돌기들이 사람의 손가락 관절처럼 보였다.

나는 우리가 가까이 가면 어미 고래가 달아날 것이라고 예상했지만 그렇지 않았다. 사실 어미 고래는 우리가 있어도 전혀 개의치 않는 것 같았고 오랫동안 기꺼이 우리 곁에 있었다. 우리가 고래들에 대해 호기심을 느끼는 만큼이나 이 고래들도 우리에 대해 궁금해했다. 나는 그 사실을 깨닫자 더 이상 고래들에게 너무 가까이 갈까 봐 조심스러워 하지 않았다. 어미 고래와 새끼 고래는 우리 배 바로 옆과 아래를 계속 왔다 갔다 했다. 나는 고래, 특히 새끼 고래 옆에 그렇게 가까이 있어 본 적은 처음이었다. 어느 순간, 두 고래는 배 바로 옆에 왔고, 어미 고래는 물 밖으로 한쪽 눈을 내밀고 우리를 바라보았다. 어미 고래는 마치 우리를 유심히 살피듯 찬찬히 바라보았다. 나는 어미 고래가 무슨 생각을 하는지 몹시 알고 싶었다.

어미 고래의 등과 옆구리에는 꽃처럼 생긴 따개비가 붙어 있었다. 하지만 새끼 고래는 너무 어려서 자기 정원에 싹을 틔우지 못했다. 두 고래 모두 손을 뻗으면 닿을 만큼 우리 배에 가까이 오더니 다른 보트로 헤엄쳐 갔다. 우리는 다른 배에 탄 여자가 배에 기댄 새끼 고래의 지느러미를 만지는 모습을 지켜보았다.

"우와! 저 새끼 고래가 악수가 하고 싶은 모양이야."

루시가 소리쳤다.

인간들은 흥분해서 우르르 모여들어 넋 놓고 바라보며 사진을 찍어댔다. 그런데도 어미와 새끼 고래 둘 다 두려워하는 기색이 없었다. 어쩌면 어미 고래는 새끼 고래가 인간을 만나기를 원했는지도 모른다. 아니면 둘 다 그저 호기심이 생긴 것일 수도 있었다. 그걸 알 길은 없었다. 나는 지금도 가끔씩 고래와 만났던 이 일에 대해 생각해 보곤 하는데, 그 어미 고래와 새끼 고래는 왜 그렇게 오랫동안 우리와 어울렸을까.

어미 고래도 새끼 고래도 자신의 몸을 배에 스치는 법이 없었다. 새끼 고래가 지느러미 하나로 악수를 한 게 전부였다. 나는 그 고래들이 배에 그렇게 가까이 오면서도 어떻게 우리 배와 전혀 부딪치지 않았는지 놀라웠다. 어미가 획 휘두르는 꼬리에 배가 뒤집힐 수도 있었지만 어미 고래는 조심했다. 우리가 어미 고래와 함께 보내는 시간을 즐기고 있는 것처럼 어미 고래도 그 시간을 즐기고 있는 것 같았다.

감동이 밀려와 목이 메었다. 나는 내가 느끼고 있는 감정이 과연 뭘까 골똘히 생각했다. 그것은 고마움이었다. 이렇게 친밀한 만남이 너무 고마웠다. 이 순하고 다정한 고래들을 보니 그들에 대해 더 알고 싶었다. 그리고 다른 감정도 일었다. 그건 갈망이었다. 우리가 어떻게든 의사소통을 할 수 있으면 좋을 텐데, 그 점이 아쉬웠다. 고래들은 우리에 대해 어떻게 생각할까?

나는 인간이 그토록 많은 생명체들에게 행한 온갖 끔찍한 짓들에 대해 생각했다. 사람들은 고래를 사냥할 뿐만 아니라 새끼 고래들을 빼앗아 와서 인간의 볼거리를 위해 작은 탱크에 가두었다. 새끼 고래들은 그 안에서 스트레스와 권태에 시달리며 서서히 미쳐갔다. 우리는 또한 고래들의 서식지를 오염시키고 파괴했다. 나는 문득 우리의 새로운 친구들을 보호해 주고 싶었다. 나는 모든 인간이 고래들에게 해를 끼치고 싶어 하는 건 아니라고 그들에게 알리고 싶었다. 그것을 전할 방법은 없었지만, 어쩌면 이 고래들은 이미 그 사실을 알고 있는지도 몰랐다.

파란 눈의 남자

|

2007년 3월

말이야말로 인간이 사용하는 가장 강력한 약이다.
— 러디어드 키플링*

　어느덧 한 달이 지나, 카렌과 일레인이 미국으로 돌아갈 시
간이 되었다. 우리는 계속 연락하자는 약속을 하며 작별의 포
옹을 나누었다. 루시와 나는 바하 반도의 남쪽 지역을 함께 탐
험하기로 했다. 우리는 라파스에 들러 며칠을 보냈다. 해변에서

* 『정글북』을 쓴 영국의 소설가이자 시인_옮긴이

무료로 야영을 할 수 있었다.

바하칼리포르니아수르의 주도 라파스는 코르테즈 해의 만에 자리해 있고, 인구는 약 20만 명이었다. 방파제가 해안을 따라 뻗어 있고 그 옆의 보도는 다채로운 식당과 시끌벅적한 술집을 걸어서 찾아오는 사람들이 다닐 수 있을 만큼 넉넉했다. 우리는 길고 넓은 모래사장이 있는 엄청나게 큰 공공 해변으로 향했다. 조개가 많기로 소문난 해변이었다.

우리가 야영장으로 들어갈 때 나는 루시의 캠핑카를 따라갔다. 그러다 모래가 흩날리는 곳으로 루시가 가는 것을 보고 불안해서 멈칫했다. 문제가 생길 것 같았는데 과연 그랬다. 루시가 가속 페달을 밟자 뒷바퀴가 모래에 빠져 헛돌았다. 기어를 드라이브에서 후진으로 바꾸며 캠핑카를 흔들어도 바퀴가 빠지지 않았다.

때는 3월 초순이었고 바람이 거세게 불고 있었다. 우리가 캠핑카에서 나와 바퀴를 빼는 작업을 할 때 모래가 바람에 날려 우리 얼굴을 때렸다. 루시는 가지고 있던 가로 60센티미터, 세로 120센티미터의 레벨링 블록을 한쪽 바퀴 밑에 깔아서 차체를 끌어내려 했다. 하지만 바퀴는 여전히 헛돌며 꿈쩍도 하지 않았다. 나도 레벨링 블록을 꺼냈다. 그것으로 길을 만들 수 있을 거라고 생각했지만, 레벨링 블록은 모래에 묻히고 말았다.

우리는 루시가 내놓은 작은 용기로 모래를 파내려고 했다. 하지만 파내면 파낼수록 더 많은 모래가 미끄러져 내려와 그 자리를 채웠다.

마침내 해변을 따라 달리던 캠핑카에서 한 남자가 내렸다. 맞바람이 불자 남자는 상체를 숙이고 우리 쪽으로 걸어왔다. 키가 크고 호리호리하며 머리는 백발이 가득하고 턱까지 지퍼를 채운 재킷 차림이었다.

"안녕하세요. 저는 짐이라고 해요. 좀 도와드릴까요?"

우리는 고마워하며 도움을 받았다. 짐은 자신의 캠핑카에서 삽을 꺼내어 재빨리 모래를 파내고는 바퀴 밑에 레벨링 블록을 받쳤다. 루시는 후진을 해서 레벨링 블록에 올라탄 다음 모래에서 빠져나왔다. 그러다가 내 레벨링 블록 하나가 깨졌다.

"괜찮아요. 아직도 많으니까."

나는 내 레벨링 블록이 깨져서 미안해하는 루시를 안심시켰다. 우리는 짐에게 거듭 고마움을 표하고 포도주 한 병을 주었다. 그런 다음 캠핑카를 주차할 수 있는 더 안전한 장소를 찾기 위해 차를 몰고 갔다.

바람이 잦아들자 우리는 스노클링을 할 수 있는 곳을 찾아다니다가 부두 근처의 판잣집으로 왔다. 우리는 앞바다에 있는 아름다운 에스피리투산토 섬에 가보고 싶었다. 이 무인도는 생태관광지로 알려져 있었다. 그 섬의 여행 안내 책자에는 백사장 옆에 스노클링을 하기 딱 좋은 청록색 바닷물이 소개되어 있었다. 그 여행 코스에는 점심 도시락이 포함되어 있었다. 우리는 다음 날에 탈 배표 두 개를 예약했다.

다음 날 우리가 목선에 올라탔을 때 나는 선장에게서 눈을 떼지 못했다. 그렇게 눈이 파란 남자를 본 건 처음이었다. 얼굴이 잘생기고 햇볕에 타서 눈이 훨씬 더 파랗게 보였다. 후안 선장의 구불구불한 검은 머리카락은 손가락으로 쓸어넘겨 주고 싶은 충동을 일으켰다. 눈부신 미소는 여자들을 매료시키기 충분했다. 선장의 밝은 하늘색 눈을 보니 나이가 사십 대로 보였다. 이 지역에서 그런 눈은 아주 드물었다. 여자들 중에서도 파란 눈을 찾아보기가 힘들었다.

후안 선장은 배를 쉽게 다루었다. 승객들로 가득 찬 6미터짜리 배가 아니라 마치 자기 몸의 또 다른 사지를 부리듯 했다. 선장은 뱃머리에서 고물로 민첩하게 움직였다. 물 위를 건너뛰는 매끄러운 돌멩이처럼 승객들 사이에 있는 벤치를 가볍게 밟았다. 선장이 내 옆에 발을 디뎠을 때, 균형을 잡으려는 듯 그의 손가락이 내 어깨를 가볍게 스쳤다. 하지만 타고난 균형 감각 덕택에 굳이 내 어깨가 필요하지는 않았다. 나는 선장의 손길에 마음이 설레고 맥박이 빨라졌다.

후안 선장은 모국어로만 말을 했고, 스페인어를 잘 모르는 나는 가끔 몇 단어만 알아들었다. 하지만 1등 항해사는 미국인이 대부분인 승객들을 위해 영어로 말했다. 선장은 흥미로운 암석과 바닷새들, 이색적인 광경들을 가리켰다. 한편 1등 항해사는 우리에게 유머를 가미해 역사를 꼼꼼히 알려 주었다. 우리는 동물 체험을 원하는 사람들을 위해 잠깐 배를 멈춰서 바다사자와 함께 수영을 한 다음, 아름다운 에스피리투산토만에 가서 스노클링을 할 계획이었다.

후안 선장은 섬으로 가는 길에 우리가 바다사자와 함께 사진을 찍거나 수영을 할 수 있도록 배를 세웠다. 이곳은 물이 더 깊고 차가웠으며 아직 수영을 하기에는 이른 시기였다. 그래서 용감한 사람들 몇 명만 물속에 들어가 수영을 했고, 나머지는 배에 남아서 사진을 찍었다. 짧은 잠수복을 입은 선장은 물속으로 뛰어 들어가더니 잠시 뒤 내 옆에 다시 모습을 드러냈다. 또 한 번 눈부신 미소를 지으며 한 손에 불가사리 한 마리를 들고 있었다. 말이 될지 모르겠지만 흠뻑 젖으니 더욱 잘생겨 보였다. 나도 미소를 지어 보였다. 솔직히 말하면 나는 불가사리보다 잘생긴 선장에게 더 관심이 있었다. 불가사리는 이미 캘리포니아 해안의 작은 웅덩이에서 많이 봤기 때문이었다. 나는 선장의 열정을 꺾기 싫어서 믿을 수 없을 정도로 매력적인 그의 눈을 훔쳐보며 선장이 내게 보여 주는 불가사리에 호기심 있는 척했다. 바다사자가 중요한 게 아니야, 난 저 두 푸른 물웅덩이에 바로 뛰어들고 싶어. 남자한테 끌린 게 아주 오랜만이라서 어떻게 관심을 끌지 기억하려고 애썼다.

우리는 바다사자들과 잠시 신나게 논 후, 점심 도시락을 먹고 스노클링을 하러 해변으로 갔다. 아름다운 해변과 만이 엽서에 박힌 사진을 연상시켰다. 아주 투명한 청록색 물이 가득한 반달 모양의 만에 크림색 모래가 깔려 있었다. 그래서 해안에서 멀리 떨어진 곳에서도 바닥을 볼 수 있었다. 암초에 둘러싸인 섬의 해변 양 끝에는 보초를 서듯 돌출된 바위가 있었다. 루시와 나는 바로 물속으로 들어갔고, 스노클과 물갈퀴를 착용한 채 물을 헤치며 밝은 색의 파랑비늘돔, 열대어, 그리고 산호를 쪼는 깃대돔에 마음을 빼앗겼다. 실컷 즐기고 난 후, 우리는 나머지 일행들과 함께 해변으로 돌아와 점심 도시락을 먹고, 라파스로 돌아가기 위해 보트에 탔다.

라파스로 돌아오는 길에 후안 선장이 바쁘게 일을 하는 사이, 나도 모르게 자꾸 선장이 있는 방향으로 눈길이 갔다. 우리가 배를 타고 돌아가는 동안 선장은 흥미로운 광경들을 계속 손가락으로 가리키며 이따금씩 내가 있는 곳으로 미소를 지었다.

그 여행은 너무 빨리 끝났고 우리는 라파스로 돌아왔다. 나는 이 잘생긴 낯선 남자에 대해 더 알고 싶었다. 하지만 스페인어로 말문을 틀 수 있는 능력이 없었다. 갈 시간은 되었는데 할 말이 없었다. 멕시코에 오기 전에 스페인어를 더 배워둘걸. 나는 마음속으로 나 자신을 원망했다. 나는 "Gracias(감사합니다)."와 "Adios(안녕히 가세요)."라고 말하며 후안과 악수를 했다. 루시와 나는 쭉 뻗은 해변을 다시 걸어 우리의 캠핑카가 주차된 곳으로 왔다. 우리는 샤워를 하고 다시 만나 마가리타 (과일 주스와 테킬라를 섞은 칵테일_옮긴이)와 저녁을 먹기로 했다.

몇 시간 뒤에 우리는 '진짜' 멕시코 마가리타를 찾아다니다 부두 근처의 술집에 왔다. 그곳은 의자가 늘어서 있는 아주 작은 야외 술집이었다. 누군가가 우리에게 멕시코 사람들이 마시는 방식대로 마가리타를 주문해야 한다고 말했다. 그래서 우리는 그의 말대로 했다. 보아하니 그 말은 많은 양의 술을 뜻하는 것 같았다. 우리는 바텐더와 현지 주민 몇 명과 이야기를 나누며 마치 어항에 담긴 것처럼 보이는 테킬라를 조금씩 마셨다. 그들은 우리에게 스페인어를 몇 마디 더 가르쳐 주었다. 우리 모두 우리의 끔찍한 발음에 웃음을 터뜨렸다.

갑자기 술집 반대편에 틀림없는 푸른 눈이 나타났다. 나는 이 뜻밖의 놀라운 만남에 반가운 나머지 얼굴이 달아올랐다.

후안 선장은 그날의 마지막 관광 일정을 마치고 온 것이었다. 우리를 기억하는 선장과 술집에서 함께 맥주를 마셨다. 우리는 기본적인 스페인어와 영어로 대화를 하려고 애썼다. 결국 후안은 바텐더와 스페인어로 더 많은 이야기를 나누었다.

나는 후안이 술집에서 나가 가족에게 돌아갈 거라고 계속 생각했다. 하지만 후안은 어두워지기 시작할 때까지 술집에 눌러앉아 있었다. 나는 이제 캠핑카로 돌아가야겠다고 마음을 먹었다. 나는 술에 취하지는 않았지만 확실히 약간 취기가 있었다. 그래서 '진짜' 마가리타를 더 이상 감당할 수가 없었다. 후안은 내게 혼자 해변을 걷는 건 '안전하지 않다'고 말했다. 그러더니 몸짓과 서투른 영어를 섞어가며 나를 캠핑카까지 바래다줘도 되겠느냐고 물었다. 나는 후안의 온화한 성격에 이상하게 마음이 진정되는 것을 느꼈다. 그리고 스노클링 여행을 하며 반나절을 함께 보내서인지 후안이 나쁜 사람으로 보이지 않았다.

나는 해변으로 바래다주겠다는 후안의 제의를 받아들였다. 후안은 영어로 의사소통을 할 수 없어서 아쉬워했다. 그러면서 영어를 더 잘 배워두는 것이 'muy importante(아주 중요해요).'라고 주장했다. 걸어가는 동안 나는 여러 생각이 들었다. 우리가 캠핑카에 도착하면 어떻게 할까. 잘생기고 친절하고 온화해 보이는 이 남자가 내게 어느 정도 관심을 갖고 있는 건 분명했다. 내가 후안을 안으로 초대하면 그가 응할 것이라고 나는 꽤 확신했다. 그러나 나는 하룻밤 풋사랑을 해 본 적이 없었다. 상식적으로 신중하게 행동해야겠다는 생각이 들자 어김없이 소름이 돋았다. 그 기분을 떨쳐내려고 애썼다. 신중하면서 상식에 따를 기분이 아니었다. 휴가 동안 연애를 하고 싶었다.

캠핑카 문 앞에 가까워지자 후안은 걸음을 멈추고 스페인어, 영어, 몸짓을 섞어 내게 키스를 해도 되는지 물었다. 나는 그런 질문을 받아본 적이 없었다. 대부분의 남자들은 그냥 몸을 숙였고, 내가 물러서지 않으면 키스를 하기 시작했다. 후안은 매우 예의가 바른 사람이었다. 나는 미소를 짓고 고개를 끄덕이며 가까이 다가갔다. 이 멋진 남자가 키스도 아주 잘한다는 것을 알게 되자 기분이 좋으면서도 놀라웠다. 어두운 밤의 망토가 우리 주위에 내려앉았다. 너무나 찬란하게 빛나는 이곳 바하의 별들이 하늘의 벨벳 덮개를 헤치고 나아가기 시작했다. 우리가 키스를 할 때 내 양심과 성욕은 싸우고 있었다.

이 남자에게 안으로 들어오라고 해.

나는 데이트 가뭄을 끝낼 준비가 되어 있었다.

하지만 만약 이 남자가 유부남이면 어떡하지? 헌신적인 아내와 많은 자식들을 어딘가에 숨겨두었을 수도 있잖아.

하지만 너무 잘생겼어.

어차피 이 남자랑 말도 안 통하잖아.

나는 후안과 의사소통을 할 수 없어서 굉장히 답답했다. 후안은 잘생기고 적극적이었다. 하지만 대화를 통해서 후안에 대해 어떤 것도 알아낼 수 없었기 때문에 이건 옳지 않다는 생각이 들었다. 내 양심이 싸움에서 이겼다. 말이 이렇게나 중요하구나.

나는 후안에게 데려다줘서 고맙다고 했다. 후안은 내가 안전하게 안으로 들어가는 것을 확인했다. 후안의 검은 형체가 새까만 밤 속으로 사라졌다. 창문을 통해 그 모습을 안타까운 마음으로 지켜보면서 궁금해지기 시작했다. 내가 휴가 기간에 방금 만난 누군가와 열정적인 연애를 할 수 있는 유형의 여자일까. 몇 년 만에 만난 아주 잘생기고 흥미로운 남자를 그냥 돌려보낸 걸 보면 나는 그런 유형이 아닌 것 같았다.

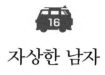

자상한 남자

16

|

2007년 3월

매력적이고 자상한 애인이 언제든 달려와 주고 내게 춤을 추자고 하는데,
왜 완벽한 남편감 때문에 괴로워해?
― 크리스티안 세루야*

　여행을 시작하기 전에 나는 완벽한 남편감을 찾고 있지 않
았다. 그런 환상은 오래전에 버렸다. 나는 어두운 우울 속에 갇
혀 있었다. 그 뒤에는 캠핑카 여행 준비에 너무 골몰한 나머지

---

* 브라질의 연애 소설 작가_옮긴이

연애에 대해 생각할 겨를이 없었다. 마지막으로 연애를 했던 기억이 아득했다. 길을 떠날 채비를 하고 있을 때 기분이 좋아지기 시작했다. 하지만 그 지역을 떠나려고 계획하는 와중에 누군가와 관계를 맺고 싶지는 않았다. 나는 과거의 경험을 통해 내가 남자 때문에 얼마나 쉽게 나쁜 길로 빠질 수 있는지 알았다.

그러나 이제는 모든 준비가 끝났고, 나는 꿈꾸던 삶을 살고 있었다. 시간은 풍부한 상품이었다. 나는 행복했고 미래에 대해 낙관적이었으며 놀고 싶었다. 나는 후안 선장과 있었던 일을 통해 내가 연애를 할 준비가 되어 있다는 사실을 알게 되었다. 미래에 대한 걱정이나 우리가 영혼의 짝인지에 대한 걱정은 필요 없었다. 난 완벽한 남편감이 아니라 자상한 남자를 원했다. 단지 그와 의사소통을 할 수 있기를 원했다.

루시와 나는 남쪽으로 향했고, 카보 풀모로 가는 길에 로스 바릴레스의 RV 공원에 들렀다. 국립 해양 공원인 카보 풀모에는 미국 태평양에서 가장 북쪽에 있는 산호초 지대가 있다. 우리는 산호초 지대에 몹시 가고 싶었고, 로스 바릴레스에 들를지 확신이 서지 않았다. 그래서 그것을 확인하려고 차를 몰고 공원에 들어가서 캠핑카에서 내려 여기저기 돌아보았다. 우리는 트레일러 근처에 서서 프링글스 통을 들고 감자칩을 우적우

적 먹고 있는 한 남자를 지나쳤다. 나는 그 감자칩이 눈에 띄었다. 바하에서는 그 감자칩을 찾기가 매우 힘들었기 때문이었다. 우리가 가 본 멕시코 가게에는 토르티야 칩밖에 없었다.

아무래도 내가 남자를 몹시 그리워하는 게 분명했다. 이유는 모르겠지만 이 남자를 보자마자 매력을 느꼈기 때문이었다. 특별히 잘생긴 얼굴은 아니었지만, 거만한 기색은 보이지 않고 차분한 자신감이 엿보였다. 나이는 오십 대 초반에서 중반으로 보이고, 키는 180센티미터 정도 돼 보였다. 짧게 깎은 머리에 안경을 쓰고 다정한 미소를 띠고 있었다. 이 남자에게는 뭔가 섹시하면서도 아주 편안한 구석이 있었다.

"여기에서 지내시나요?"

루시가 남자에게 물었다.

남자는 감자칩을 한입 가득 삼키며 대답했다.

"네, 여기 온 지 일주일 됐어요."

"여긴 어때요?"

루시가 물었다.

"정말 지내기 좋은 곳이에요. 매년 겨울이면 이곳에 정기적으로 오는 재미있는 단체가 있어요. 사교행사도 많고요. 저는 지난 10년 동안 매년 여기에 오고 있어요."

우리는 이 남자의 추천도 있고 그곳을 둘러보니 괜찮을 것 같아서 하룻밤 묵기로 했다. 우리는 체크인을 한 뒤에 캠핑카를 주차하고 자리를 잡았다. 나는 물건을 가지러 침대 옆에 있는 옷장으로 갔다. 그런데 카펫에서 절벅절벅 소리가 났다. 그린 몬스터가 또 말썽을 피우려고 했다. 연애에 대한 생각이 머릿속에서 말끔히 사라졌다.

물 펌프가 침대 밑에 있어서 카펫이 왜 젖었는지는 금방 알 수 있었다. 물 펌프가 새고 있었다. 다행히 간헐천처럼 콸콸 쏟아져 나오는 것이 아니라 방울방울 배어나왔다. 한쪽 부속품에서 물이 흘러나오는 것을 볼 수 있었다. 렌치로 조여 보았지만 풀린 건 없는 것 같았다. 나는 누수가 될 경우 일반적으로 취하는 조치를 해 보았다. 부속품 아래에 용기를 두어 물을 받았다. 그다음에는 사용자 설명서를 가지고 와서 이런 곤란한 상황에서 나를 구제해 줄 유용한 정보가 들어 있는지 살펴보았지만 그런 정보는 없었다. 이 작은 마을에 RV 정비 센터가 있을 리 없었다. 게다가 나는 배관에 대해서는 아는 것이 전혀 없었다.

나는 항상 매우 독립적이었고 도와달라고 부탁하는 것을 수줍어했다. 하지만 루시는 조금도 수줍어하지 않았다. 내가 루시에게 물 펌프가 샌다고 말하자 루시는 직접 문제를 해결해 보겠다고 했다. 잠시 뒤에 캠핑카에 있던 나는 노크 소리를 듣고 문을 열었다. 밖에 미스터 포테이토 칩스가 서 있었다.

"당신이 물 펌프 때문에 고생한다고 당신 친구한테 들었어요. 제가 물건을 꽤 잘 고치거든요. 제가 한번 볼까요?"

남자가 자신을 소개하며 말했다.

도와달라고 부탁하는 건 싫지만, 돕겠다고 제 발로 찾아오는 사람을 거절할 이유는 없다. 이 남자는 아주 좋은 사람 같았다. 그래서 나는 그에게 고맙다는 인사를 하고 들어와서 봐달라고 했다. 그는 침대 옆에 있는 좁은 공간에 누워 물 펌프에 어떤 문제가 있는지 살펴보았다. 나는 이 남자를 보면서 다른 나라에서 생판 모르는 사람을 기꺼이 도우려는 마음씨에 감동을 받았다. 어느새 두 명의 남자가 캠핑카 안에서 물 펌프를 고치고 있었다. 침실 창밖에는 세 남자가 서서 조언을 하고 있었다. 그들은 모두 나를 돕겠다고 나선 이웃의 친구들이었다. 알고 보니 그 이웃은 캐나다에서 온 사람이었다.

"그거 아세요? 다섯 명만 있으면 뭐든 고칠 수 있어요. 한 명은 고치고, 다른 네 명은 참견을 하는 거죠."

캐나다인이 전형적인 북부 사투리로 설명했다.

나는 웃으면서 밖에 있는 남자들과 가벼운 이야기를 나누었다. 30분 뒤에도 물 펌프는 새고 있었고 그 밑에는 플라스틱 용기가 있었다. 그렇긴 하지만 덕분에 새로운 친구 다섯 명을 사귀었다. 남자들은 결국 물 펌프를 고치지 못했다. 캐나다인은 가기 전에 이렇게 말했다.

"오늘 밤에 일주일에 한 번 하는 보체 경기(잔디에서 하는 이탈리아 볼링의 일종_옮긴이)를 해요. 그리고 해피 아워를 보낼 거예요. 당신도 친구와 함께 오세요."

"고마워요, 재미있겠는데요."

루시가 해피 아워의 기회를 놓칠 리 없었고, 우리에게는 다른 계획이 없었다.

멕시코에서는 휴대폰을 쓸 수가 없었다. 그래서 나는 캠핑카 제조업체에 전화를 하려고 길 위쪽에 있는 공중전화로 걸어갔다. 제조사가 물 펌프 납품업체와 나를 연결해 주었지만, 이 문제를 당장은 해결할 수 없었다. 내가 캘리포니아로 돌아가야 고칠 수 있었다. 그동안 나는 저 플라스틱 용기가 넘치지 않는지 계속 주시하고 카펫도 말려야 했다. 나는 산들바람이 캠핑카에 들어올 수 있도록 창문을 전부 열었다. 그리고 건전지로 작동하는 선풍기를 카펫 위로 돌려놓았다.

루시와 나는 5시에 보체 경기를 보러 갔다. 나는 내 고향 미네소타 주에서 온 샌디라는 여자를 만났다. 내가 샌디와 이야기를 나누는데 캐나다인이 근처에 서성이는 것이 보였다. 캐나다인은 우리의 대화를 엿들으며 끼어들고 싶어 했다. 우리는 컬링 경기와 영하 7도에 육박하는 겨울 기온에 대해 이야기했다. 그건 북쪽에서 온 사람들만이 이해할 수 있는 얘깃거리였다. 캐나다인은 밴쿠버에서 비행기로 왔고, 친구가 1년 내내 그곳에 두는 여행 트레일러에 몇 주 동안 머물고 있다고 말했다.

알고 보니 캐나다인과 그의 친구들은 취미로 와인을 만들었다. 반가운 소식이었다. 바하에서는 괜찮은 와인을 찾는 것이 거의 불가능하기 때문이었다. 나중에 루시와 나는 루시의 캠핑카에 앉아 바하 와인 한 잔을 마시고 있었다. 그 와인은 화장실을 청소할 때 쓰는 세제 같은 맛이 났다. 그때 문을 두드리는 소리가 났다. 캐나다인이 물 펌프 고치는 일을 도와줬던 자신의 친구들 가운데 톰과 피트를 데리고 왔다. 톰과 피트 또한 오십 대였고 누가 중년 아니랄까 봐 뱃살이 두둑했다.

"우리가 집에서 만든 와인 몇 병과 애피타이저를 가져왔어요. 당신들이 좋아할 것 같아서요."

그들은 집에서 만든 와인 몇 병과 접시를 들고 있었다. 접시에는 모짜렐라 치즈를 덮고 발사믹을 뿌려놓은, 싱싱해 보이는 토마토가 한가득 담겨 있었다. 우리는 그들에게 얼른 들어오라고 했다. 그들 가운데 한 명이 와인을 여는 동안 루시와 나는 유리잔에 담긴 화장실 세제를 먹지 않아도 되어 행복했다. 대신 그들은 맛있는 진판델(캘리포니아에서 재배되는 적포도 혹은 그 것으로 만든 와인_옮긴이)로 우리 잔을 채우고 애피타이저를 돌 렸다.

그 세 남자는 오래전부터 좋은 친구였다. 그들 모두 여전히 일을 하고 있었다. 하지만 캐나다인들은 미국인들보다 휴가가 더 많았다. 그래서 세 남자는 매년 로스 바릴레스에서 몇 주 를 함께 보낼 수 있었다. 그런 뒤에도 휴가 기간이 남았다. 그 들은 그 지역에 대해 많은 것을 알고 있었고, 곧 자유롭게 농 담을 곁들여 유용한 소식을 알려 주었다. 우리는 아주 즐거운 시간을 보내고 있었다. 그래서 나는 이 남자들 가운데 한 명이 자신의 RV로 가서 와인을 더 많이 가져온 사실도 알지 못했다. 우리 유리잔은 비워지자마자 다시 채워졌다. 우리는 한밤중이 다 될 때까지 북부의 새로운 친구들과 웃고 떠들고 있었다. 우 리가 어찌나 재미있게 시간을 보내고 있었던지 몇몇 야영객들 이 문을 두드리며 너무 늦은 시간이니 조용히 해 달라고 요청 하기까지 했다. 우리는 이웃을 방해하지 않도록 창문과 문을 닫으면서 서로 조용히 하라고 이르며 낄낄거렸다.

"이제 어디로 가요?"

피트가 물었다.

"카보 풀모. 내일 산호초를 보러 떠날 거예요."

루시가 말했다.

"그렇게 빨리요?"

캐나다인이 물었다. 그러고는 나를 쳐다보더니 말했다.

"이제 막 여기 왔잖아요. 여기에서 며칠 지내다 가는 게 어때요? 여기는 할 게 많아요. 재미있는 단체거든요. 그렇지 않아?"

캐나다인은 친구들을 바라보며 물었다.

"맞아, 정말 재미있는 단체예요. 우리는 매주 금요일마다 보체 경기를 하고 해피 아워를 보내요."

톰이 말했다.

"포틀럭도 해요. 그리고 함께 자전거를 타는 사람들도 있어요."

피트가 말했다.

"우리는 보트를 타고 나가거나 차를 끌고 시내로 가기도 해요. 지루할 틈이 없어요."

캐나다인이 덧붙였다.

"재미있을 것 같아요. 하이디, 어떻게 생각해? 여기에서 며칠 더 지내고 싶어?"

루시가 물었다.

"저도 좋아요. 서두를 이유는 없으니까."

캐나다인은 미소를 지었다. 밤이 깊어갈수록 캐나다인은 점점 더 추파를 던지고 칭찬을 늘어놓았다. 매력적이고 재미있고 함께 있으면 아주 편한 남자였다. 나는 캐나다인이 마음에 들었다. 나를 웃게 만드는 남자들에게는 내가 뿌리칠 수 없는 뭔가 치명적인 매력이 늘 있었다.

루시와 나는 부엌의 부스에 앉아 거실에 뿔뿔이 앉아 있는 남자들과 마주보고 있었다. 나는 부스 위에 한 팔을 올리고 옆으로 앉아 있었다. 캐나다인은 내 옆에 있는 소파에 앉아 있었다.

"당신이 여기에서 지내게 되어 정말 기뻐요."

캐나다인은 집게손가락으로 내 팔뚝을 가볍게 훑으며 낮은 목소리로 말했다.

나는 대담하게 친밀감을 표현하는 캐나다인에게 놀랐다. 하지만 이 남자의 손길을 따라 찌릿찌릿 전기가 오르는 건 어쩔 수가 없었다. 굶주린 피부에 살짝 닿는 손가락 끝이 얼마나 맛있던지 놀라웠다. 나는 두 볼이 빨개졌지만 팔을 치우지는 않았다.

우리는 새벽 4시까지 웃고 떠들었다. 내가 언제 그렇게 늦게까지 깨어 있거나 포도주를 그렇게 많이 마셨는지 기억이 나지 않았다. 그날 저녁이 내가 바하에 도착한 이후 가장 시끌벅적하고 재미있게 보낸 시간이었다. 하지만 잠을 조금 자야 했다. 내 캠핑카까지 멀지도 않은데 캐나다인은 나를 바래다 주겠다고 고집했다. 안에 들어왔다 가라는 말을 기대하는 게 분명했다. 나는 나를 웃게 하고 손길이 섬세하면서도 전기처럼 짜릿한 이 남자가 아주 섹시하다는 것을 알게 되었다. 하지만 안으로 초대할 준비는 되어 있지 않았다. 아직은 아니었다.

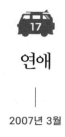

연애

2007년 3월

연애는 일상생활의 먼지를 황금빛 안개로 바꾸는 매력적인 것이다.
— 엘리너 글린*

다음 날 아침 10시에 캐나다인이 내 캠핑카 문을 두드렸다.

"자전거 타러 갈래요? 자전거가 하나 더 있으니까 당신은 그 걸 타면 돼요."

캐나다인은 에베레스트 산처럼 보이는 근처의 언덕을 가리

---

* 연애 소설을 주로 쓰는 영국의 소설가이자 대본작가_옮긴이

키며 물었다.

나는 속으로 신음했다. 간밤에 와인을 너무 많이 마시고 잠을 충분히 못 자서 새로운 하루를 시작할 준비가 되어 있지 않았다. 더군다나 에베레스트 산을 오른다니. 남자들은 매사에 뭐가 그리 급할까? 이 남자에 대한 내 감정을 되짚어 볼 시간이 필요했다. 그래서 캐나다인에게 고마운 제안이긴 하지만 나중에 만나자고 했다. 그런 다음 다시 침대로 기어들어갔다.

우리는 그날 오후 '인터넷 카페'에서 다시 만났다. 인터넷 카페는 주차된 여러 RV 옆에 탁자와 의자를 갖다 놓은 그늘진 곳으로 공원에 있는 사람들이 적은 비용으로 안전한 와이파이 접속 비밀번호를 받아 이메일을 확인할 수 있었다. 그 후 며칠 동안 나는 캐나다인과 여기저기서 만났다. 우리는 함께 산책을 하고 대화를 많이 하며 서로에 대해 더 잘 알게 되었다.

"이제 당신 얘기 좀 해 봐요. 결혼은 했어요? 아이는 있나요?"

내가 물었다.

"이혼했고 아이는 없어요. 당신은요?"

"나도 이혼했어요. 스물한 살짜리 딸이 있는데 캘리포니아에 살아요."

캐나다인은 친절하고 온화한 남자로 나처럼 낭만주의자 같았다. 후안 선장처럼 영화배우 못지않게 잘생기지는 않았지만, 나는 이 남자에게 점점 더 끌렸다. 캐나다인은 다부지고 섹시한 체격 때문에 호감이 갔다. 하지만 나를 정말로 사로잡은 건 그의 매력이었다. 캐나다인이 내 칭찬을 자주 해 준 덕분에 나는 내가 소중한 사람이라는 기분이 들었다. 그건 유혹하려고 하는 말이 아니라 진심인 것 같았다. 캐나다인은 또한 나에 대해 매우 궁금해하는 것 같았다. 캘리포니아에서의 내 삶, 왜 여행을 하기로 결심했는지에 대해 많이 물어 보았다.

루시와 내가 카보 풀모로 떠나기 전날 밤에 캐나다인은 내 캠핑카로 건너와 작별의 표시로 와인 한 병을 주며 인사를 했다. 나는 연애도 하지 않는 무미건조한 삶에 진절머리가 났다. 아마 우리는 다시 못 만나겠지만 상관없었다. 캐나다인은 내가 곤경에 처했을 때 발 벗고 나서서 도와주고 함께 시간을 보내며 많이 웃었다. 게다가 내가 소중한 사람이라는 생각이 들게 했다. 캐나다인이야말로 자상한 남자였다. 나는 캐나다인에게 와인 한 잔을 마시고 가라고 제안했다. 술병이 비자 우리 사이의 공간은 사라졌다. 가벼운 접촉으로 시작하다 키스와 애무가 이어지고 우리의 옷이 벗겨졌다. 굶주린 내 피부는 작은 손길 하나에도 반응했다. 나는 주저하거나 수줍어

하지 않고 이 쾌락의 연회를 탐욕스럽게 즐겼다. 나중에 우리가 작별 인사를 할 때 캐나다인이 물었다.

"내가 카보 풀모에서 며칠 같이 있어도 될까요?"

나는 깜짝 놀랐다. 카보 풀모는 로스 바릴레스에서 남쪽으로 약 1시간 거리에 있다. 어쩌면 그것이 어색한 이별을 피하는 이 남자만의 방식일지도 모른다는 생각이 들었다.

"그럼요."

나는 캐나다인이 올 거라는 기대는 별로 하지 않고 무심코 말했다. 저 남자는 친구들과 휴가 중이잖아. 카보 풀모로 차를 몰고 와서 나와 함께 며칠 지낼 것 같지는 않아. 나는 캐나다인과 작별 키스를 하면서 이제 더 이상 이 남자를 볼 수 없을 것이라고 생각했다. 하지만 괜찮았다. 우리는 며칠 동안 서로 즐거운 시간을 보냈고, 낭만이라고는 없던 삭막한 내 인생의 풍경은 짧게나마 오아시스로 변해 있었다.

다음 날, 루시와 나는 카보 풀모를 향해 출발했다. 우리는 그곳에 도착해 해변 옆에 있는 작은 오두막집 스타일의 식당 옆 흙길에 주차를 했다. 지붕이 있는 테라스에 탁자가 몇 개 있고 앞에는 짙은 청록색 바다가 보였다. 멀지 않은 곳에 낚시용 팡가가 그날의 어획물과 함께 정박되어 있었다. 산호초는 앞바다에서 어느 정도 헤엄쳐서 갈 수 있는 거리에 있었다.

해변에 줄지어 있는 작은 팔라파들이 그늘을 제공했지만 사람이 거의 없었다. 그 광경은 또 하나의 완벽한 엽서 사진 같았다.

나는 루시에게 캐나다인이 며칠 동안 나와 함께 지내도 되는지 물었다고 말했다.

"하지만 걱정하지 마세요. 그 남자는 오지 않을 거예요."

"아니, 올 거야."

루시가 자신 있게 말했다.

우리는 해변에서 얼마 동안 시간을 보낸 후, 샤워를 하고 저녁을 먹으러 식당을 향해 가고 있었다. 그때 캠핑카 옆으로 파란색의 구형 픽업트럭이 정차하는 것이 보였다. 캐나다인이 톰에게 빌린 트럭을 끌고 온 것이었다. 순간 나는 놀라면서도 반가웠다. 그런 다음 어색함이 밀려왔다.

"언니 말이 맞았어요. 그 사람이 정말 왔어요."

내가 루시에게 말했다. 나는 루시가 난처해하지 않을까 생각했다. 맛있는 마가리타와 내가 이제껏 맛본 최고의 바다 농어를 먹는 동안 캐나다인은 나뿐만 아니라 루시까지 매료시키면서 나의 어색한 감정은 곧 사라졌다. 두 사람과 함께 한 자리여서인지 나는 무척 즐거웠다.

식당을 운영하는 여자는 남편이 매일 낚시를 해서 잡아 오는 해산물은 뭐든 요리했다. 마가리타를 맛있게 만드는 비법을 알려 주기도 했다. 우선 많은 양의 신선한 라임, 양질의 테킬라, 프레스카(코카콜라 회사가 라임과 자몽 등으로 만든 다이어트 청량음료_옮긴이), 다미아나(강장제나 최음제로 쓰이는 멕시코산 식물의 말린 잎_옮긴이)가 필요했다. 마지막 재료는 벌거벗은 통통한 여자의 몸매처럼 생긴 병에 담긴 리큐어(증류주에 과즙과 감미료를 넣은 술_옮긴이)였다. 식당 주인은 다미아나가 최음제라고 주장했다. 우리는 이 여행을 다니는 동안 이런 얘기를 자주 듣곤 했다. 그 말은 사실인 것 같았다. 그다음 며칠간 연애 소설에서나 읽을 법한 일들이 일어났기 때문이었다.

캐나다인은 아낌없이 베풀고 자상했다. 내게 줄 작은 선물을 가져오기도 했다. 와인과 그에 어울리는 유리컵, 캐나다의 비싼 음식, 그리고 집에서 만든 와인도. 프링글스 감자칩도 있었다. 캐나다인은 자신이 가져온 향기로운 로션으로 내 발을 마사지해 주었다. 나는 너무 좋아서 꿈을 꾸고 있는 게 아닌가 하는 생각이 들었다. 캐나다인은 어떻게 하면 나를 기쁘게 할까 연구하는 것 같았다. 이건 내가 전에 경험해 본 적 없는 일종의 유혹이었고, 나는 기다렸다는 듯이 유혹에 빠져 들었다. 아주 오랫동안 감춰둔 순수, 애정, 장난기가 발동했다.

캐나다인은 나에 관해서라면 뭐든 알려고 했다. 내가 좋아하는 것과 좋아하지 않는 것, 내게 쾌감을 주는 것. 그중에서 특히 쾌감을 주는 것에 골몰했다. 캐나다인은 음악가가 자신의 악기를 연구하듯 내 몸을 연구했다. 모든 굴곡과 빈 곳, 최고의 반응을 얻는 방법에 대해 알아냈다. 캐나다인은 지칠 줄 모르고 전희를 즐겼고, 내 마음을 수색하듯 내 몸의 반응을 열심히 살폈다. 나는 전에는 그런 관심과 쾌감을 경험해 본 적이 없었다. 그건 사람을 취하게 했다. 그 보답으로 나는 억눌려 있던 모든 열정과 장난기를 분출하고 이 남자를 감상했다. 우리는 시시각각 서로 웃고 즐겼다. 나는 이번만은 미래에 대해 걱정하지 않고, 그 순간을 온전히 살며 사랑하고 있었다.

어느 날 우리는 한적한 작은 만으로 산책을 가기로 했다. 인어가 자기 꼬리를 깔고 앉아 있는 바위 모양 때문에 인어바위라는 이름이 붙은 곳이었다. 우리는 인어바위에 가려고 높은 절벽에 있는 좁은 오솔길을 따라 걸었다. 가장자리에서 떨어지지 않게 조심조심 발을 디뎠다. 그때 나는 비치타월, 물, 몇 가지 물건들이 담긴 가방을 들고 있었다. 캐나다인은 내게 묻지도 않고 가방을 들어 주었고, 덕분에 나는 발에 집중할 수 있었다. 캐나다인은 언제 봐도 신사였고 나를 도울 게 없는지 세심히 살폈다.

인어바위에 도착했을 때 그곳에는 우리 둘밖에 없었다. 바위 바로 옆에 반밀폐형의 아주 작은 만이 있었는데 그곳의 물은 더 따뜻했다. 우리는 호젓함을 즐기며 물속에서 키스하고 장난을 쳤다. 열정이 달아오를 무렵 유명한 인어바위를 보기 위해 해안 근처에 관광선이 정박하는 바람에 우리의 밀회는 중단되고 말았다. 우리는 카메라를 들고 있는 관광객들을 한 번씩 보고 웃어 보였다. 그런 다음 덜 알려진 장소를 찾아야겠다고 결론을 내렸다. 우리는 바위에서 나와 해변에서 간식을 먹었다. 그런 다음 캠핑카로 돌아가서 루시를 만나 스노클링을 하러 갔다.

우리는 스노클링 장비를 착용하고 루시와 함께 산호초를 향해 헤엄치기 시작했다. 그런 다음 산호초를 따라 헤엄쳤다. 하지만 수심이 더 깊은 곳은 차갑고 물고기도 적은 데다 가시거리도 좋지 않았다. 우리는 루시에게 해변으로 가겠다고 말했고, 나는 덜덜 떨며 물에서 나왔다. 우리는 모래 위에 수건을 깔고 몸을 데우기 위해 누웠다. 내가 눈을 감은 채 엎드려 있을 때 캐나다인은 손가락으로 맨살이 드러난 내 척추를 훑어내렸다. 나는 내 몸의 모든 신경이 움찔하는 것을 느꼈다. 이 자상한 남자의 손길이 닿으면 마법 같은 일이 일어났다.

"벨라."

캐나다인이 나를 바라보며 부드럽게 말했다.

"방금 뭐라고 했어요?"

나는 캐나다인이 한 말을 이해하지 못했다.

"벨라. 이탈리아어로 '아름답다'는 뜻이에요. 당신은 아름다워요."

"당신은 정말 매력적인 사람이에요. 당신이 하는 건 뭐든 믿게 된다니까요."

나는 캐나다인에게 미소를 지어 보이며 그를 안고 키스를 했다.

캐나다인은 나뿐만 아니라 내 가족, 옛 애인들, 그러니까 내 삶의 사소한 세부 사항들에 대해서도 전부 알고 싶어 했다.

"당신은 어릴 때 어땠어요? 가장 친한 친구는 누구예요? 제일 좋아하는 색은 뭐죠?"

캐나다인이 물었다.

나는 이 남자의 인생에 대해 몇 가지 사실을 알게 되었다. 그의 어머니는 몇 년 전에 돌아가시고 아버지는 점점 쇠약해지셨다. 또 여동생 가족과 친하게 지낸다고 했다. 그러나 내가 캐나다인과 그의 삶에 대해 질문을 하면 대화는 대개 내 이야기로 돌아오는 것 같았다.

어느 날 우리는 수영하러 가는 길에 해변을 따라 걸었다. 그때 캐나다인이 나를 안고 가까이 끌어당겨 내 눈을 깊이 들여다보았다.

"이렇게 살아 있는 기분은 처음 느껴 봐요. 당신과 함께 있으면 굉장히 젊어진 것 같고 행복해요. 마음 같아서는 당신에게 사랑한다고 말하고 싶지만, 너무 이르죠?"

캐나다인은 나를 바라보고 미소를 지으며 말했다.

"맞아요. 너무 빨라요. 우린 아직 서로에 대해 잘 알지도 못하잖아요."

나는 동의했다. 그러나 나는 겉으로나 속으로나 미소를 짓고 있었다. 후안 선장과는 의사소통이 되지 않아 난감했는데 캐나다인과는 그런 문제가 없었다. 우리는 같은 언어로 말했다. 뿐만 아니라 캐나다인은 거리낌 없이 자신의 감정을 말하고 표현하는 것 같았다.

캐나다인을 안 지는 얼마 되지 않았고, 우리는 좁은 공간에서 함께 지냈다. 그런데도 캐나다인은 함께 지내기 아주 편한 사람이었다. 캐나다인은 매일 아침 일찍 일어났고 라일리를 데리고 산책을 했다. 나는 이 일상의 의무를 덜게 된 것을 감사하며 마음 놓고 푹 잤다.

어느 날 캐나다인은 나를 바라보며 말했다.

"난 정말 운이 좋아요. 당신이 로스 바릴레스 RV 공원으로 걸어 들어온 그날이 내게는 정말 행운의 날이었어요. 이메일

주소 좀 알려 주겠어요? 캐나다로 돌아가면 당신에게 이메일을 쓰고 싶어요. 그래도 될까요?"

이것이 나의 낭만적인 환상 속으로 슬그머니 들어온, 현실을 일깨우는 최초의 암시였다. 캐나다인은 휴가 중이었고 곧 직장에 복귀할 터였다.

"괜찮고말고요."

나는 내 이메일 주소를 적어 캐나다인에게 주었다. 아직은 캐나다인이 떠난다는 사실은 생각하고 싶지 않았다.

"가장 좋아하는 영화가 뭐예요?"

잠시 뒤에 캐나다인이 물었다.

"메릴 스트립과 로버트 레드포드가 출연한 〈아웃 오브 아프리카〉요. 아름답고 낭만적이고 믿을 수 없을 정도로 슬픈 영화예요. 나한테 있는데, 볼래요?"

캐나다인은 그 영화를 보고 싶어 했다. 우리는 소파에 옆으로 누워서 서로 꼭 끌어안은 채 영화를 보았다. 나는 내가 가장 좋아하는 몇몇 장면을 일러 주었다. 로버트 레드포드가 메릴 스트립의 머리를 감겨 주며 시를 읊는 장면, 두 사람이 비행기를 타고 날 때 그들 아래로 거대한 새떼와 아름다운 경치가 펼쳐지고 여자 주인공이 뒤로 손을 뻗어 남자의 손을 잡는 장면.

우리는 매일 지붕이 짚으로 덮인 팔라파가 늘어선 해변을 따라 라일리와 함께 걸었다. 그리고 매일 저녁 루시를 만나 그 날 잡은 생선 요리를 먹으며 활기찬 분위기에서 식사를 했다. 나는 연애를 갈망했는데, 그 소망이 실현되었다. 뿐만 아니라 차고 넘칠 정도로 호사를 누리고 있었다.

청천벽력

|

2007년 3월

우리의 가장 큰 영예는 결코 넘어지지 않는 것이 아니라
넘어질 때마다 일어서는 데 있다.
― 공자*

    캐나다인은 바로 내가 원하던 자상한 남자였다. 캐나다인은
내 안에서 꽤 오랫동안 휴면 상태였던 것, 즉 시간에 얽매이지
않고 자유롭게 여행을 하고 나서야 드러나는, 장난스럽고 낭만

---

* 중국 춘추 시대의 학자이자 사상가_옮긴이

적인 면모를 일깨웠다. 마침내 한 꺼풀을 벗고 맨살을 드러내자 마음이 편해졌고, 이제는 누군가 맨살을 어루만져 주기를 원했다. 이제 헤어지면 앞으로 만날 가능성은 많지 않았다. 하지만 아주 친밀하고 재미있는 시간을 보낸 터라 이 남자에게 애착이 가는 건 어쩔 수가 없었다. 이러면 안 된다는 걸 알면서도 나는 사랑에 빠지고 있었다. 점점 깊이 빠지고 있었다.

캐나다인이 떠나기 전에 마지막으로 함께 식사를 하려고 나는 부엌에 서서 채소를 썰었고 캐나다인은 와인 잔을 들고 소파에 앉아 나와 이야기를 나누었다.

"하이디, 할 말이 있어요."

캐나다인이 조용히 말했다.

"그래요, 뭔데요?"

나는 칼질을 하다가 고개를 들었다. 하지만 그의 엄숙한 표정을 보자 미소가 싹 사라졌다.

"무슨 일이에요?"

"당신한테 솔직하게 말하지 않은 게 있어요. 사실 난 유부남이에요."

나는 망연자실해서 잠시 아무 말도 할 수 없었다. 세상이 정지한 것 같은 기분이었다. 하지만 아래를 내려다보니 두 손은 여전히 채소를 썰고 있었다. 내 심장이 발치에 떨어져 산산조각이 난 것을 내 손은 모르는 모양이었다. 우리 가족에게 아무 문제도 없는 것처럼 오랜 세월을 살아온 탓에 나는 어처구니없는 일이 일어나도 반응을 보이지 않는 것이 몸에 배어 있었다. 내색하지 말자. 소란 피우지 말자. 나는 칼을 내려놓았다. 잠깐에 불과하지만 아주 오랜 시간이 흐른 듯한 침묵 끝에 마침내 간신히 말을 꺼냈다.

"하지만 이혼했다고 했잖아요."

나는 어리둥절한 얼굴로 캐나다인을 바라보았다.

"이혼한 거나 마찬가지예요. 우리는 각자 생활을 해요. 같이 하는 게 아무것도 없어요."

캐나다인이 다급하게 말했다.

나는 여행 중에 만난 남자들 중에서 사실은 독신도 아니고 이혼한 것도 아니면서 그런 체하던 남자들이 떠올랐다. 이번엔 어떻게 그걸 눈치 못 챘을까?

"이혼 신청도 안 했다는 말이에요?"

"엄밀히 말하면 그래요. 그 전에 우리가 먼저 해결해야 할 일이 좀 있어서요."

내 몸 안의 세포들이 으스러져 가루가 되고 있었다. 그 순간을 벗어나 다른 곳에 있고 싶었다. 어떻게 나한테 그런 거짓말을 할 수가 있지? 나는 항상 모든 사람에게 정직하기 위해 노력했고, 다른 사람들도 내게 정직하기를 기대했다. 이 남자가 내게 한 모든 말이 계산된 연기였는데 그걸 그대로 믿었다는 것을 알고 나니 마음에 상처가 되고 굴욕감을 느꼈다. 유부남에게 속다니.

나는 유부남들과 만나는 여자들을 몇 년 동안 알고 지냈지만, 도무지 이해하지 못했다. 내 기준엔 그건 잘못된 만남이었다. 가족들이 상처를 받을 수도 있고 가정이 파탄날 수도 있다. 미래를 함께 할 가능성이 없는데 왜 유부남에게 빠질까? 그랬던 내가 유부남과 엮일 줄은 정말 생각도 못했다. 보통 나는 이렇게까지 어수룩하지는 않았다. 나는 우리가 만난 이후로 함께 보낸 날들을 되짚어 보았다. 내가 어떤 단서를 놓친 걸까? 어디서부터 방심했을까? 이혼했다는 캐나다인의 거짓말을 믿어서 여기까지 오긴 했지만, 어쩐지 책임감과 죄책감이 들었다.

"눈치를 챘어야 했는데."

그것밖에 할 말이 없었다. '어떤 것이 너무 좋아서 믿어지지 않는다면 대개 그 직감이 맞다'는 옛말이 생각났다. 모든 관심과 감상적인 말, 너무 지나쳤던 애정 표현. 거기에 함정이 있다는 걸 알았어야 했다. 지난 한 주 동안 연애 소설처럼 전개된 일들이 뜨다 만 스웨터의 실처럼 풀리는 기분이었다. 캐나다인이 원망스러웠지만 나 자신도 원망스러웠다. 이 남자에게 더 철저히 물어봤어야 했어. 그렇게 빨리 엮이지 말았어야 했어. 낌새가 있었을 텐데.

나는 캐나다인을 당장 내쫓았어야 했다. 다른 사람이었다면 소리를 지르고 접시를 벽에 집어던져 박살을 냈을 터였다. 어쩌면 채소를 썰던 칼을 던질 수도 있었다. 하지만 우리 가족은 소란을 피우지 않았다. 나는 감정을 격하게 폭발하지 않았다. 나는 위기가 닥치면 항상 차분함을 유지하며 대참사가 끝날 때까지 감정을 억누르고 냉정을 유지하는 사람이었다. 그러다가 나중에 결국 나 자신에게 감정을 느끼라고 허용했을 때 여지없이 무너졌다. 하지만 이제 나는 혼란스럽고 마비가 된 기분이 들었다.

나는 혼란스러운 감정을 혼자 추스를 수 있도록 캐나다인이 가주기를 바랐다. 캐나다인이 트럭에 올라타고 차를 몰고 떠나는 것을 보자 한시름 놓기도 했지만 슬프기도 했다. 나는 이 남자가 내 눈앞에서 보이지 않기를 원했다. 하지만 한편으로는 우리가 함께 나눈 연애 감정에 매달리고 싶었다. 그렇게 오랫동안 결핍된 것을 드디어 손에 넣었다고 생각했기 때문에 그 환상을 놓을 준비가 되어 있지 않았다. 나는 캐나다인이 했던 멋진 말들을 전부 믿고 싶었다.

다음 날, 루시와 나는 카보 풀모를 떠나 남쪽으로 향했다. 차를 몰고 해변을 떠나면서 차 뒤로 뿌옇게 일어난 먼지를 거울로 지켜보았다. 먼지가 공중으로 소용돌이치며 나의 아름다운 기억들마저 가져갔다. 우리는 멕시코에서 보내는 마지막 2주 동안 바하 남부를 돌아다니고 카보산루카스와 토도스산토스에 잠시 들렀다. 나는 슬픈 노래를 반복해서 듣고 따라 부르며 울었다. 지금 돌이켜보면 그 당시 내가 슬퍼한 이유가 사람을 잃은 것 때문인지 아니면 낭만적인 꿈에 대한 믿음을 상실했기 때문인지는 모르겠다. 캐나다인은 내가 기대한 것보다, 혹은 내가 바랐던 것보다 더 많은 걸 주었다. 하지만 그 모든 건 이제 추억에 지나지 않았다. 나는 내가 자상한 남자를 찾고 있었을 뿐이고, 그 남자가 방금 왔다가 갔다는 사실을 상기했다.

루시와 나는 북쪽으로 돌아오는 길에 엘 코요테 해변에 또 한 번 들르고 싶은 충동을 떨쳐낼 수가 없었다. 겨울마다 그곳에서 지내는 프랭키와 스탠을 보고 싶었다. 두 사람은 우리에게 부활절 전에 미국으로 건너가는 편이 좋을 거라고 조언했다. 부활절 주에는 많은 현지인들이 일을 쉬어서 해변이 매우 시끌벅적하고 붐비기 때문이었다. 우리는 그 일을 상의한 끝에 프랭키와 스탠과 함께 국경을 넘기로 했다. 그 부부도 미국으로 돌아갈 예정이었다.

며칠 후 우리의 캠핑카와 카라반 세 대가 하룻밤을 머물기 위해 산이그나시오에 들렀다. 우리는 시내를 돌아다니다 댄스 축제가 한창인 광장에 이르렀다. 미취학 아동부터 고등학생까지 전통춤을 추고 있었다. 우리는 군중들과 어울려 댄서들의 공연을 즐겁게 관람했다. 발랄한 색상의 소용돌이무늬가 박힌 그들의 밝은 의상이 잠시나마 내 기분을 북돋아 주었다.

다음 날 아침, 우리는 북쪽으로 계속 가기 위해 야영장을 떠날 준비를 하고 있었다. 그때 루시가 애타는 목소리로 우리를 부르는 것이 들렸다.

"조를 찾을 수가 없어. 캠핑카에서 나갔는데 어디에도 안 보여."

조는 루시의 고양이였다. 가슴에 흰 별 무늬가 있는 걸 제외하면 온통 검은색이었다. 전형적인 고양이의 습성대로 툭하면 사라지곤 했다. 우리 넷은 조의 이름을 부르며 야영장을 찾아다녔다. 사무실로 가서 야영장 관리인에게 돌아다니는 검은 고양이를 봤는지 묻기도 했다. 관리인은 못 봤다고 했다.

"조는 식사 시간이 되면 돌아올 거야. 항상 그러거든."

루시가 말했다.

나는 프랭키와 스탠을 바라보았다. 두 사람은 얼른 떠나고 싶어 하는 눈치였다.

"두 분 먼저 북쪽으로 출발하시는 게 어떠세요? 전 루시와 여기에 남아서 조를 찾아볼게요. 로스앙헬레스 만에서 합류할 게요."

우리는 국경을 넘기 전에 그곳에서 며칠을 보낼 계획이었다.

"아니야, 하이디. 너도 두 사람과 먼저 가. 내가 나중에 따라 갈게."

루시가 말렸다.

"안 돼요, 언니를 여기에 혼자 두고 가진 않을 거예요. 같이 조를 찾아보도록 해요."

"아, 고마워, 하이디!"

루시가 고마워하며 말했다. 우리는 각자 반대 방향으로 가서 조를 찾아보았다. 야영장과 주변 지역을 샅샅이 수색했지만 아무 소득이 없어서 우리는 잠깐 쉬기로 했다. 약 한 시간 뒤에 나는 루시가 자신의 캠핑카에서 외치는 소리를 들었다.

"조가 돌아왔어!"

루시의 말대로 조는 식사를 하러 돌아왔다. 루시는 재빨리 조를 붙잡아 캠핑카에 안전하게 집어넣었다. 우리는 준비를 하고 길을 떠났다.

로스앙헬레스 만은 코르테즈 해의 1번 고속도로에서 조금 떨어진 곳에 있었다. 우리는 지정된 야영장에서 프랭키와 스탠을 만났다. 바위투성이의 작은 섬들이 듬성듬성 있는 눈부신 푸른 만 위로 해가 빛나고 있었다. 우리는 그 모든 광경을 넋을 잃고 바라보면서 이야기를 나누었다. 다음 날, 우리는 프랭키와 스탠의 지프를 타고 탐험을 나갔다.

우리는 차를 타고 다니다가 우연히 미국인 레온을 만났다. 레온은 만에서 멀지 않은 집 근처에 서 있었다. 레온은 마치 우리가 좋은 친구라도 되는 것처럼 손을 흔들고 인사를 했다. 레온은 다정하고 수다스러운 사람이었는데, 곧 우리를 초대해 맥주 한 잔과 훈제 생선을 대접했다. 레온은 그 집을 사서 거기에서 눌러 살고 있었다. 레온은 그런 식으로 살아가는 미국인들이 많다고 말했다. 미국은 물가가 너무 비싸고 멕시코는 저렴하기 때문이라고 했다. 주택 보유와 경제적 안정으로 표상되는 아메리칸 드림은 많은 미국인들, 특히 캘리포니아 같은 비싼 지역에서 사는 미국인들에게 그렇게 호락호락하게 실현되는 것 같지 않았다. 나는 내가 멕시코에서 살 수 있을지 생각해 보았다. 멕시코로 여행을 가는 건 무척 좋았지만 내 인생의 이 시점에 그곳에서 눌러 살기는 힘들겠다고 결론을 내렸다. 두 달도 충분히 길었고, 나는 미국으로 돌아갈 준비가 되어 있었다. 캐미가 보고 싶었다.

우리는 국경까지 갔고, 엄격한 표정의 국경순찰대가 캠핑카를 철저히 수색했다. 마침내 미국 입국이 허용되었다. 남쪽으로 가는 것보다 북쪽으로 가는 국경을 넘는 것이 얼마나 어려운지 이번에 알았다. 미국은 오는 사람들을 멕시코만큼 환영하는 곳이 아니었다. 해변에서 태평하게 지내던 생활을 떠나보내려니 슬픔이 와락 밀려왔다. 하지만 1년을 계획한 자유 시간이 아직 5개월이나 남았다는 생각으로 위안을 삼았다.

루시와 나는 국경에서 멀지 않은 예쁜 야영장에서 며칠 머물기로 했다. 그곳은 오리와 거위가 점점이 있는 큰 연못, 풀이 덮인 야영지, 레이스 같은 그늘을 드리운 나무들이 있는 멋진 곳이었다. 우리 둘 다 몇 가지 미뤄둔 일을 해야 했는데, 나는 새는 물 펌프를 해결해야 했다. 나는 겨우 며칠 만에 미국으로 돌아왔는데, 그때 이메일을 받았다.

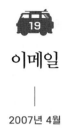

이메일

|

2007년 4월

당신의 가슴에 천상의 작은 불꽃이
살아 있게 하려는 노력을 양심이라고 한다.
— 조지 워싱턴*

　나는 이메일에 적힌 캐나다인의 이름을 물끄러미 바라보
았다. 가슴이 두근거렸다. 캐나다인에게 이메일 주소를 알려
준 기억이 나긴 했다. 하지만 유부남이라는 사실을 나에게 고

* 미국의 초대 대통령_옮긴이

백한 뒤에도 연락을 할 줄은 몰랐다.

　이메일을 읽지 않고 바로 삭제하는 것이 마땅했다. 하지만 연애 감정은 매우 강력한 마약과도 같다. 인어바위 해변에서 수영을 하면서 캐나다인이 내게 했던 아름다운 말들과 우리가 함께 웃었던 일들에 대한 기억이 내 머릿속을 헤집었다. 나는 우리가 함께 보냈던 나날의 행복과 열정, 그리고 캐나다인이 내게 어떤 기분이 들게 했는지 다시 떠올렸다. 이메일을 삭제할까, 열어 볼까 망설이면서 양심과 혼란스런 감정 사이에서 갈등했다. 나는 캐나다인이 내게 유부남이라고 말했을 때 느꼈던 기분, 그리고 나의 낭만적인 꿈이 깨진 창문처럼 산산조각 났던 순간을 기억했다. 그 순간에 느꼈던 고통이 눈에 선해서 노트북에서 시선을 뗐다.

　나는 줄줄 흐르는 눈물을 손등으로 훔치고, 갑자기 기진맥진해져서 소파에 털썩 주저앉았다. 주의를 돌리기 위해 TV를 켜고 채널을 여기저기 돌리며 영화를 찾았다. 갑자기 로버트 레드포드의 모습이 화면에 나타났다. 로버트 레드포드가 시를 읊으면서 메릴 스트립의 머리를 감겨주는 장면이었다. 영화 〈아웃 오브 아프리카〉였다. 믿을 수가 없었다. 그건 우리가 서로 꼭 껴안고 함께 봤던 영화였다. 이 무슨 잔인한 장난이람?

　영화를 보면서 우리가 함께 웃었던 일들과 캐나다인이 내게 해 준 달콤한 말들이 모두 떠올랐다. 내 뺨에 눈물이 주르르 흘러내렸다. 나는 노트북을 움켜쥐고 양심을 밀어내고 심호흡을 한 다음 이메일을 열어 보았다. 후회가 가득한, 용서를 구하는 장문의 사과 편지였다.

"당신한테 솔직히 말하지 않은 게 후회돼요. 하지만 내가 유부남이라고 말하면 당신은 나한테 아무 관심도 보이지 않았겠죠. 난 당신과 함께 할 수 있는 기회를 잃고 싶지 않았어요. 아내와 내가 각자 생활한다는 말은 사실이에요."

그 내용 뒤에는 우리가 함께 보낸 시간이 캐나다인의 내면에 어떤 것을 일깨웠는지, 그리고 자신이 나를 얼마나 좋아하는지 적혀 있었다. 이메일 끝에는 이런 질문이 있었다.

"나를 용서해 주겠어요?"

나는 이 질문을 한참 동안 응시했다. 내가 이 남자를 용서할 수 있을까? 용서하고 싶은 마음이 있나? 부부가 각자 생활한다는 말은 이혼 수속을 밟고 있다는 뜻일까? 나는 그렇게 믿고 싶었지만 캐나다인을 신뢰할 수가 없었다.

나는 이메일에 답장을 해서는 안 된다는 것을 알았다. 하지만 캐나다인이 충격적인 사실을 폭로했을 때 너무 망연자실한데다 생각을 정리할 시간이 필요해서 하지 못했던 말을 이제라도 하고 싶었다. 나는 행동이 빠르지 않고 보통 어떤 말을 하기 전에 꼼꼼히 따져보는 성격이다. 나는 이미 일어난 일에 대해 시간을 두고 충분히 생각을 했다. 그래서 캐나다인이 내게 한 행동이 잘못되었다는 것, 그리고 그가 내게 어떤 상처를 주었는지 알려 주고 싶었다. 아무튼 나는 스스로에게 그렇게 말했다. 하지만 정말 솔직하게 말하면 내 마음이 너덜너덜해진 그 낭만적인 꿈의 자락을 놓으려 하지 않고 여전히 움켜쥐고 있다는 사실이었다. 양심과 마음이 필사적으로 싸울 때 나는 주저했다. 내가 이 남자를 만날 것도 아니고 그냥 이메일을 보내는 것뿐인데 뭐 어때? 나는 답장 버튼을 눌렀다.

마음의 상처로 인해 흥분해서 손가락이 빨라졌다. 맹렬히 타자를 치자 두 볼이 벌게졌다. 나는 잠깐 열변을 마구 토해낸 다음 이렇게 마무리를 지었다.

"나는 유부남과 엮일 생각은 전혀 없어요. 잘 살아요."

나는 보내기 버튼을 누르면서 눈에 맺힌 눈물을 닦았다. 바하에서 가꿔온 낭만적인 꿈은 인터넷 파도를 타고 떠내려갔다. 이 일로 상처가 다시 벌어졌다. 마치 내 마음 주머니에 구멍이 나서 뭔가 소중한 것이 떨어져 나간 기분이었다.

굿은 날씨에 찾아간 아치스 국립공원

|

2007년 4월

당신이 할 수 있는 가장 큰 모험은
당신이 꿈꾸는 삶을 사는 것이다.
— 오프라 윈프리*

　나는 분노와 슬픔을 최대한 밀어내고 내 계획에 집중했다.
그다음 주는 로스앤젤레스 지역에서 보냈다. 신디와 함께 그녀
의 여동생 집에서 이틀 동안 지내고, 그런 다음 캐미와 시간을

* 미국의 토크쇼 〈오프라 윈프리 쇼〉의 진행자로 유명한 여성 방송인_옮긴이

보냈다. 캐미는 디즈니랜드에서 나와 함께 스물두 번째 생일을 보내기 위해 베이 에어리어에서 비행기를 타고 왔다. 나는 캐미가 세 살 때부터 열다섯 살이 될 때까지 3년마다 디즈니랜드에서 생일을 축하해 주었다. 캐미의 열다섯 번째 생일은 칸쿤(멕시코 카리브 해안의 관광 도시_옮긴이)에서 치렀다. 그런 다음 3년 뒤에는 프랑스에 가서 생일과 고등학교 졸업을 축하해 주었다. 캐미는 이번 생일에는 디즈니랜드에 다시 가고 싶어 했다. 나는 하루빨리 캐미를 만나 예전의 방식대로 생일을 축하해 주고 싶었다.

우리는 찻잔 놀이기구를 타고 팽이처럼 빙글빙글 돌면서 입이 아플 정도로 웃었고, 벅스 랜드(디즈니 픽사의 만화 영화 〈벅스 라이프〉를 주제로 꾸며진 디즈니랜드 어드벤처의 한 구역_옮긴이)에서는 깜짝 놀라 소리를 질렀다. 스페이스 마운틴은 언제나 내가 가장 좋아하는 놀이기구였다. 우리는 그걸 타고 어둠 속에서 질릴 때까지 빠른 속도로 돌았다. 모녀의 이 소중한 시간이 내 허전한 마음을 채워 주었다.

"정말 보고 싶었어."

내가 캐미에게 말했다.

"저도 보고 싶었어요. 하지만 엄마가 아주 즐겁게 지내시니까 기뻐요."

나는 캐미가 행복하게 잘 지내고 있다는 것을 알 수 있었다. 그래서 딸을 두고 여행을 다니면서 느낀 죄책감도 덜었다. 캐미가 직장으로 돌아갈 시간이 너무 빨리 다가왔고, 나는 여행을 좀 더 해야 했다. 나는 남은 4월과 5월 초에 그랜드 캐니언뿐만 아니라 유타 주의 국립공원 몇 군데를 탐험할 계획이었다. 내게는 전부 생소한 곳이었다.

캐미가 가자 더 이상 내 관심을 쏟을 대상이 없어졌다. 그런 틈을 타고 캐나다인에 관한 달갑지 않은 생각들이 내 머릿속으로 슬금슬금 들어왔다. 나는 그런 생각들을 최대한 머릿속에서 밀어내 여행에 집중하려고 애썼다. 아름답고 경이로운 국립공원의 풍경을 떠올리자 그 생각은 말끔히 가셨다.

나는 로스앤젤레스 지역을 떠난 후 이틀 동안 운전을 했다. 그런 다음 캘리포니아 주 바스토에 들렀다. 근처에 있는 국토관리국 야영장에 머물 계획이었다. 하지만 국토관리국 야영장 안내서에 적힌 방향은 아무 쓸모가 없었다. 그래서 되는 대로 운전한 지 몇 시간가량 지난 기분이 들었을 때, 마을 주민 세 사람에게 야영장이 어디에 있는지 물었지만 아는 사람이 아무도 없어서 대신 캘리코에 있는 고스트 타운 야영장에 머물기로 했다. 바람이 매섭게 불고 뼈가 시릴 정도로 추웠다.

"요금이 얼마인가요?"

나는 입구에서 지갑을 꺼내며 공원 감시원에게 물었다.

"아무데나 빈자리에 들어가요. 내일 아침에 야영장 관리인에게 18달러를 지불하면 돼요. 관리인은 8시에서 9시 사이에 올 거예요."

여자 감시원은 부스 창문을 재빨리 닫으며 말했다. 파카를 입고 웅크리고 있는 여자의 모습이 비참해 보였다.

나는 야영장 끝에서 유일하게 평평한 야영지를 찾았다. 추운 바깥에서 레벨링 블록을 사용할 필요가 없어서 다행이었다. 이 야영지에는 서비스가 전혀 갖춰지지 않아서 배선이 없었지만 필요 없었다. 바람이 어찌나 세게 불던지 어떤 야외 활동도 오래 할 수가 없었다. 라일리와 짧은 산책을 하고 서둘러 캘리코를 걸어 다닌 것 외에는 밖에서 한 일이 별로 없었다. 다음 날 아침, 나는 오전 9시 30분까지 기다렸지만 요금 18달러를 받으러 오는 사람은 아무도 없었다. 여기저기 가 보았지만 공원 감시원은 온데간데없었다. 감시원 부스에도 아무도 없었다. 그날은 장거리 운전을 해야 해서 결국 떠나기로 했다. 야영장을 빠져나오는 길에 요금을 받을 만한 사람을 찾아보았지만 소용없었다. 요금을 넣어 둘 상자가 없어서 그냥 나오는데 죄를 짓는 기분이 들었다. 나는 차를 몰고 가면서 백미러를 보았다. 내 뒤로 번쩍이는 빨간 불이 보이지 않을까 예상했지만 아무것도 나타나지 않았다.

나는 자이언 국립공원 바로 외곽에 있는 유타 주 스프링데일로 차를 몰고 가서 하룻밤을 보냈다. 다음 날 아침에는 공원 안에 있는 남부 야영장으로 이동했다. 야영장은 사방이 우뚝 솟은 주홍색 바위로 둘러싸여 있었고, 콸콸 흐르는 버진 강이 바위를 끼고 흘렀다. 자이언의 경치를 마주하며 가장 먼저 떠오른 건 진부한 표현이긴 하지만 장엄하다는 것이었다.

그곳에 있는 동안 하루만 빼고 매일 비가 내렸다. 하지만 나는 틈틈이 잠깐씩 등산을 했다. 라일리와 나는 쉬운 코스인 파루스 트레일을 걸었다. 그곳이 유일하게 개의 출입이 허용된 길이었기 때문이었다. 나는 위핑 록 트레일, 에메랄드 풀스 트레일, 리버사이드 워크의 일부를 걸었다. 보슬보슬 내리는 비에 우비 모자가 내 이마에 낮게 처져 있었다. 등산을 하는 동안 자꾸 캐나다인이 생각났다. 나는 그 사건을 되짚으며 이미 일어난 일을 묻어 두려고 노력했지만 아무 소용이 없었다.

자이언 국립공원을 떠나기로 계획한 날, 어느 쪽으로 가든 도로 사정이 좋지 않다는 말을 들었다. 진눈깨비에 뒤이어 내린 눈으로 운전 상황이 열악했다. 나는 하루 더 있기로 했다. 나는 승용차를 운전할 때보다 캠핑카를 운전할 때 길 상태에 더 신경을 썼다. 눈송이가 바위 절벽의 봉우리에 가볍게 흩날리고 싸늘한 한기가 감돌았다. 이 고도에서 야영을 하기에는 아직 때가 일렀다. 날씨가 더 따뜻한 계절에 다시 와야겠어.

공원에서 나온 후 주 9번 국도를 따라 자이언 마운트 카르멜 터널을 지나갔다. 터널이 낮고 좁아서 차량 크기를 엄격히 제한하고 있었다. 레저용 차량은 높이와 폭이 허용치 이하인지 측정해야 했다. 이를 초과하는 차량은 특별 허가를 받아야 했다. 터널 양끝에 있는 공원 감시원들은 허가를 받은 대형 차량들이 통과할 수 있도록 반대 방향에서 오는 차량들을 막았다. 내 차례가 되어 터널을 지나갈 때, 나는 긴장한 채 오렌지색 중앙선을 넘어 두 차선에 걸쳐 캠핑카를 몰았다. 9번 국도의 드라이브에는 급커브가 아주 많았다. 하지만 길에서 잠깐 눈길을 돌려 아름다운 풍경을 힐끗 보니 힘들게 운전하는 보람이 있었다. 라일리가 운전을 할 줄 알면 그 풍경을 더 많이 볼 수 있을 텐데, 그 점이 아쉬웠다.

나는 89번 고속도로를 구불구불 달리다가 12번 고속도로로 갔다. 마침내 브라이스 캐니언 국립공원으로 들어갔다. 첫 번째 조망 지역에 캠핑카를 주차하고 풍경을 보기 위해 가장자리로 걸어갔다. 골짜기를 내려다 보니 화성에 온 기분이 들었다. 후두(오랜 세월에 걸쳐 빗물에 깎인 천연 첨탑_옮긴이)라고 불리는 암석을 보니 계피 색과 연어 빛깔의 도깨비들이 계곡에 가득 들어차 있는 것 같았다. 나는 그 이색적인 풍경 속으로 들어가고 싶은 마음이 굴뚝같았지만 다음 날로 미루어야 했다. 시간이 점점 늦어져서 야영지에 자리를 잡아야 했다.

나는 다시 캠핑카에 올라타 야영장으로 차를 몰았다. 야영장 위로 우뚝 솟은 거대한 소나무가 눈더미에 커다란 그림자를 드리웠다. 사나운 바람이 환영받지 못하는 분위기를 더했고 와이파이는 없었다. 야영장 안내서를 보니 근처에 야영장이 하나 더 있었다. 그래서 코다크롬 분지 주립공원을 살펴보려고 고속도로를 내려갔다.

이 공원은 브라이스에서 약 30분 거리의 더 낮은 고도에 있었고 훨씬 덜 붐볐다. 이곳 날씨는 더 따뜻했고, 햇살이 야영장을 밝게 비추었으며 눈은 없었다. 야영장은 옆에 흥미로운 모양의 줄무늬 바위 탑들이 있어서 훨씬 더 예뻤다. 와이파이도 있었는데, 그런 경우에는 늘 덤으로 선물을 받은 기분이었다. 이곳은 브라이스의 날씨가 맑아지기를 기다리는 동안 그 지역을 탐험하기에 좋은 거처로 보였다.

코다크롬 공원의 가장 좋은 점은 국립공원이 아닌 주립공원이기 때문에 등산로에 개들이 출입할 수 있다는 것이다. 라일리를 데리고 공원 여기저기를 걸었는데, 라일리가 무척 좋아했다. 우리는 셰익스피어 아치 트레일과 엔젤스 팰리스 트레일을 걸었다. 여기에는 캘리포니아에 있는 다람쥐들보다 더 많은 토끼가 우리 주위를 온통 뛰어다녔다. 모든 개가 꿈꿀 만한 아주 환상적인 곳이었다. 너무 좋아서 흥분한 라일리는 목줄이 걸려 있다는 걸 잊고 몇 분마다 쏜살같이 달려 나갔다. 목이 조이거나 목을 다칠까 봐 걱정했지만 라일리는 마냥 좋은 것 같았다.

어느 날 오후, 나는 그랜드 스테어케이스-에스칼랑트 국가 기념물에 있는 그로브너 아치를 향해 차를 몰았다. 이곳은 인적이 끊긴 듯 삭막한 풍경이 펼쳐진 엄청나게 넓은 지역이었다. 수 킬로미터를 운전하는 동안 다른 영혼이나 문명의 흔적은 전혀 볼 수 없었다. 승용차에 라일리를 태우고 있었는데도 이 황량한 풍경은 믿을 수 없을 만큼 외롭고 나약한 기분이 들게 했다. 불안감이 들어 소름이 돋았다. 그 이유는 지금도 모른다. 어쩌면 사람의 자취라고는 전혀 없는 곳에서 그렇게 많은 시간을 보낸 적이 없기 때문인지도 몰랐다. 나는 그런 분위기가 싫었다. 혼자 있는 것도 나름 좋아하긴 하지만, 이건 섬뜩할 정도로 외로운 느낌이었다. 해가 지고 있었다. 아치를 방문하고 나자 상대적으로 문명 지대라고 할 수 있는 코다크롬 야영장으로 얼른 돌아가고 싶었다. 길고 쓸쓸한 도로에서 운전을 하는데 헤드라이트 두 개가 다가오는 걸 보자 마음이 놓였다. 나만 있는 게 아니구나!

코다크롬과 에스칼랑트 협곡을 탐사한 뒤 날씨예보를 확인
했다. 여건이 좋아졌으니 브라이스를 방문할 때가 되었다. 나
는 그 공원에 처음 갔을 때 둘러보았던 구역을 운전하며 많은
조망 지역에 들렀다. 하나같이 믿을 수 없을 만큼 지난번보다
더 멋있어 보였다. 나는 다음 날 올라갈 등산로를 정하고 코다
크롬으로 돌아와 밤을 보냈다.

다음 날 아침 나는 라일리를 산책시키고 사료를 먹인 후, 라
일리에게 그날 필요한 것을 챙겨 두었다. 브라이스는 국립공원
이고 개의 출입을 허용하지 않기 때문에 라일리를 캠핑카에
두고 가야 했다. 그럴 때는 늘 약간 불안한 마음이 들었다. 나
는 보통 혼자 등산을 하려고 마음먹으면 엄마에게 미리 일러
두었다. 등산을 하다가 무슨 일이 일어날 것에 대비해서였다.
내게 불상사가 일어날 경우, 라일리가 캠핑카에 갇히는 일은
막고 싶었다. 앨버커키 열기구 축제에서 보았던 그 닥스훈트들
처럼 말이다. 그 일은 내게 깊이 각인되었다. 나는 라일리가 먹
을 사료와 물이 충분한지 항상 확인하고 녀석을 산책시킨 다
음에 밖으로 나갔다.

브라이스를 향해 30분을 운전해서 퀸스 가든 트레일 입구
까지 갔다. 협곡 둘레길에서 바라본 바위들도 멋있지만, 바위

한가운데로 내려오자 그 광경은 훨씬 더 놀라웠다. 다정하고 우뚝 솟은 거인들 옆에 있으니 난쟁이가 된 기분이었다. 협곡을 내려가다 우뚝 솟은 바위 앞에서 서로 사진을 찍는 세 남자를 만났다.

"사진을 찍어드릴까요?"

내가 물었다.

"그래주시면 감사하죠."

세 남자가 대답했다. 그들은 서로 어깨를 두르고 카메라를 향해 활짝 웃었다. 나는 사진을 몇 장 찍고 카메라를 돌려주었다. 그러자 그들 가운데 한 명이 물었다.

"사진을 찍어드릴까요?"

"좋아요."

나는 마지못해 카메라 앞에 서며 말했다. 나는 카메라 앞에 서면 늘 약간 수줍어했다. 하지만 나중에 그 사진을 보니 찍기를 잘했다는 생각이 들었다. 굉장히 으리으리한 주황색 후두 앞에 서 있는 내 모습이 행복하고 편안해 보였다. 그것만 보더라도 이제 내 자신감이 정말 더 커진 것을 알 수 있었다. 나는 아는 사람 하나 없는 다른 주로 이사를 가고, 캠핑카를 끌고 1년의 여행을 떠나기도 했다. 많은 사람들이 용감하다고 여기는 일들을 했지만, 나는 평생 불안감에 시달렸다. 캠핑카를 타

고 여행을 다니며 한 이 경험은 내게 자신감을 불어넣어 줄 뿐
아니라 멋진 기억들을 만들어 주고 있었다.

"좋은 시간 보내세요."

나는 등산로를 내려가며 어깨너머로 외쳤다. 이 등산객들과
동지애를 느꼈다. 우리는 등산로를 걷다가 잠깐 쉬면서 서로
몇 번 마주쳤고 그때마다 농담을 하곤 했다.

5킬로미터의 등산은 짧았지만, 협곡에서 나오는 길은 꽤 가
파랐다. 어느 지점에서는 등산로가 명확하게 표시되어 있지 않
아 엉뚱한 곳으로 꺾어지기도 했다. 나는 험한 바위 협곡을 오
르기 시작했다. 덜렁거리는 바위를 기어오르려 애쓰다 어디선
가 길을 잘못 들어섰다는 것을 깨달았다. 지형이 너무 험했고,
이 길이 아닌 것 같다는 느낌이 들었다. 나는 곤경에 처하기 전
에 돌아섰고 발자국을 되짚어 왔던 길로 되돌아갔다.

내가 등산을 시작하고 협곡으로 내려갔을 때부터 5월 초의
태양이 눈부시게 빛나고 있었다. 가파른 벽을 타고 다시 정상
까지 천천히 터벅터벅 걸어 올라가자 구름이 슬며시 다가오고
바람이 씩씩거리더니 굵은 빗줄기가 나를 마구 때리기 시작
했다. 더워서 허리에 묶어 둔 우비가 있어서 다행이었다. 우비
를 다시 걸쳤다. 주차장으로 가는 도중에 빗줄기가 진눈깨비로
변했다. 승용차에 다 왔을 무렵에는 눈이 왔다. 유타 주의 봄

날씨는 종잡을 수가 없구나! 한창 걷던 중이 아니어서 다행이
었다.

나는 차에 올라타 의기양양하게 문을 쾅 닫았다. 조금만 늦
었어도 큰일 날 뻔했어! 처음으로 낯선 곳에서 혼자 등산을 하
고 나니 기분이 좋았다. 그동안 아이를 키우고, 새로운 주로 이
사를 다니고, 국토 횡단 모험 여행을 하는 등 혼자서 많은 일
을 했다. 하지만 혼자 등산을 한 적은 별로 없었다. 왠지 이번
등산은 다른 느낌이었다. 낯선 곳에서 몸으로 부딪친 새로운
경험이었고, 의지할 사람은 나 자신밖에 없었다. 아무 두려움
없이 즐겁게 등산을 하고, 부부나 모임으로 오지 않았다고 해
서 어색해하거나 허전해하지 않았다는 점이 뿌듯했다.

이러한 경험은 나로서는 또 하나의 전환점이 되었다. 혼자
외롭게 살면서 평생 짊어졌던 불안감을 어느 정도 떨쳐낸 것이
었다. 나는 나 자신의 지혜와 상식, 직관, 그리고 모험심을 믿어
도 괜찮다는 것을 깨달았다. 나를 안내해 주거나 채워줄 다른
사람이 필요 없었다. 나는 내가 원하는 것을 혼자 하는 것만으
로도 행복했다. 나는 점점 더 강해지고, 더 행복해지고, 자신감
은 더욱 커져갔다.

애리조나 주에 가기 전에 보고 싶은 공원이 하나 더 있었다.
바로 아치스 국립공원이었다. 12번 고속도로는 미국에서 가장

경치가 좋은 고속도로 중 하나로 광고되는데, 그건 나도 동의하지 않을 수 없었다. 이 도로에는 칙칙한 갈색 풍경이 없었다. 이곳은 붉은 바위가 드문드문 있는 황량한 서부였다. 경치가 굉장히 빨리 바뀐다는 점이 신기했고, 하나같이 무척 감격스런 풍경이었다.

왈츠를 추며 아치스 국립공원으로 들어서면 야영장이 두 팔을 벌려 나를 반길 줄 알았더니 바보 같은 생각이었다. 이용할 수 있는 몇 안 되는 야영지를 얻기 위해 사람들이 오전 6시부터 줄을 서 있었다. 나는 공원 입구와 야영장으로 가기 위해 길게 늘어선 승용차들 틈에서 기다렸다. 진이 빠질 만큼 기다린 끝에 마침내 공원 감시원과 이야기를 나눌 수 있었다.

"죄송하지만 야영장이 꽉 찼어요. 모압에서 빈티지 자동차 쇼가 진행되고 있고, 거기에다가 사륜구동 대회까지 있어서 공원 야영장이 만원이에요."

감시원이 말했다.

"어디에 가면 야영지를 찾을 수 있을까요?"

내가 물었다.

"빅벤드 야영장에 한번 가보세요."

여자 감시원이 제안하며 야영장으로 가는 방향을 가르쳐 주었다.

나는 가까운 모압 마을로 차를 몰고 간 다음 빅벤드 야영장으로 향했다. RV를 주차할 수 있는 마지막 야영지 중 하나를 차지하게 되다니 아주 운이 좋았다. 야영장은 아치스 바로 외곽의 콜로라도 강둑에 자리 잡고 있었다. 이곳은 편의시설이 적은 것으로 알려진 국토관리국 야영장이었다. 배선은 없었지만 협곡의 아름다운 풍경과 하룻밤 이용 요금 10달러를 고려하면 생각할 것도 없었다. 밤에 침대에 누우니 근처에서 부드럽게 콸콸 흐르는 강물 소리가 들렸다. 세상에서 가장 달콤한 자장가였다.

나는 더없이 행복하게 하룻밤을 자고 나서 라일리에게 산책을 시켜주고 먹이를 주었다. 그런 다음 온종일 등산을 하기 위해 아치스로 향했다. 랜드스케이프 아치, 스카이라인 아치, 윈도우스, 밸런스드 록을 포함해 짧은 등산 코스를 연달아 걸었다. 이곳의 날씨는 매우 더웠고, 자이언과 브라이스의 날씨와는 상당히 대조적이었다. 혼자 등산을 하면 할수록 즐거웠고, 나 자신이 점점 더 대견스러웠다. 나를 둘러싼 아름다운 풍경을 함께 나눌 동반자가 없는 것을 아쉬워하던 때가 분명 있었다. 하지만 이제는 혼자 있을 때가 더욱 편해졌다. 또한 동행이 있었다면 대화에 빠져 등산로를 걷는 중에 더 많은 사람을 만나지도 못했을 것이다.

이틀 뒤에는 국립공원의 할아버지, 즉 그랜드 캐니언이 있는 애리조나 주로 갈 예정이었다. 이 공원은 내 버킷리스트 상위에 있었고, 나는 하루빨리 그곳을 보고 싶었다.

장엄한 그랜드 캐니언

2007년 5월

알고 보니 용기란 두려움이 없는 게 아니라
두려움을 이겨내는 것이었다.
— 넬슨 만델라*

그날 내가 무엇을 할 것인지 깨달았을 때 나는 흥분한 채 잠에서 깨어났다. 오늘이 그랜드 캐니언을 보러 가는 날이야! 나의 또 다른 꿈이 실현되는 날이었다. 나는 얼른 가서 보고

* 노벨평화상을 받은 흑인인권운동가이자 남아프리카공화국 최초의 흑인 대통령_옮긴이

싫었다. 차를 몰고 공원으로 들어가 우선 협곡을 대강 볼 생각이었다. 그래서 가장 가까운 조망 지역에 멈춰 섰다. 내가 조망 지점으로 빠르게 걸어가자 라일리는 서둘러 나를 따라잡았다. 보통은 그 반대였다. 멀리 띠 모양의 콜로라도 강이 회색, 녹색, 연어색 줄무늬가 있는 협곡 절벽을 휘감으며 아득히 흐르고 있었다. 자연이 빚어낸 믿을 수 없는 광활한 예술품을 보자 목이 메었다. 왜 원주민들이 그곳을 매우 신성한 곳으로 여기는지 알 수 있었다. 나는 그 모든 풍경을 제대로 감상하기 위해 잠시 앉을 벤치를 찾았다. 감동한 나머지 온몸에 전율이 일었다. 정말 행복하다. 여기에 오기도 전에 포기했으면 어쩔 뻔했을까?

그랜드 캐니언의 협곡 둘레길을 따라 걸을 때도 비슷한 기분이었다. 나는 계속 걸음을 멈추고 사진을 찍거나 갈증을 채우듯 가만히 경치를 바라보아야 했다. 협곡을 보고 싶어 흥분한 나머지 목줄에 묶인 채 따라오는 라일리를 잊고 있었다. 별안간 라일리가 바위 절벽 위로 뛰어올랐다. 거기에서 추락하면 그 아래는 협곡이었다. 저러다 떨어지겠어!

나는 기겁해서 라일리를 붙잡았다. 알고 보니 라일리는 협곡으로 뛰어내리려고 한 게 아니라 내가 무엇을 넋 놓고 보는지 궁금해서 바위 절벽 위로 뛰어오르고 싶어 한 것이었다. 나는 내 품에서 안전하게 잘 볼 수 있게 라일리를 안아 들었다. 라일리는 1, 2분 동안 그것에 꽤 흥미를 보이는 듯하더니 금세 시들해졌다.

　다음 날 아침, 우리는 다른 협곡 둘레길을 걷고 있었다. 그때 얼룩다람쥐 한 마리가 길을 가로질러 협곡 쪽으로 돌진했다. 라일리는 쏜살같이 그 뒤를 따라갔다. 나는 조절이 가능한 목줄을 꽉 잡고 있었다. 하지만 목줄이 목걸이에 단단히 걸려 있지 않았다. 그래서 최대치로 늘어났을 때, 라일리는 온데간데없고 내 손에는 목줄만 쥐어져 있었다. 라일리는 다람쥐를 쫓아 협곡을 향해 계속 달렸다. 나는 전에 그 다람쥐들이 협곡의 끄트머리 너머로 순식간에 뛰어드는 것을 본 적이 있었다. 다람쥐들이 어떻게 협곡 바닥으로 굴러떨어지지 않고 살아남았는지는 모르지만, 개는 그렇지 않을 터였다. 이번 여행에서 수십 마리의 토끼와 다람쥐를 쫓을 기회를 빼앗겼던 라일리는 마침내 달아나는 사냥감을 쫓아 자유롭게 질주했고, 열정을 다해 달렸다. 라일리가 이번에는 정말 떨어지겠어!

　"라일리, 안 돼!"

　나는 라일리를 쫓아서 뛰어가며 소리쳤다. 녀석은 계속 있는 힘을 다해 빨리 달렸다. 무언가를 추적하고 있을 때는 명령에 잘 따르지 않았다.

"라일리, 놔둬!"

나는 이렇게 명령하면 말을 듣지 않을까 싶어서 더 큰 소리로 외쳤다. 그래도 라일리는 계속 달렸다. 내 심장은 세 배로 빨리 뛰고 있었고, 혈관에서 아드레날린이 급격히 분비되는 느낌이었다. 하지만 라일리를 잡을 수는 없었다. 이 무렵, 녀석은 거의 협곡 끄트머리에 와 있었다. 나는 숨을 들이마시고 소리쳤다.

"라일리, 안 돼!"

마침내 라일리는 협곡 끄트머리 바로 앞에서 멈췄다. 나는 안심한 나머지 눈물이 나올 뻔했다. 재빨리 라일리를 잡아 바들바들 떠는 손가락으로 목줄을 매었다. 목줄이 단단히 고정되어 있는지 확인했다. 기회가 생기면 바로 새 목줄을 사겠다고 다짐했다. 우리는 협곡 둘레길을 다 걸었다. 하지만 급격히 분비된 아드레날린이 없어지기까지는 한참 걸렸다.

대부분의 사람들이 그랜드 캐니언 맨 아래까지 등산을 하고 돌아오면 이틀이 걸린다. 나도 맨 아래까지 가고 싶기는 했지만 이번 여행에서는 그러지 않을 생각이었다. 라일리를 그렇게 오래 혼자 둘 수가 없었다. 그렇다고 라일리를 데리고 등산로에 가는 것도 허용되지 않았다. 그래서 협곡으로 내려가는 길을 잠깐 갔다 오는 수밖에 없었다. 하루는 브라이트 엔젤 트레일을, 그다음 날엔 사우스 카이밥 트레일을 걷기로 했다. 카이밥 트레일은 브라이트 엔젤 트레일보다 더 가파르지만 사람이 훨씬 적어서 좋았다. 또한 브라이트 엔젤 트레일보다 길이 좁긴 하지만, 높은 곳을 좋아하지 않는 사람이라면 오히려 더 좋아할 수도 있다. 나는 양쪽 등산로에서 노새를 만났는데, 노새가 지나가게 길을 비켜 주기에는 확실히 브라이트 엔젤 트레일이 더 편했다.

브라이트 엔젤 트레일을 따라 내려갈 때는 경치에서 눈을 뗄 수가 없었다. 협곡의 엄청난 깊이와 길이, 그리고 기복이 심한 등고선만 봐도 그것이 창조되기까지 어마어마한 자연의 힘이 동원되었다는 것을 알 수 있었다. 나는 사진을 계속 찍었다. 풍경을 새로 찍을 때마다 점점 더 믿어지지 않는 광경이 펼쳐졌다. 협곡을 빠져나가는 가파른 등산이 얼마나 힘들지 확신할 수 없었다. 그래서 첫날에는 그냥 2킬로미터 거리에 있는 휴게소까지 걸었다. 나는 간식을 먹기 위해 그곳에 들렀고 거기에서 쉬고 있는 다른 등산객들 몇 명과 이야기를 나누었다. 왔던 길을 다시 오르다 같은 남자를 몇 번이나 마주쳤다. 한 번은 가파른 오르막길을 가다 멈춰서 바위에 앉아 숨을 돌리고 있었다. 그때 한 남자가 내 옆을 지나갔고, 우리는 가벼운 이야기를 나누었다. 그러고 나서 몇 분 뒤에는 그가 바위에 앉아 숨을 돌리고 있는 모습을 발견하곤 했다.

"어디에서 오셨어요?"

나는 그 남자와 대화를 주고받다가 물었다.

"미네소타요."

남자가 대답했다.

"어머나, 저는 미네소타에서 자랐어요."

우리는 그다음에도 만나 다시 이야기를 나누었다. 나는 그가 얼마 전에 자이언과 브라이스에도 갔다는 사실을 알게 되었다. 세상 정말 좁네. 어떻게 이런 일이 있을 수 있지? 그 남자는 매력적이고 좋은 사람인 것 같았고, 결혼반지는 보이지 않았다. 나는 잠시 생각했다. 그에게 함께 걷겠냐고 물어 볼까, 아니면 나중에 만나는 게 어떠냐고 제안해 볼까? 그때 캐나다인에게 했던 실수가 문득 떠올라서 묻지 않기로 했다. 아마 이 남자는 유부남일 거야. 우리가 협곡 꼭대기에 이르렀을 때 나는 마음가짐이 흐트러지지 않게 꽉 잡고 작별 인사를 했다.

다음 날 아침에 일어나자 종아리 근육들이 아프다고 난리였지만 그 정도는 각오하고 있었다. 나는 라일리를 산책시키고 먹이를 준 다음 사우스 카이밥 트레일을 내려가기 시작했다. 협곡에 들어선 직후 나는 마리를 만났다. 짧은 갈색 머리에 다정한 얼굴을 한 마리는 내 또래로 보였다. 마리는 묵직한 배낭을 메고 등산 스틱을 들고 다녔다. 우리는 가벼운 이야기를 주고받으며 서로 자기소개를 했다.

"협곡은 처음 오신 거예요?"

마리가 물었다.

"네, 난생처음 왔어요. 당신은요?"

"저는 지난 20년 동안 매년 생일에 이 협곡의 맨 아래까지 걷고 와요."

"생일 축하해요! 당신 자신에게 정말 멋진 생일 선물이 되겠네요. 어디서 오셨어요?"

"포틀랜드요. 당신은요?"

"샌프란시스코 베이 에어리어요."

"베이 에어리어 어디요? 저는 몇 년 전까지 월넛 크리크에서 살았어요. 그런 다음 포틀랜드로 이사했고요."

"정말요? 저는 얼마 전에 콩코드에 있는 집을 팔았어요. 하지만 콩코드로 이사하기 전에 10년 동안 월넛 크리크에서 살았어요."

우리는 월넛 크리크에서 1킬로미터 내의 거리에서 같은 기간에 살았다는 사실을 알게 되었다. 정말 좁은 세상이었다. 우리는 한동안 함께 걸었고 서로를 더 잘 알게 되었다. 마리는 협곡 밑바닥까지 갔다가 돌아오는 것이 어떤지 내게 말해 주었다.

"등산로에는 정말 무서운 코스가 한 군데 있어요. 거기는 양쪽이 가파른 좁은 바위 턱으로 되어 있어요. 그 지점은 현기증이 나기도 하고 바람이 많이 불기도 해요. 때로는 무릎을 꿇고 기어서 건너가야 할 때도 있고요."

마리가 말했다.

"현기증이 나는데 아직도 매년 그랜드 캐니언을 간다고요?"

나는 깜짝 놀라서 물었다. 대단하다는 생각이 들었다. 이 여자는 해마다 자신의 두려움에 정면으로 맞섰고 결코 굴복하지 않았다.

"두려움 때문에 내가 하고 싶은 일을 포기하고 싶지는 않아요. 포기하면 두려움에 지는 거죠."

"배짱이 정말 두둑하시군요. 나한테도 그 정도의 용기가 있을지 잘 모르겠어요."

내가 대답했다.

"당신은 캠핑카를 운전해 본 적도 없는데 캠핑카로 여행을 하겠다고 집을 팔고 직장을 그만두었다면서요? 그거야말로 큰 배짱이 없으면 못할 일이죠."

마리가 말했다.

나는 돌아서서 협곡을 다시 천천히 올라가야 했다. 우리는 서로 작별 인사를 나누었다. 하지만 나는 그 뒤에도 오랫동안 마리에 대해 생각하며 감탄했다. 마리는 평범한 사람이었지만 내게 용기를 불어넣어 주었다. 나는 등산을 하면서 사람들을 만나고 그들의 이야기를 듣는 것이 좋았다.

그랜드 캐니언에서 보내는 마지막 날 저녁에 눈이 내렸다. 나는 상당히 춥고 눈이 많이 내리는 미네소타에서 겨울을 보내며 자랐다. 그래서 눈을 보고 크게 흥분하는 일은 별로 없다. 하지만 그런 나도 레이스 같은 큰 눈송이가 춤을 추며 땅에 내려앉는 광경이 아름답다는 사실은 인정할 수밖에 없었다. 다음 날 아침 떠나려고 보니 아직도 땅에 눈의 흔적이 군데군데 남아 있었다. 승용차를 연결해서 야영장을 빠져나오자 서운한 마음이 들었다. 너무나 아름다운 이 공원을 떠날 마음의 준비가 되어 있지 않았다. 여기서 더 많은 시간을 보내지 못하는 것이 아쉬웠다. 하지만 가 볼 곳이 너무 많고, 주어진 1년의 자유 시간이 끝날 날도 얼마 남지 않았다.

계획 변경

2007년 5월~6월

독립이 곧 행복이다.
— 수잔 B. 앤서니*

5월 초순, 공포가 엄습했다. 8개월 동안 여행을 다녔고, 1년을 계획한 자유로운 여행이 4개월 뒤면 끝난다는 것을 깨달았다. 마음 같아서는 '아니, 아직 안 끝났어!'라고 소리 지르고 싶은 심정이었다. 이제 막 캠핑카를 관리하는 일이 손에 익고 길에서

* 미국의 여성 참정권과 노예 제도 폐지를 주장한 인권운동가_옮긴이

의 생활에 적응하는 중이었다. 이 여행을 시작했던 예전의 하이디는 이제 행복하고 자신감 있고 자유로운, 새로운 하이디로 거듭났다. 나는 4개월 뒤에 다시 생존 경쟁의 현장으로 돌아가고 싶지 않았다. 은행 잔고가 줄고 있어서 돈 들어올 데가 있긴 있어야 했다. 하지만 새로 찾은 자유를 이대로 포기하고 예전 생활로 돌아갈 수는 없었다. 계속 여행할 방법을 찾아야 했다.

여행하는 동안 나는 야영장에서 머물며 아르바이트를 하는 많은 사람들과 이야기를 나누었다. 그들은 일을 하지 않을 때 여행을 떠날 수 있도록 짧은 기간 동안 할 수 있는 일을 찾아냈다. 야영장 관리인과 판매 일을 하거나 축제장에서 일하기도 하고 온갖 임시직에서 일했다. 공포에 휩싸인 지 얼마 후 신디의 전화를 받았다.

"야영장에서 일자리를 얻었어."

신디가 선언했다.

"정말? 나도 방금 일자리를 구해볼까 생각 중이었는데. 어떤 일이야?"

"캘리포니아 남부의 RV 공원에서 하는 아르바이트야. 정말 좋은 곳인데, 난 사무실 일을 도울 거야. 임금도 받고 공짜로 캠핑카를 주차할 수도 있어. 일할 사람을 더 구하는 것 같아. 사람을 더 채용할 건지 관리인에게 물어봐 줄까?"

"그럼 나야 좋지."

야영장에서 일을 하면 여행 기간을 좀 더 연장할 수 있을 터였다. 나는 생각해 줘서 고맙다고 신디에게 말했다. 신디는 더 많은 정보를 알게 되면 전화해 주겠다고 했다.

며칠 후에 신디는 내게 전화를 걸어 공원에서 여전히 일할 사람을 구하는 중이라고 말했다. 나는 지원을 했고 채용이 되었다. 사무실이나 현장에 필요한 일이면 뭐든 하는 자리였다. 나는 애리조나 주를 떠나 10번 주간 고속도로를 타고 서쪽으로 달려 캘리포니아에 갔다. 도중에 팜스프링스 지역을 살펴보려고 들렀다.

내가 일할 곳은 로스앤젤레스와 샌디에이고 사이에 있는 테메큘라 근처 언덕의 외딴 곳에 있었다. 대부분이 사막인 지역이었다. 5월인데 벌써부터 몹시 건조하고 무더웠다. 내가 RV 공원에 도착하자 신디가 함박웃음을 지으며 나를 맞이했다. 신디는 캠핑카와 승용차를 주차할 곳을 알려 주고 내가 자리를 잡는 동안 기다렸다.

일을 마치자 신디가 말했다.

"자, 내가 이곳을 안내해 줄게. 꽤 넓은 곳이니까 골프 카트를 타고 가자."

공원 직원들이 공원을 돌아다닐 때 사용하는 골프 카트가 여러 대 있었다. 신디는 캠핑카들이 주차되어 있는 다른 순환 도로를 운전했다. 가면서 예쁜 연못과 분수, 테니스 코트, 그리고 매우 멋진 수영장을 가리켰다. 신디는 클럽하우스 앞으로 가서 골프 카트를 주차했다.

"안에 들어가서 내부 시설을 보여줄게."

우리는 헬스장, 책과 영화 도서관, 행사가 열리는 강당을 둘러봤다.

"카드와 게임을 하고, 공예도 할 수 있는 공간이 있어."

"여기는 편의 시설이 많네. 정말 좋은 곳이야."

내가 말했다.

"사람들도 좋아. 여기서 일하는 걸 좋아하게 될 거야. 하지만 여름에는 더워. 밖에서 일할 때는 꼭 모자를 쓰도록 해."

나는 야영장에 도착하고 얼마 후 일을 시작했다. 며칠 동안은 사무실에서 일을 했다. 그 뒤 며칠은 잡초를 뽑고 톱밥제조기에 솔을 넣는 일 외에도 다른 바깥일을 했다. 신디 말대로 아직 여름도 아닌데 벌써 더웠다.

우리는 저녁 시간을 함께 보낼 때가 많았고, 덕분에 우리의 우정은 더욱 돈독해졌다. 비상시를 대비해 보통 우리 둘 가운데 한 명은 당직을 섰다. 그래서 우리는 공원에 있어야 했다.

주 3일만 근무하다 보니 4일 동안은 인근 지역을 답사할 수

있었다. 나는 캘리포니아 주의 중부 해안 지역을 좋아했다. 그 중에는 태평양에 자리한, 약 6,000명의 주민들이 사는 고풍스런 마을인 캠브리아가 있었다. 중부 해안 지역에 사는 친구들이 있어서 되도록 자주 방문했다.

테메큘라에서 캠브리아까지는 약 480킬로미터였다. 그래서 나는 돌아오는 긴 주말까지 기다렸다가 여행을 했다. 친구들과 함께 캠브리아의 미술관과 상점들을 느긋하게 구경했다. 그리고 몬타냐 데 오로 주립공원을 걸으며 시간을 보냈다. 광활한 해안 경관이 펼쳐진 멋진 공원이었다. 아로요 그란데에서 열린 딸기 축제에도 가보았다.

차를 타고 RV 공원으로 돌아가면서 내가 얼마나 운이 좋은지 깨달았다. 즐겁게 여행을 다니면서도 가족과 친구들을 꽤 자주 만나고 있으니 말이다. 여행을 시작하기 전에는 감사는 나와는 거리가 먼 감정이었다. 그때는 우울증에 꽁꽁 갇혀 있어서 감사함을 느낄 수 없었다. 하지만 이제는 감사할 일이 파도처럼 계속 밀려와서 가슴이 벅찰 지경이었다.

야영장에는 와이파이가 없었다. 그나마 내 캠핑카가 주차된 곳에서 1킬로미터쯤 떨어진 아주 가파른 언덕 꼭대기에 가면 간혹 인터넷 접속이 됐다. 이때는 스마트폰이 보편화되기 전이이어서 내게는 스마트폰이 없었다. 나는 노트북을 승용차에

신고 언덕 꼭대기로 갔다. 그런 다음 배터리가 다 떨어지기 전에 재빨리 이메일에 답하고, 필요한 인터넷 검색을 해야 했다. 이메일은 기껏해야 하루에 한 번 확인했다. 나는 새로운 일상에 정착했고 돈이 조금 들어오기 시작했다. 애초에 계획했던 1년 여행을 연장할 수 있게 되어 기분이 좋았다.

몇 주 동안 캐나다인은 감감무소식이었다. 그래서 나는 캐나다인이 내 의견을 존중하기로 한 모양이니 앞으로는 소식을 듣지 못할 것이라고 확신했다. 나는 캐나다인이 내게 한 짓이 잘못이라는 것을 알았다. 내게 거짓말을 했다는 사실에 여전히 화가 풀리지 않았다. 하지만 다른 한편으로는 상실감이 들었다. 누군가에게 우주의 중심이 되었을 때의 기분을 떨치기가 힘들었다.

어느 날 나는 언덕 위로 차를 끌고 가서 노트북을 켰다. 그런데 캐나다인에게 이메일이 와 있었다. 이번에는 아무렇지도 않게 그의 이메일을 열었고, 그런 나 자신이 놀라웠다. 아무런 망설임도 없었다.

나의 아름다운 벨라

내가 당신에게 했던 아름다운 말들은 거짓말이 아니었어요. 전부 진심이었어요. 내 나이에도 그런 감정을 느낄 수 있을 줄은 몰랐어요. 당신 덕분에 다시 태어난 기분이었죠. 당신이 왜 나와 엮이지 않으려 하는지 이해해요. 하지만 우리가 함께 한 시간이 너무 특별해서 이대로 놓아버릴 수가 없어요. 나는 늘 당신을 생각해요. 당신은 나를 너무 행복하게 해요. 당신이 잘 지내는지 그것만이라도 이메일로 알려 주면 좋겠어요.

그 뒤에 이어진 내용은 멕시코에서 우리가 함께 한 시간이 자신에게 얼마나 큰 의미가 있는지, 내가 얼마나 특별한지, 그리고 나를 매우 좋아한다는 것이었다. 캐나다인은 아내와 몇 년 동안 각자 생활을 해 왔다고 다시 말했다. 그의 편지는 길었고 나를 보고 싶어 하는 감정과 열망으로 가득 차 있었다. 캐나다인은 우편으로 내게 무언가를 보내고 싶다며 주소를 알려 줄 수 있는지 물었다.

나는 아무 생각 없이 답장을 눌렀다. 간단한 대답이긴 했지만, 캐나다인에게 나는 잘 지내며 야영장에서 일하느라 바쁘다고 알려 주었다. 그리고 그러면 안 된다는 걸 알았지만, 캐나다인에게 내 주소를 알려 주었다. 이메일을 보낸 후 야영장으로 돌아오면서 이런 생각이 들었다. 십 대 청소년이 가게에서 물건을 훔치다가 들키면 이런 기분이겠구나. 거울에 비친 내 모습을 흘끗 보고 이렇게 속삭였다.

"뭐 하는 거니?"

일주일 뒤에 나는 우편으로 소포를 받았다. 거기에는 향기로운 마사지 로션, 화려한 색깔의 손톱 다듬는 줄, 고급 음식, 그리고 갖가지 매력적인 물건을 포함해 여자들이 좋아할 만한 다양한 종류의 작은 장신구들이 들어 있었다. 선물과 함께 또 다른 사랑 편지도 들어 있었다. 나는 편지를 읽으며 죄책감이 들었다. 내 겉가죽 속에 살고 있는 이 낯선 여자를 이해할 수 없었다. 왜 아직도 이 남자와 연락을 하고 있지? 나는 그 이유를 알았다. 이 남자는 나를 기분 좋게 해 주니까. 배가 부두에 돌아왔는데도 나는 내리기를 거부하고 유람선에 타고 있었다. 나는 죄책감을 떨쳐 버리고 앞으로 캐나다인을 볼 일은 없으니 그렇게 기분 전환을 하는 것도 손해 볼 게 없다고 나 자신에게 말했다.

야영장에서 일을 시작한 지 한 달쯤 되었을 때였다. 이웃 포도밭에서 새들과 다른 생물들을 포도나무에서 쫓아내려고 동물 퇴치용 폭죽을 터뜨리기 시작했다. 폭발이 쉴 새 없이 일어났고, 라일리는 그 소리에 겁을 먹었다. 라일리는 천둥과 불꽃놀이를 비롯해 뭐든 큰 소리가 나면 늘 무서워하는 녀석이었다. 소리가 너무 심해져서 라일리는 캠핑카 밖에 나가서 용변을 보려고 하지 않았다. 나는 일을 하다가 쉬는 시간에 캠핑카에 들러서 라일리를 밖으로 데리고 나가 재빨리 산책을 시키곤 했다. 하지만 이제 라일리는 밖으로 나가려고 하지 않았다. 나는 라일리를 안고 밖에 나가서 녀석이 소변을 볼 때까지 기다려야 했다. 라일리가 너무 가여웠다. 신디의 개는 늙고 귀가 어두워서 다행히 소음 때문에 힘들어하지 않았다.

나는 RV 공원의 관리인과 이야기를 나누며 내 문제를 설명했다. 관리인은 포도원 주인에게 폭죽을 그만 터트릴 수 있는지 물어보겠다고 했지만 아무 소용이 없었다. 어느 날 쉬는 시간에 캠핑카에 가보니 피가 섞인 설사 똥이 차 안에 있었다. 라일리는 집이나 캠핑카 안에서 똥을 누는 일이 결코 없었으므로 심각한 상황이었다. 나는 라일리를 수의사에게 데리고 갔고 스트레스로 인한 궤양성 대장염이란 진단을 받았다. 수의사가 권하는 치료법과 몇 가지 약을 써 보았지만, 별로 도움이 되지 않는 것 같았다. 우리는 떠나야 했다.

나는 RV 공원 관리인에게 이제 가야겠다고 말하고 그곳을 떠났다. 신디를 비롯해 거기서 사귄 다른 친구들에게 작별 인사를 하려니 서운했다. 하지만 라일리를 위해서는 어쩔 수 없었다. 끊이지 않던 폭죽 소리를 며칠 동안 듣지 않자 라일리는 회복하기 시작했다. 우리는 캐미를 만나러 베이 에어리어로 차를 몰았고 그곳에서 한 달 이상 지냈다. 나는 라일리가 7월

4일 독립기념일 행사에서 어떤 반응을 보일지 약간 불안했다. 대개 불꽃놀이를 많이 하기 때문이었다. 다행히 인근에서는 불꽃놀이를 전혀 하지 않았다. 덕분에 라일리는 스트레스를 받거나 겁을 먹지도 않고 저녁 시간을 잘 보냈다.

독립기념일은 독립과 자유에 대해 생각하기 딱 좋은 날이었다. 구체적으로는 나의 독립과 자유에 대해. 캐미가 태어난 이후 처음으로 지난 10개월 동안 나는 빚이 한 푼도 없었다. 그보다 훨씬 더 좋은 점은 정규직이라는 평생직장의 고용 노예가 된 기분에서 벗어났다는 것이었다. 빚도 없고 직장에 매여 있지도 않아서 선택의 폭이 아주 넓어졌고, 선택이라는 꽃다발을 한 아름 안고 있으니 정말 자유로운 기분이었다. 게다가 바퀴가 달린 작은 집까지 있으니 언제 어디든 원하는 대로 여행할 수 있고, 마음이 내키면 차를 멈추고 머물 수도 있었다. 이것은 완전한 자유였고 정말 축하할 일이었다.

미국 문화는 가장 좋은 집, 자동차, 기계제품, 온갖 장신구를 소유해야 한다고 유혹하며 우리에게 소비를 부추긴다. 하지만 우리는 최우수 신제품에 대한 이런 채울 수 없는 갈증이 우리를 노예로 만들고 결국 어떤 선택도 할 수 없는 지경에 이르게 한다는 것을 깨닫지 못한다. 나는 내 집과 대부분의 소유물을 포기하면 얼마나 자유로워지는지, 그것이 없으면 얼마나 홀가분해지는지 알게 되었다. 여행을 하면서 살아가는 내 방식이 모든 사람에게 맞는 것은 아니었다. 그러나 그런 생활 방식은 분명 내 인생의 이 특별한 시기에 내게 딱 맞았다. 언젠가는 그런 생각이 바뀔 수도 있고, 결국 정착하고 싶은 마음이 들 수도 있겠지만, 아직은 아니다. 나는 정말 내 삶을 사랑하고 매일 이런 모험을 할 수 있다는 사실에 감사했다. 내 인생을 통틀어 이때만큼 독립심과 자유로움을 느낀 적이 없었고, 그 기분은 정말 짜릿했다. 그 무렵 나는 이메일을 또 받았다.

아직 끝나지 않은 관계

|

2007년 6월

절대 과거로 돌아가지 마라. 그건 위험하다.
— 로버트 레드포드*

　나는 이메일에서 캐나다인의 이름을 볼 때마다 젤리처럼 말랑말랑해졌다. 그리고 캐나다인이 보내는 장문의 연애편지를 손꼽아 기다렸다. 그런 사실을 캐나다인이 알까 궁금했다. 캐나다인이 자신의 이메일이 나에게 얼마나 많은 영향을 끼치는

---

* 미국의 영화배우이자 영화감독, 제작자_옮긴이

지 아는 걸 나는 원하지 않았다. 나는 캐나다인처럼 감상적이고 세심한 남자를 본 적이 없었다. 그것은 사람을 취하게 했다. 나는 강해지고 싶었고 캐나다인과 연락을 끊고 싶었다. 하지만 캐나다인이 이메일을 보낼 때마다 내 마음은 조금씩 무너졌고 그를 외면하자는 결심은 점점 더 약해졌다. 나는 캐나다인이 끔찍한 고백을 하기 전까지 우리가 함께 했던 시간과 그가 내 기분을 어떻게 해 주었는지 계속 되뇌었다. 나는 그 고백을 마음속에서 밀어냈다. 연애를 하고 싶은 욕구를 떨칠 수 없을 것 같았다. 죄책감과 즐거움이 뒤범벅된 혼란스런 감정을 느끼며 나는 계속 캐나다인의 이메일을 열어 보고 답장을 보냈다.

나는 그런 내 행동을 이해할 수 없었다. 이 남자와 계속 연락을 함으로써 나 자신과 나의 모든 신조를 배신하는 듯한 기분이 들었다. 내가 왜 사랑에 빠진 멍청한 여학생처럼 굴고 있지? 왜 계속 그 남자에게 휘둘리는 거야? 나는 생각만큼 자유롭고 독립적이지 않구나. 이 마지막 생각에 기분이 우울해졌다. 그건 이메일에 불과하니 문제될 게 없다고 나 자신을 위로했다.

캐나다인과 이메일을 주고받는 횟수는 점점 늘었다. 그의 이메일은 더 길어지고 사랑과 감사의 단어로 더욱 가득했다. 나는 내가 방문했던 장소들에 대해 캐나다인에게 말하며 친절하게 답장을 썼다. 우리는 여행과 자연에 대한 사랑을 나누었고, 때로는 캐나다인도 나만큼 내 경험에 관심을 갖는 것 같았다.

한편 나는 여행을 계속할 수 있도록 다른 아르바이트를 구해야 했다. 한 달 전에 야영장에서 일할 수 있는 흥미로운 기회를 알게 되었다. RV 클럽 가운데 한 곳이 회원들을 위한 월간 잡지를 발행했는데 그런 잡지에서 항공사진 회사의 판매원이 쓴 기사를 읽었다.

기사에서 그 판매원은 어떻게 RV를 타고 여행하며 항공사진을 팔 수 있었는지 설명했다. 나는 그 내용을 읽고 흥미가 생겨서 판매원에게 이메일을 보내 그 일에 대해 물어보았다. 판매원은 답장을 보내 일의 진행 방식에 대해 설명했다. 그리고 워싱턴의 영업부장인 제이크에게 전화를 걸어 자세히 알아보라고 권했다. 그러면서 나에 대해 제이크에게 일러두겠다고 말했다. 나는 제이크에게 이메일을 보낼 생각에 바빠졌다. 2주 뒤에 제이크로부터 이메일을 받았고, 제이크는 전화를 해 달라고 제안했다. 우리는 전화로 인터뷰를 했고, 제이크는 내게 한번 해 보라고 권했다.

그 회사는 나파 밸리에서 찍은 항공사진 몇 장을 내게 보냈다. 나파 밸리는 내가 머물고 있는 베이 에어리어에서 두 시간도 안 걸리는 곳이었다. 사진 꾸러미를 열었을 때, 나는 엽서처럼 완벽한 사진을 보고 행운을 만난 것 같아서 믿을 수가 없었다. 대부분 포도밭과 나파 밸리의 멋진 풍경으로 에워싸인 거대하고 아름다운 집들을 찍은 사진이었다.

나파 밸리는 캘리포니아에서 가장 유명한 와인 생산 지역이었다. 전 세계의 사람들이 이곳에 와서 아름다운 포도밭을 보고, 시음실에서 제공되는 많은 와인을 시음했다. 세인트헬레나 산은 사방이 무성한 포도나무로 장식된 계곡의 북쪽 끝에 자리해 있었다. 나는 나파에서 작은 야영장을 찾았고 다행히 야영지를 구했다. 나는 약 일주일 동안 수십 군데의 포도밭을 다니고 집집마다 방문하며 이 아름다운 사유지의 주인들을 만나러 다녔다. 나는 전형적인 붙임성 좋은 판매원은 아니지만 사진을 꽤 잘 팔았다. 무엇보다도 나는 그 일이 재미있었다. 나는 주민들과 만나서 대화하는 것이 즐거웠고, 그들은 대부분 친절하고 좋은 사람들이었다. 나는 정해진 보수를 받았다. 나파에서처럼 판매가 잘 되면 아르바이트에 맞먹는 적당한 보너스도 받을 수 있었다. 사진이 너무 예뻐서 안 팔릴 수가 없었다.

제이크는 내게 계속 일을 하라고 권했고, 나는 그러기로 했다. 나는 미네소타에 있는 가족을 보러 갈 계획이었다. 그러자 제이크는 미네소타 남부의 사진이 몇 장 있으니 가족을 만나고 나서 팔면 된다고 말했다. 나는 미네소타에 한 달 정도 머물 계획을 세우고 떠날 준비를 했다. 캐나다인에게 보내는 다음 이메일에서 나는 내 계획에 대해 언급했다.

"미네소타에 가족을 만나러 가요. 가족과 바운더리 워터스 카누 에어리어에 갈 거예요."

나는 이렇게 적었다. 가족과 함께 하는 이 시간을 얼마나 고대하는지, 그리고 우리가 바운더리 워터스에 가는 건 이번이 처음이라고 캐나다인에게 말했다.

"거기서 멀지 않은 곳에 흑곰 보호구역이 있는데, 거기도 가볼 예정이에요."

다음 날 이메일의 편지함에 캐나다인의 답장이 와 있었다. 그의 이름을 보는 것만으로도 마음이 설레서 얼굴이 붉어졌다. 이제 나는 좋아하면 안 되는 줄 알면서도 좋아한다는 표현이 무슨 뜻인지 알 것 같았다.

"어떻게 이런 우연이 있죠? 나는 그맘때 친구들을 만나러 선더베이(캐나다 온타리오 주 남서부에 있는 도시_옮긴이)에 갈 거예요. 거긴 바운더리 워터스 지역에서 불과 몇 시간 거리예요. 우리는 서로 아주 가까운 곳에 있게 될 거예요. 아무래도 운명인가 봐요. 아, 벨라, 내가 거기 가서 당신을 만나도 될까요?"

캐나다인은 이렇게 적었다.

그 질문을 멀거니 보고 있으니 가슴이 콩닥콩닥 뛰었다. 나는 캐나다인을 다시 만날 계획이 없었다. 그래서 이메일을 주고받아도 문제될 게 없다고 생각했다. 하지만 캐나다인을 다시 만난다면 완전히 다른 얘기가 될 터였다. 의자에 앉아 있던 나는 엉덩이를 들썩였다.

거절하는 것이 마땅했다. 예전에는 유부남을 사귀는 여자들을 도무지 이해할 수 없었다. 그런 여자들을 한심한 바보들로 여겼다. 물론 내가 캐나다인을 처음 만났을 때는 그가 유부남인지 몰랐지만 이제는 알고 있었다. 그런데도 나는 그의 요구를 받아들일지 말지 생각하고 있었다. 캐나다인이 내게 자신의 결혼 여부에 대해 거짓말을 하기는 했지만, 나는 여전히 그의 말이 사실이라고 믿고 싶었다. 아내와 몇 년 동안 각자 생활하고 있다는 캐나다인의 말을 믿고 싶었다. 그게 이혼한 거나 마찬가지잖아, 안 그래?

나는 모든 사람들과의 관계 속에서 정직하고 성실하게 행동하고 옳은 일을 하기 위해 노력하며 평생을 살아왔다. 나 자신의 바람과 욕망은 종종 뒷전으로 미루고 부모님, 내 딸, 그동안 만난 남자들을 포함해 다른 사람들을 기쁘게 하려 하고 배려했다. 하지만 이번에는 이기적인 사람이 되어 이 낭만적인 환상에 빠져들고 싶었다. 그건 단지 환상일 뿐이라고 내 양심이 속삭였는데도 말이다.

나는 양심과 죄의식을 밀어내고 타이핑했다.

"그래요."

24

바운더리 워터스

2007년 7월~8월

나이가 들수록 시골에서 보낸 어린 시절이 소중하게 느껴진다.
— 바버라 킹솔버[*]

　이번에도 미네소타 주 남부의 옥수수밭과 대초원이 북부의
우거진 숲과 그림 같은 호수 풍경에 자리를 내주었다. 그러자
내 가족, 내가 성장한 곳을 본다는 기대에 마음이 들뜨고 편해
지는 익숙한 기분에 젖어들었다. 부모님은 내가 초등학교 1학

[*] 미국의 소설가이자 수필가_옮긴이

년 때부터 같은 집에 살았다. 그래서 그 집을 보면 언제나 이런 저런 어린 시절의 추억이 떠오르면서 묘한 기분에 휩싸였다.

부모님의 집은 2,000평 가까운 땅에 자리해 있었고, 그중 절 반 정도는 나무가 우거져 있었다. 집에는 작은 침실이 네 개 있 고, 2층 침실 두 개에는 지붕창이 있었다. 거의 바닥에서 천장 에 이르는 높은 창문이 집의 세 벽면을 차지했다. 식당과 거실 에 퇴창이 있고, 어느 방향을 보아도 나무들이 있었다. 언니 들, 오빠, 이웃 아이들과 숲에서 놀았던 기억이 생생하다. 이따 금씩 우리는 우리 집 땅과 인접한 마그누손 집안의 땅으로 멀 리 걸어가기도 했다. 그곳에는 소와 헛간이 있는 농장이 있고, 간혹 새끼 고양이들이 있었다. 우리는 부모님에게 새끼 고양이 한 마리만 키우게 해 달라고 몇 번 떼를 썼지만, 부모님은 딱 잘라 거절했다. 그 집안의 땅 가장자리에 거대한 떡갈나무가 있었다. 그 나무에는 굵은 밧줄이 걸려 있고 그 밑에 커다란 매듭이 지어져 있었다. 우리는 번갈아 작은 언덕을 내리달려 그 매듭 위로 깡충 뛰어올랐다. 그런 다음 밧줄에 매달려 하늘 을 날아오르는 새들처럼 앞뒤로 포물선을 그렸다.

미네소타 주의 그 지역에는 곰이 있고, 가끔 늑대도 나타 났다. 하지만 그 동물들은 어떻게든 사람들을 피해 다녔다. 그 래서 우리는 어린 시절에 곰과 늑대를 마주친 적이 없었다. 우리는 도로에서 놀기도 했지만 사람들의 통행이 별로 없었다. 1960년대와 70년대에 적어도 미네소타 시골에서는 부모들이 자신의 아이들이 유괴되거나 무슨 일이 생길까 봐 계속 지켜봐야 할 걱정은 하지 않았다. 우리 집에서는 승용차나 현관문을 잠그지 않았다. 다만 밤에는 엄마가 어떤 이상한 이유로 현관문을 잠갔다. 부모님은 내가 여덟 살 때부터 일을 하셨다. 그래서 우리는 독립적으로 알아서 생활하는 법을 배워갔다. 물론 옆집에 사는 이웃 사람이 우리를 살펴보기는 했다.

미네소타 북부의 겨울은 힘들었다. 기온이 종종 영하로 떨어지고 밤새 눈보라가 몰아쳐 눈을 잔뜩 퍼부었다. 어느 해에는 눈이 너무 많이 와서 눈더미가 이웃집 차고 벽면의 중간까지 쌓였다. 우리는 사다리를 타고 지붕 위로 올라간 다음 아래에 있는 눈더미로 뛰어내려 눈이 푹 들어가는 것을 보며 깔깔거리고 웃었다. 또 어떤 해에는 밤새 눈보라가 몰아쳐 현관문에 눈이 아주 높이 쌓였다. 그래서 우리는 아침에 창문 밖으로 뛰어내려 학교 버스를 탔다. 눈 때문에 휴교하는 경우는 드물었다.

우리 가족에게 가장 불편했던 점은 겨울 동안 우물물이 바닥나는 것이었다. 그런 경우에는 도로 위로 1킬로미터 정도 떨어진 곳에 있는 피압정(지하수가 지층의 압력에 의해 저절로 솟아나오는 샘_옮긴이)에 자주 가야 했다. 그곳은 파이프에서 물이 쉴 새 없이 쏟아져 나와 땅에 있는 배수구로 들어갔다. 우리는 물 항아리를 채워서 목욕과 요리에 쓸 물과 마실 물을 마련했다. 나는 피압정 물이 모두 그냥 버려지는 게 안타까웠다. 1킬로미터가량만 올라가도 물이 그렇게 풍부한데 왜 우리 집에는 물이 부족한지 이해할 수 없었다. 아빠는 우리 집이 바위 위에 지어졌다고 설명했다. 그 말은 곧 우리 집 밑에 있는 수원(水源)으로 가려면 바위를 한참 뚫어야 한다는 뜻이었다. 구멍을 깊게 뚫으려면 비용이 많이 들었다.

몇 년 후, 우리들이 모두 제 갈 길을 찾아 떠난 뒤에 부모님은 마침내 두 번째 우물을 뚫을 수 있는 형편이 되었다. 이 우물은 우리가 사용하던 우물보다 훨씬 깊어서 물이 고갈될 염려가 없었다. 혹독하게 추운 겨울에 물을 길러 다녔던 일 덕분에 수도꼭지를 틀면 물이 나오는 것이 얼마나 감사한 일인지, 추운 겨울에 뜨거운 물로 한참 샤워를 하는 것이 얼마나 큰 호사인지 나는 잘 알았다.

기온이 영하 7도로 내려가는 경우도 종종 있었다. 차가운 바람까지 불면 체감온도가 그 두세 배로 떨어졌다. 그 당시에는 차고가 없어서 내가 십 대에 운전을 하던 시절에는 기온이 영하로 내려가는 밤이면 내 차의 탱크 히터에 전원을 연결해야 했다. 다음 날 아침에 차 시동이 걸릴 수 있게 하기 위해서였다. 이따금씩 아침이면 도로에 쌓인 눈을 치우기 위해 제설차가 지나가곤 했다. 우리는 외출을 하려면 진입로에 쌓인 눈을 삽으로 떠내야 했다.

나는 아이스 스케이트 타는 것을 좋아했다. 집에서 1킬로미터 정도 떨어진 곳에 야외 스케이트장이 있었다. 아빠가 퇴근하고 집에 오는 날 밤이면 아빠에게 스케이트장까지 태워달라고 조르곤 했다. 어느 해에는 밖에서 스케이트를 너무 오래 타서 뺨에 동상이 걸릴 뻔했다. 돈과 물이 부족한 미네소타의 겨울을 보내며 성장하는 건 힘겨운 삶이었다. 그래도 우리는 재미있게 놀거리를 찾아냈다. 그때 뿌린 씨앗들이 자라나 나는 근면하고 독립적이며 모험심이 강한 어른으로 성장했다.

한참 그런 기억에 젖어 있을 때 부모님 집의 진입로에 들어섰다. 부모님은 차고를 세우는 등 몇 년 동안 집을 보수했지만 집은 어릴 때의 기억보다 항상 더 작고 낡아 보였다.

내가 어린 시절을 보낸 집의 진입로에 캠핑카를 끌고 들어오자 아빠가 나와서 인사를 했다.

"왔구나, 왔어!"

아빠는 나를 얼싸안으며 외쳤다.

"아빠, 잘 지내셨어요? 이렇게 뵈니까 좋네요."

"온종일 네가 오기를 기다렸어. 내가 도와줄 테니 캠핑카를 주차하렴."

아빠는 평소처럼 운전에 관한 일이라면 뭐든 적극적으로 나섰다.

엄마는 함박웃음을 지으며 나를 따뜻하게 안아 주었다.

"네가 와서 정말 기쁘구나."

엄마가 내 손을 꽉 쥐며 말했다.

"엄마, 여기에 오니 정말 좋아요."

아빠가 도와 준 덕택에 나는 한쪽에 있는 우물이나 다른 쪽에 있는 차고에 부딪히지 않고 캠핑카를 레벨링 블록 위에 세워 두었다.

애초에 내 계획은 부모님 집에서 2주일을 보내고, 그런 다음 여동생 부부와 함께 바운더리 워터스로 여행을 하는 것이었다. 그런데 캐나다인을 만나기로 했기 때문에 가족들에게 먼저 가 있겠다고 말했다. 캐나다인과 며칠을 보내기 위해서였다. 가족들이 도착하면 가족들을 만날 생각이었다.

바운더리 워터스 카누 에어리어는 미네소타 주의 북동쪽 구석에 있었다. 이상하게도 우리 가족은 덜루스에서 오랫동안 살면서도 아무도 그곳에 간 적이 없었다. 차를 타고 슈피리어 호수의 북쪽 기슭을 따라 줄곧 캐나다까지 올라간 적은 있었지만 바운더리 워터스에는 가지 않았다. 자연 그대로의 모습을 간직한 이 황야 지역은 2,700킬로미터 이상의 면적이었다. 그리고 낚시와 카누, 카약 마니아들에게 인기 있는 호수가 많았다. 우리가 살고 있는 곳에서 불과 두 시간 거리였다. 나는 어른이 되어 자연의 아름다움에 크게 눈을 떴고, 그래서 바운더리 워터스가 몹시 보고 싶었다. 가족과 함께 해서 더욱 특별할 것 같았다.

캐나다인과 나는 언제 어디서 만날 것인지 세부 사항을 정했다. 나는 캠핑카를 주차할 수 있는 야영장을 찾았다. 우리의 계획대로 며칠을 보낼 수 있도록 예약을 했다. 북쪽으로 차를 몰면서 우리가 더 많은 시간을 함께 보낸다는 생각에 기대감으로 들떴다. 나는 죄의식을 밀어냈다. 대신 우리가 바하에서 함께 했던 열정과 낭만을 떠올리기로 했다. 늦은 오후에 캐나다인이 야영장에 도착하기를 기다리는 동안 초조한 마음이 들었다. 하지만 캐나다인을 보자마자 그런 기분은 사라졌다.

"아, 하이디. 당신의 아름다운 미소를 보니 너무 기뻐요. 만나줘서 고마워요."

캐나다인이 나를 안으며 말했다.

우리는 캐나다인이 가져온 맛있는 수제 와인 한 병을 마시며 다시 친숙해졌다. 캐나다인은 특유의 온화하고 다정한 태도와 넘치는 재치로 금세 나를 편안하게 해 주었다. 나를 느긋하고 편하고 행복하게 해 주려고 매우 신경을 쓰는 것 같았다. 우리는 손을 잡고 야영장을 산책했다. 캐나다인은 두어 번 걸음을 멈추어 나를 품에 안고 부드럽게 키스했다.

"바하에서 돌아온 뒤로 당신 생각이 머리에서 떠나질 않았어요. 다시 당신과 함께 할 수 있어서 너무 기뻐요."

캐나다인이 다정하게 말했다.

"나도 만나서 기뻐요."

내가 대답했다. 그건 사실이었다. 나는 앞으로 어떻게 될지 아무 생각도 하지 않고 그 순간에 푹 빠져 있었다. 바하에서 그랬던 것처럼 앞으로 며칠 동안 낭만적이고 열정적인 시간을 보내기를 바랄 뿐이었다.

미네소타 북부의 많은 호수에서는 와일드라이스(북아메리카 북부 습지에서 자생하는 벼과에 속하는 식물_옮긴이)가 많이 생산되고 인기 있는 식재료이다. 그날 우리는 닭고기와 와일드라이스 수프를 요리하고 간단한 수프와 샐러드, 빵으로 식사를 했다. 그런 다음 내가 청소를 하는 동안 캐나다인은 라일리를 데리고 산책을 했다. 캐나다인이 돌아왔을 때, 우리는 와인 한 잔을 마시며 긴장을 풀었다. 이번에도 캐나다인은 자신의 나라에서 세심하게 준비해 온 선물을 내게 주었다. 나는 사랑을 듬뿍받으며 연애하는 기분이 들었다. 밤이 깊어가자 캐나다인은 나를 침실로 이끌었고, 그곳에서 우리가 바하에서 경험했던 열정이 다시 불붙었다. 캐나다인이 나를 품에 안고 머리를 쓰다듬을 때, 라디오에서 노래가 흘러나왔다. 한 남녀가 함께 도망치는 내용에 관한 노래였다.

"바깥 세계는 잊고 여기서 영원히 지낼 수 있으면 좋겠어요."

캐나다인이 말했다.

감미로운 말이었다. 하지만 그 말은 캐나다인에게 또 다른 삶이 있다는 사실, 즉 그가 유부남이라는 사실과 내가 불륜을 저지른 죄인이라는 것을 뼈저리게 상기시켜 주었다. 나는 곧 껄끄러운 대화를 나누게 될 것임을 알았지만, 아직은 생각하고 싶지 않았다.

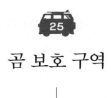

곰 보호 구역

2007년 8월

야생 동물과 황야의 존속은 인간의 삶의 질에 중요한 역할을 한다.
— 짐 파울러*

다음 날 아침, 캐나다인은 일찍 일어났다.

"푹 자요. 라일리를 데리고 산책 갔다 올게요."

캐나다인이 내 귀에 대고 속삭였다.

캐나다인과 라일리가 산책하는 동안 나는 늦잠을 자는 호

---

* 동물학자이자 에미상을 받은 텔레비전 프로그램 〈Mutual of Omaha's Wild Kingdom〉의 진
행자_옮긴이

사를 누렸다. 우리는 샤워를 하고 아침을 먹은 후, 빈스 슈트 야생동물 보호구역을 방문하기 위해 오르 마을로 향했다.

빈스 슈트 야생동물 보호구역은 미네소타 최북단의 깊은 숲속에 있는 5킬로미터의 땅이었다. 여기서 야생 흑곰들은 어슬렁어슬렁 걸어 다니며 견과류, 딸기류, 그리고 식성에 맞는 자연 열매를 먹었다. 그 지역은 울타리는커녕 막아놓은 곳이 전혀 없었다. 목재로 만든 높은 전망대가 있어서 곰들이 왔다 갔다 하면서 먹고, 나무에 오르고, 가끔 서로 상호작용하는 모습을 안전하게 지켜볼 수 있었다. 전망대에는 자원봉사자들이 있어서 이 흥미로운 동물에 대한 설명을 들을 수도 있었다.

곰들은 자신들이 이 지역에 있으면 안전하고, 보호구역 밖에 있는 곰들에게 흔히 일어나는 것처럼 사람들에게 괴롭힘을 당하거나 총에 맞지 않는다는 것을 아는 듯했다. 그렇기 때문에 수십 마리의 곰들이 편하게 식사를 하려고 드나들며 모여 있는 모습을 볼 수 있었다. 하루에 볼 수 있는 곰의 수는 매일 달랐다. 그건 숲에 먹을 것이 얼마나 있는가와 같은 여러 요인에 달려 있었다.

야생에서 동물을 보면 항상 짜릿한 기분을 느끼게 되는데, 우리는 그날 운이 아주 좋았다. 우리는 그곳에 있는 동안 곰을 40마리도 넘게 보았다. 커다란 수컷 곰들이 전망대 아래를 어기적거리며 중앙 무대를 차지하고 있었다. 곰 한 마리는 발이 하나 없었는데, 덫에 걸린 적이 있는 모양이었다. 먹이를 놓는 지점들 사이사이에 자주 다녀서 생긴 길이 있었다. 자원봉사자들은 그 길을 조심조심 걸으며 먹이를 주었다. 그러다 곰들과 매우 가까이 있을 때가 종종 있었다. 자원봉사자들도 곰들도 개의치 않는 것 같았다. 만약에 내가 이렇게 크고 위험할 수도 있는 동물들과 그렇게 가까이 있었다면 긴장했을 터였다. 곰들의 먹이를 내오는 접시는 나무 그루터기, 통나무, 속이 빈 나무토막이었다. 자원봉사자들은 산딸기류, 견과류, 과일, 씨앗이 담긴 큰 양동이를 들고 다니며 한 국자씩 분배했다.

암컷 곰들은 이따금씩 새끼들과 함께 왔다. 새끼들은 대개 나무를 날쌔게 타고 곧바로 올라가 버렸다. 한 자원봉사자가 암컷 곰들이 먹이를 먹는 동안 안전하게 있도록 새끼들을 나무 위로 보낸다고 설명했다. 나뭇가지 위에 있는 새끼들은 보통 전망대 눈높이에 있었고, 그래서 멋진 사진을 찍을 수 있었다.

나는 연신 싱글벙글대며 쉴 새 없이 카메라 셔터를 누르고 곰들을 전부 찍었다. 미네소타 북부의 숲에서 자랐지만 이렇게 가까이서, 이렇게 많은 수의 곰을 본 적은 분명 없었다. 나는 캐나다인과 이런 경험을 하게 되어 기뻤고, 그도 나만큼 기뻐

했다. 우리는 한참 곰들을 구경하며 즐거운 시간을 보냈다. 캐나다인은 계속 나를 웃게 했고, 나는 캐나다인과 함께 있으니 자신감이 생기고 편안했다. 캐나다인은 나를 기쁘게 하고 내가 즐거워하는지 확인하느라 늘 신경을 쓰는 것 같았다. 나는 한 번도 남자의 살뜰한 보살핌을 받아본 적이 없어서 그것은 뿌리치기 힘든 유혹이었다. 캐나다인이 우리 관계를 통해 무엇을 얻었는지 궁금했지만, 생각해 보니 이해할 것 같았다. 나는 캐나다인을 불행한 결혼생활에서 벗어나게 해 주었다. 그래서 캐나다인은 여러 다른 곳으로 나를 만나러 왔다. 우리는 신선한 풍경과 경험을 함께 할 수 있었다. 거기에는 항상 새롭고 흥미로운 것이 있었다.

다음 날 아침, 캐나다인이 입맞춤으로 나를 깨웠다.

"오늘 당신한테 줄 깜짝 선물이 있어요. 아마 두어 시간 걸릴 거예요. 괜찮겠어요?"

"그럼요, 어떤 선물인데요?"

내가 말했다.

"두고 보면 알아요."

캐나다인은 음흉한 표정으로 놀렸다. 우리는 승용차에 탔고 캐나다인은 작은 비행기 몇 대가 듬성듬성 있는, 오르에 있는 시립 공항으로 차를 몰았다. 그러더니 나에게 고개를 돌려 말했다.

"저 비행기 타 보고 싶지 않아요?"

캐나다인이 4인승 비행기를 가리켰다.

"타고 싶어요! 저렇게 작은 비행기는 타 본 적이 없어요."

오십 대 후반으로 보이는 한 남자가 우리를 향해 걸어오고 있었다. 우리는 조종사 마이크를 만나러 갔다.

"하이디, 당신은 마이크와 앞자리에 앉아요. 그러면 더 잘 보여요. 나는 당신 뒤에 앉을게요."

몇 분 후 비행기는 활주로를 따라 속도를 내기 시작하더니 바로 공중으로 날아올랐다. 넓고 파란 하늘에 올라 밑을 내려다보니 호수가 많은 이 아름다운 지역의 풍경이 펼쳐졌다. 초록색 카펫에 반짝이는 푸른 물웅덩이가 후하게 박혀 있었다. 갑자기 캐나다인이 좌석 너머로 손을 뻗어 내 손을 잡았다. 순간 나는 캐나다인이 왜 이런 시간을 마련했는지 알았다. 그것은 영화 〈아웃 오브 아프리카〉에 나오는 비행기 장면과 비슷했다. 낭만적인 캐나다인은 그 장면을 재현하고 있었다. 나는 뭔가 부드럽고 사랑스런 덩굴손이 내 심장을 휘감는 것을 느꼈다.

우리는 함께 하는 마지막 날에 숲이 우거진 지역으로 차를 타고 갔다. 강가에 있는 시골스런 식당에서 저녁을 먹었다. 음식은 소박했지만 맛있었고, 우리의 얘깃거리는 끊이지 않았다. 차를 몰고 캠핑카로 돌아가는 길에는 후회라는 주제에 대해 이야기를 나누었다.

"후회할 일이 거의 없어요. 결혼 생활이 아주 짧기는 했지만, 전남편과 결혼한 걸 후회하진 않아요. 덕분에 멋진 딸을 두었으니까요. 정말 후회되는 일은 고등학교 졸업 후 1년 있다가 대학에 가기로 한 거예요. 고등학교를 졸업하고 정규직으로 일을 하지 않고 바로 대학에 갔더라면 4년 만에 학위를 받았을 텐데. 그랬으면 선망하던 대학 생활을 아주 열심히 했을 거예요. 왜냐하면 그때 일주일에 40시간 일하고 대학 수업은 일부만 들었거든요."

내가 말했다.

"나는 후회할 일이 많아요. 가장 크게 후회되는 건 아이를 포기하고 입양을 보낸 일이에요. 결혼하기 전에 아내가 임신을 했어요. 우리는 어렸고, 둘 다 아직 부모가 될 준비가 되지 않았어요. 그래서 아기를 포기하고 입양을 보내기로 결정했어요. 나중에 우리가 아이를 가질 준비가 되었다고 결론을 내렸을 때는 아내가 임신을 할 수 없었어요."

캐나다인이 말했다.

"우리는 아들을 포기하기로 한 결정을 정말 후회하고 아들과 연락을 하고 싶었어요. 아들이 요청해야만 연락을 할 수 있다더군요. 아들은 한 번도 요청을 하지 않았어요. 우리에게 다른 아이들은 없었는데, 나는 그 점이 무척 슬퍼요."

나는 이 기억이 아직도 캐나다인에게 고통을 준다는 사실을 알 수 있었다. 우리가 서로 안 지 정말 얼마 되지도 않았는데 그가 나에게 그런 이야기를 털어놓으려고 마음먹었다는 사실에 내 마음이 누그러졌다. 캐나다인은 내 손을 잡고 덧붙여 말했다.

"하지만 당신과 함께 한 시간은 결코 후회하지 않을 거예요."

나는 미소를 지으며 캐나다인의 손을 꼭 쥐었다. 하지만 그와 엮이게 된 걸 후회할 것이라는 생각이 드는 건 어쩔 수 없었다. 그나마 내게 남은 현실적이고 상식적인 이성이 내가 십중팔구 후회하게 될 것이라고 내게 말했다. 유부남과 관계를 맺어서 좋은 일이 생길 수가 없었다. 이것은 큰 잘못이었고, 그래서 그의 아내를 생각할 때마다 죄책감에 휩싸였다. 만약 캐나다인이 거짓말을 하고 있고 그의 아내가 여전히 그를 사랑한다면 어쩌지? 만약 캐나다인이 아직도 아내를 사랑하면 어떡하지? 이런 잘못된 관계에 빠져 있는데 기분은 왜 이렇게 좋은 걸까? 머릿속에서 상충되는 여러 생각과, 마음에서 요동치는 여러 감정 때문에 혼란스러웠다. 내 심장과 머리 중 어느 쪽을 믿어야 할까? 나는 이 부적절한 연애가 나에게 필요하다는 점 때문에 더더욱 심란했다. 이제 나는 강인하고 자신감 있고 자유로운 여자인데, 어쩌다 이렇게 됐지? 나는 달갑지 않은 생각들을 밀어냈다.

캠핑카로 돌아오자 캐나다인이 말했다.

"깜짝 선물이 또 있어요."

캐나다인은 짐에서 선물 가방을 꺼내 내게 열어 보라고 말했다. 가방 안에는 작은 벨벳 보석함이 들어 있었다. 나는 상자를 열고 헉 하고 놀랐다. 안에는 소박하지만 예쁜 다이아몬드 목걸이가 있었다.

"아름다워요. 하지만……."

내가 말했다.

캐나다인이 말을 끊었다.

"제발, 하이디, 사양하지 말아요. 당신이 이 목걸이를 하고 있어야 내 생각을 할 거 아니에요."

나는 캐나다인을 안고 키스를 하며 말했다.

"고마워요. 이렇게 좋은 선물은 처음 받아 봐요."

나는 목걸이를 걸었다. 피부에 맞닿은 목걸이가 반짝였다. 나는 내가 바보같이 굴고 있다는 것을 알았다. 그런데도 우물을 찾아낸 사막의 유목민처럼 연애 감정에서 헤어나오지 못했다.

다음 날 아침, 우리는 라일리를 데리고 손을 잡고 마지막으로 야영장을 산책했다. 분위기를 망치고 싶지는 않았지만, 그의 결혼 생활에 대한 이야기를 꺼낼 수밖에 없었다. 다행히 캐나다인이 먼저 말을 꺼냈다.

"결혼은 이미 오래전에 끝났다고 전에 말했죠. 그건 사실이에요. 우리는 편의상 이혼을 하지 않는 거예요."

캐나다인이 입을 열었다.

나는 아무 대꾸도 하지 않았다. 하지만 그 말이 이상하게 들렸다. 두 사람 모두 계속 결혼 상태를 유지함으로써 다른 사람을 만나 행복을 찾는 것을 막고 있었다. 그때 문득 한 가지 생각이 떠올랐다.

"다른 여자를 만나기도 했나요?"

내가 물었다.

캐나다인은 불편한 기색으로 잠시 아무 말도 하지 않았다.

"맞아요, 만났어요."

캐나다인이 인정했다.

나는 뒤통수를 한 대 얻어맞은 기분이었다. 이것이 캐나다인이 처음으로 한 외도, 즉 특별한 상황이라고 믿고 싶었다.

"언제요?"

나는 나직이 물었다.

"몇 년 전이었어요. 아내는 그 사실을 알게 되었고, 정말로 화를 냈어요. 나는 그 관계를 끝냈고, 우리가 결혼 생활을 다시 제대로 할 수 있을 거라고 생각했어요. 우리는 상담을 받기도 했지만 아내는 결코 화를 풀지 않았어요. 가끔 아내의 마음이 풀어질 때도 있지만 우리 사이는 데면데면해요."

"왜 결혼 상태를 유지하는 거죠?"

내가 물었다.

"우리는 결혼한 지 아주 오래됐어요. 헤어지고 싶지만 모든 걸 정리하려면 시간이 좀 걸려요."

그 말을 듣자 가슴이 철렁했다. 나는 캐나다인이 아내와 헤어지고 나서 우리가 행복하게 살 수 있는 방법을 어떻게든 찾을 것이라고 믿고 싶었다. 하지만 그렇지 않았다. 그럴 가능성은 상당히 희박했다. 그때 나는 앞으로 우리가 만나서는 안된다는 것을 알았다. 우리는 멋진 경험을 함께 했지만, 이 남자와는 미래가 보이지 않았다. 캐나다인이 가방을 챙겨서 차 트렁크에 넣을 때 나는 이 남자에 대한 감정을 정리하려 했다.

"도착하면 잘 왔다고 이메일을 보낼게요. 당신도 돌아가면 나한테 알려 주겠어요?"

캐나다인이 말했다.

나는 고개를 끄덕였다.

"그럴게요."

"여기 와서 당신과 함께 시간을 보내게 해 줘서 고마워요."

캐나다인은 그 말과 함께 내게 키스하고 차에 올라탔다.

나는 차를 몰고 떠나는 캐나다인을 지켜보면서 속삭였다.

"잘 가요."

나는 이 남자를 계속 만날 수 없다는 것, 그리고 만일 계속 만날 경우 결국 나만 상처를 받을 것이라는 것을 알았다. 하지만 내 안의 굶주린 낭만주의자는 이 로미오에게 푹 빠져 있었다. 캐나다인은 내가 사랑받고, 소중한 존재로 대우받고, 섹시하다는 기분을 느끼게 하려면 어떤 말과 행동을 해야 하는지 속속들이 아는 남자였다. 그토록 오랫동안 건조한 사막처럼 아무런 연애도 하지 않다가 갈증을 살짝 해소하는 것으로 기꺼이 만족하며 살아왔다. 이제 보니 연애와 그 안에 싸여 있는 열정이 내가 선택한 약이었고, 나는 그 약에 중독되어 있었다.

이 반갑지 않은 사실들을 서서히 깨닫고 나자 너무나 부끄러웠다. 자신감이 약해졌고, 내 삶에서 아주 새로운 행복을 찾은 이 시점에서 어떻게 나 자신에게 그런 행동을 할 수 있을까 하는 생각이 들었다. 분명 내 삶을 진정으로 되돌리려면 아직

해야 할 일이 좀 있었다.

나는 캐나다인에 대한 생각을 떨쳐내고 다가오는 가족 모임에 집중하려고 노력했다. 캠핑카로 출발할 준비를 하고 일리를 향해 차를 몰기 시작했다. 그곳에서 가족들을 만나기로 되어 있었다. 나는 나와 캐나다인 사이의 육체적, 감정적 거리가 멀어지는 것을 느꼈다. 차디찬 바람이 내 심장을 식혀 주었다.

우리 가족은 물 위에 있는 귀여운 오두막을 빌렸다. 우리는 느긋하게 쉬며 카드 게임을 하면서 웃고, 그 지역의 명소를 구경했다. 그저 함께 시간을 보내기도 했다. 우리는 국제 늑대 센터와 도로시 몰터 박물관을 방문했다. 그곳에서 미네소타 북부에서 살았던 강인한 주민들에 대해 알게 되었다. 도로시는 바운더리 워터스 카누 에어리어 황야의 마지막 주민이었다. 이렇게 외진 곳에서 미네소타 북부의 혹독한 겨울을 살아내려면 꽤 강인해야 했을 터였다. 배짱 두둑한 여자가 여기 또 한 명 있었다.

가족의 유대를 돈독히 하는 이 시간은 몇 년 후 나에게 더욱 의미를 갖게 되었다. 그때 아빠는 알츠하이머병 진단을 받았고 이제 이런 여행은 할 수 없게 되었다. 이 여행을 하는 동안에 병의 징후는 없었다. 우리는 더할 나위 없이 즐거운 시간을 함께 보냈다.

가족들은 빈스 슈트 야생동물 보호구역을 가보고 싶어 했다. 나도 그곳에 또 가는 것이 싫지 않았다. 우리는 차 두 대에 나눠 타고 오르로 돌아왔다. 내 차에 탄 아빠는 자신의 어린 시절이 어땠는지 말해 주었다.

"부모님은 매년 여름이면 친척들과 함께 지내라고 나를 멀리 보내곤 하셨어."

아빠가 말했다.

"왜 그러셨을까요?"

내가 물었다. 아빠의 가족이 가난했다는 건 알았다. 하지만 아빠가 친척 집에서 여름을 보낸 사실은 몰랐다.

"모르겠어. 아마 말썽을 못 피우게 하려고 그러셨나 봐."

나는 아빠가 십대 초반에 말썽을 부려서 얼마 동안 소년원에서 지내야 했다는 건 알고 있었다. 하지만 할아버지가 더 어린 나이의 아빠를 계속 먼 곳으로 보낸 사실은 몰랐다.

"아버지가 성질이 고약하셨어. 내가 문제를 일으키면 나를 때리곤 하셨지. 아버지가 처음으로 나를 껴안으며 사랑한다고 말씀하신 건 내가 집을 떠나 군대에 갈 때였어. 엄마는 나를 사랑한다고 말씀하신 적이 한 번도 없었지."

아빠가 말했다.

내 기억에 아빠가 어린 시절에 대해 내게 자세히 말한 건 이번이 처음이었다. 내가 성장할 때, 아빠는 집에 거의 없었다. 직장에 가거나 자동차 경주와 관련된 일로 외출하거나 친구들과 술집에 있곤 했다. 그래서 아빠와 친해지기가 힘들었다. 하지만 이번에 차를 같이 타고 가면서 아빠는 우리 사이에 있던 벽의 창문을 열어 내가 안을 들여다볼 수 있게 해 주었다. 나는 아빠가 어릴 때 견뎌야 했던 일에 대해 연민을 느꼈다. 이해와 용서의 씨앗이 쑥쑥 자라나는 것을 느꼈다. 우리 사이에 있던 감정적인 거리가 줄어들기 시작했고, 그래서 나는 굉장히 감사했다.

우리는 야생 동물 보호구역에 도착해 다른 차에 탄 가족들을 찾았다. 캐나다인과 봤을 때보다 곰이 훨씬 적었다. 40마리는커녕 기껏해야 20여 마리가 있었다. 이건 분명 곰들이 숲에서 이제 막 여문 헤이즐넛을 포식하고 있기 때문이었다. 사람들은 몇 마리 안 되는 곰을 보고도 모두 즐거워했다.

가족 여행은 너무 빨리 끝났고, 각자 제 갈 길을 갈 시간이 되었다. 나는 부모님의 집으로 돌아가 며칠 동안 지내다 다시 길을 떠났다. 부모님과 작별 인사를 할 때마다 헤어지기가 점점 더 힘들어지는 것 같았다. 부모님은 볼 때마다 흰 머리카락이 조금 더 많아지고 움직임이 둔해졌다. 마음 같아서는 부모님과 많은 시간을 보내고 싶었지만 뜻대로 되지 않았다. 이번에 집에 왔을 때는 아주 훈훈한 일이 있었던 터라 부모님과 작별 인사를 할 때 눈물을 참을 수가 없었다. 다시는 되찾을 수 없을지도 모르는 아주 소중한 것을 두고 가는 기분이 들었다.

외로운 흰 늑대

2007년 9월~12월

감정이 개입된 관계에서는
사람들을 선택하는 분별력이 없어진다.
— 제니퍼 오닐*

일할 때가 되었다. 집을 팔아서 저축해 둔 돈이 아직 좀 있었
지만 은행 잔고가 꾸준히 줄고 있었다. 항공사진을 더 팔아야
했다. 나파에서 성공적으로 판매를 해내자 영업부장은 나한테

* 브라질계 미국인으로 영화배우이자 모델_옮긴이

몹시 일을 시키고 싶어 했다. 내가 다시 그런 성과를 낼 수 있는지 확인하기 위해서였다. 그 회사는 트윈시티스(미네소타 주에서 가장 큰 도시 미니애폴리스와 그 옆에 있는 세인트폴을 가리키는 말_옮긴이) 지역의 오래된 사진들을 몇 장 가지고 있었다. 하지만 한물간 자료는 판매가 정말 저조했다. 나는 매출이 더 좋은 아이오와 주로 이동했다. 그 후 텍사스 주, 애리조나 주, 네바다 주를 방문하며 가는 길에 사진을 팔았다. 애리조나를 제외하면 그 지역들은 내 버킷리스트의 상위를 차지하는 목적지는 아니었다. 하지만 나는 그 회사가 사진을 찍은 지역으로 가야만 했다. 그럼에도 불구하고 그 일을 하는 덕택에 내가 전에 가본 적이 없는 전국 곳곳을 여행하는 삶을 계속할 수 있었다.

판매는 부진한 곳도 있고 꽤 괜찮은 곳도 있었다. 나는 돈을 많이 벌지는 못했다. 그래도 아르바이트를 할 수 있고, 일하고 싶은 날과 시간을 정할 수 있다는 사실이 내게는 아주 중요했다. 일정을 융통성 있게 조정할 수 있다는 것이 정말 좋았다. 어렵게 얻은 자유를 포기할 준비가 아직 안 되어 있었기 때문에 그 일은 내게 적합했다.

이 회사는 네바다 주 파럼프의 사진을 많이 가지고 있었다. 당시 파럼프는 인구가 40,000명 미만이었고 라스베이거스에서 1시간 거리에 있었다. 고지대 사막이 있는 이 마을은 평소라면 내가 택할 목적지는 아니었다. 하지만 내가 한 번도 본 적이 없는 데스벨리에서 멀지 않은 곳이었다. 파럼프로 가는 길에 데스벨리를 우회하는 도로를 운전하면서 부활절 달걀처럼 줄무늬가 있는 험준한 바위투성이의 산들을 보았다. 순간 이 국립공원을 탐험하고 싶어졌다. 그러려면 파럼프에서 야영을 하는 편이 좋을 것 같았다.

파럼프의 주택과 사업체들을 찍은 항공사진들이 꽤 있어서 그곳에서 몇 달 동안 지내야겠다고 생각했다. 하지만 마을을 한 바퀴 돌아보자 그렇게 오래 머물고 싶을 것 같지 않았다. 파럼프는 구경할 만한 곳이 별로 없었다. 주요 명소로는 쇠락한 카지노, 와인 양조장, 번화가 모퉁이에 있는 '신사들의 클럽', 그리고 마을 바로 외곽에 있는 윤락업소 '샤리 랜치' 정도인 것 같았다. 파럼프에서는 매춘이 합법적이었기 때문에 모든 것이 공개되어 있었다. 데스밸리와 라스베이거스 근처의 레드록 캐니언 지역과의 근접성 외에 내게 흥미로웠던 건 와인 양조장뿐이었다. 그곳에 정말 좋은 식당이 있다고 들었다. 잘 알려진 듯한 윤락업소 외에도 파럼프는 영화 〈화성 공격〉의 주된 배경으로 등장했다는 사실로 유명했다.

사진 판매가 순조로워서 당분간 여기서 지내며 일하기로 했다. 파럼프에는 한 달 이용료가 저렴한 RV 공원이 있었다.

기본적인 시설만 갖추어진 공원이었다. 하지만 여행자들의 좋은 공동체가 있었다. 바로 여기에서 혼자 여행하는 또 다른 배짱 좋은 여자 첸테이를 만났다. 첸테이는 아동 도서 삽화를 그리는 화가였다. 최근 집을 판 뒤로 캠핑카로 여행을 다니고 있었다.

"캠핑카에 삽화를 그릴 공간이 마땅치 않을 텐데 어떻게 해요?"

내가 물었다.

"식탁을 쓰고, 다 하면 이 통에 전부 넣어 둬요. 수채화를 하기 때문에 치우기가 수월해요."

첸테이는 식탁 벤치에 있는 보관함을 내게 보여 주었다.

첸테이의 A급 캠핑카는 넓은 버스 형태로 내 차보다 훨씬 컸다. 심지어 세탁기와 건조기도 있었다.

"이 차는 운전하기 어렵지 않아요?"

나는 그 거대한 캠핑카를 운전하는 내 모습을 상상하고 있었다.

"익숙해져요. 당신 캠핑카도 익숙해지는 데 시간이 좀 걸렸을 텐데요."

"첫 일주일 정도는 운전하면서 꽤 긴장했어요."

나는 난생처음 캠핑카를 끌고 국토를 횡단했던 기억을 떠올리며 동의했다.

"그 뒤에는 가파른 산을 오르거나 내려갈 때, 강풍이 불 때, 교통 체증이 심할 때, 좁은 도로에서 혹은 로스앤젤레스에서 차를 몰 때마다 긴장했죠."

나는 긴장하며 캠핑카를 운전할 수밖에 없었던 여러 가지 상황을 회상하며 웃었다.

"처음엔 그랬지만 이제는 괜찮잖아요."

첸테이가 빙그레 웃으며 말했다.

RV 공원에서 우리는 유일한 단신 상시 여행자였다. 우리에게는 공통의 씨앗이 있었고 거기에서 우정이 꽃을 피웠다. 첸테이는 애완견 보더콜리가 최근에 세상을 떠나서 라일리와 함께 있는 것을 좋아했다. 그리고 매일 우리와 함께 산책을 하기 시작했다. 우리는 가끔 과감하게 RV 공원 밖으로 나가 탐험을 했다. 파럼프에서 몇 달째 지내고 있는 첸테이가 시내 명소를 몇 군데 안내해 주었다.

캐나다인과의 이메일과 전화는 내가 미네소타를 떠난 이후 몇 달 동안 계속되었다. 나와의 관계가 첫 번째 불륜이 아니라는 캐나다인의 고백이 몹시 마음에 걸렸다. 하지만 관계를 끝낼 용기가 없었다. 나는 파럼프에서 외로움을 조금 타기 시작했고, 일을 하는 것 외에는 달리 할 일이 없었다. 그래서 캐나다인의 이메일과 전화를 더욱 기대하게 되었다. 나는 캐나다인이 사랑 없는 결혼을 유지한다고 말했을 때 그를 믿었다. 우리의 관계를 지속한다고 해서 문제가 될 일은 없다고 굳게 믿었다.

"지금은 어디에 있어요?"

내가 파럼프에 도착한 지 얼마 되지 않았을 때 캐나다인이 물었다. 나는 파럼프가 어디에 있는지 설명했다.

"거기에 가서 당신을 만나고 싶어요. 그래도 돼요?"

나는 망설였다. 우리가 그냥 이메일을 보내거나 전화 통화를 한다면 나는 아무 잘못도 하지 않는 척할 수 있었다. 하지만 나를 만나러 온다면 얘기가 달랐다. 나는 그렇게 쉽게 나를 속일 수 없었다. 안 된다고 해.

"여기는 당신이 좋아할 만한 곳이 아니에요."

나는 비겁하게 직접적인 대답을 피하려고 했다.

"파럼프에는 할 게 아무것도 없어요. 그래서 나는 일만 할 거예요. 라스베이거스는 여기서 한 시간 거리에 있어요. 게다가 여긴 추워요."

나는 그 지역을 최대한 매력적이지 않은 곳으로 말했다.

"상관없어요. 당신이 하는 일을 도우면 되죠. 그냥 당신이 보고 싶어요."

"지루하지 않겠어요?"

나는 핑계를 대고 있었다.

"당신이랑 같이 있는데 지루할 리가 있겠어요?"

"그럼 좋아요."

그 말을 하자마자 죄책감이 들었고 내가 내린 결정을 후회했다. 나는 정말 겁쟁이야. 왜 거절하지 않았지? 자존심도 없어? 나는 겨우 몇 달에 한 번씩 만나고 아직 이혼도 하지 않은 남자와의 관계를 끊지 못하고 그 끝자락을 붙들려 하고 있었다. 우리는 만날 일정에 대해 의논했다. 전화를 끊고 나자 나자신이 역겨웠다.

캐나다인이 도착하기 며칠 전부터 내 감정은 양극단을 달렸다. 한편으로는 캐나다인과의 약속을 취소하고 싶고, 다른 한편으로는 그와 함께 있을 날을 손꼽아 기다렸다. 파럼프에 바람이 불어 풍경이 황량했다. 그러자 내 안의 외로움이 고개를 들었다. 그것은 항상 그림자 속에 숨어서 자신을 드러낼 무료한 상태를 기다리는 것 같았다. 일을 하고 있기는 했지만 주위 환경을 보아도 아무 감흥이 없었다. 파럼프에는 외로움을 잊기 위해 할 만한 일이 없었다.

어느 날 나는 일을 하면서 한 고객과 이야기를 나누고 있었다. 그 고객은 마을 외곽에 있는 건조한 초원에 살았다. 그곳

외로운 흰 늑대 281

은 주택이 거의 없고 집들 사이의 거리가 멀어서 탁 트인 공간이 많았다.

"이곳에 늑대가 살아요."

고객은 내 뒤쪽을 바라보며 말했다.

"늑대가 약 1년 전에 나타났는데, 비쩍 마르고 다리를 절룩거렸어요. 총에 맞은 것 같더라고요. 스스로 먹이를 구하지 못하는 것 같아서 개 사료를 남겨두기 시작했어요. 시간이 오래 걸리기는 했지만 이제는 내가 만질 수 있을 만큼 가까이 오기도 해요. 저기 오네요. 늑대가 가까이 와서 당신이 놀랄까 봐 말씀드리는 거예요."

뒤를 돌아보니 다리가 긴 흰 늑대가 내 주위로 크게 원을 그리며 천천히 다가오는 것이 보였다. 미네소타 주 북부에도 늑대가 있기는 했지만, 야생에서 늑대를 본 적은 없었다. 여전히 절뚝거리는, 이 안타까운 처지의 아름다운 동물을 보자 나는 짜릿한 흥분을 느꼈다.

한눈에 봐도 늑대는 겁에 질려 있었다. 인간을 믿지 않는다고 해서 늑대를 비난할 마음은 없었다. 누군가가 정말 잔인한 방법으로 늑대를 거의 죽일 뻔했다. 게다가 총을 쏴 놓고는 살려 두어서 늑대를 굶어 죽게 내버려 두었다. 이 친절한 남자가 늑대에게 먹이를 주지 않았다면 늑대는 천천히 고통스럽게 죽었을 터였다. 아마 늑대는 내키지 않았겠지만 이 남자가 주는 사료를 먹을 수밖에 없었을 것이다. 내가 나의 결핍을 경멸했던 것처럼 늑대도 자신의 결핍을 경멸하지 않을까 하는 생각이 들었다. 늑대에게 개 사료가 필요한 것처럼 나는 캐나다인이 내게 주는 관심과 사랑이 필요했다.

캐나다인은 비행기를 타고 라스베이거스로 가서 차를 빌릴 계획이었다. 그리고 파럼프의 야영지에서 나를 만나기로 했다. 그의 렌터카가 내 캠핑카 옆에 주차되는 것을 보자 나는 불안했다. 내가 캐나다인을 만나고 싶은 건지 확신할 수 없었는데, 그는 일주일 동안 머무를 예정이었다. 캐나다인은 내가 망설이는 것을 감지한 게 분명했다. 자신의 매력으로 나를 안심시키기 위해 각별히 신경을 쓰는 것 같았다. 우리는 데스밸리와 레드록 캐니언 주립공원에 가 보고 라스베이거스에서 얼마 동안 시간을 보내기로 했다.

"내가 당신을 돕겠다고 한 말은 진심이었어요. 당신의 일을 방해하고 싶지는 않지만, 도울 수 있다면 그렇게 하고 싶어요."

캐나다인이 말했다.

나를 돕고 싶어 하는 그의 마음은 진심인 것 같았다. 그래서 나는 다음 날 캐나다인과 함께 일을 다니기로 했다. 캐나다인이 운전을 하면 나는 방향을 알려 주고 사유지 주인들에게 보여 줄 사진을 준비했다.

"마을에서 제일 맛있는 식당이 어디예요?"

우리가 다른 주택으로 이동할 때 캐나다인이 물었다.

"와인 양조장에 좋은 식당이 있다고 하던데 아직 못 가봤어요."

"거기에 가서 저녁을 먹는 게 어때요?"

"좋아요. 예약을 할 수 있는지 알아볼게요."

나는 휴대폰을 들고 저녁 식사를 예약했다.

우리는 일을 마치고 캠핑카로 돌아온 후 라일리를 데리고 산책을 나가기로 했다. 우리가 걷는 동안 캐나다인은 내 손을 잡았다. 나는 걸을 때 남자가 내 손을 잡는 것을 늘 좋아했다.

"그랜드 캐니언 맨 아래까지 가본 적 있어요?"

캐나다인이 물었다.

"아니요, 협곡으로 들어가는 길의 일부 구간만 다녀왔어요. 라일리를 캠핑카에 두고 갔거든요. 맨 아래까지 갔다 오려면 하룻밤은 묵어야 해요."

"비행기를 타고 가면 얘기가 달라지죠. 헬기를 타고 맨 아래까지 가서 보트를 타고 점심을 먹은 뒤에 돌아올 수 있더라고요."

캐나다인이 대답했다.

"정말 기가 막힌 방법인데요."

"한번 해 볼래요?"

캐나다인이 물었다.

"믿을 수 없는 여행이 될 거예요."

나는 비행기를 타고 저 아름다운 협곡으로 날아간다는 생각에 마음이 들떴다. 우리가 캠핑카에 돌아오자 캐나다인은 우선 나에게 이틀 뒤로 예약을 해도 괜찮은지 확인했다. 그러고는 전화기를 꺼내어 예약을 했다.

"날씨가 좋지 않으면 비행기가 뜨지 않아요. 날씨가 좋기를 빌자고요."

캐나다인은 전화를 끊고 나서 말했다.

다음 날 나는 지도를 읽고 서류 작업을 하고 고객들을 만났다. 한편 캐나다인은 차를 운전하고 사진을 액자에 넣는 일을 도왔다. 캐나다인은 내가 판매를 하면 환호했고, 그렇지 않을 때는 나를 웃게 했다. 캐나다인에게 운전을 맡기고 함께 일하는 것이 훨씬 더 재미있었다. 그건 인정하지 않을 수 없었다.

나중에 우리가 와인 양조장 식당에서 맛있는 랍스터 비스크(갑각류나 조개류를 갈아서 크림과 함께 끓인 수프_옮긴이)를 먹을 때 캐나다인이 물었다.

"내일 일해야 해요? 데스밸리에 가서 하루를 보내자고 설득하면 그렇게 할 건가요?"

"나를 잘 설득하면 데스밸리에 갈 수도 있어요. 내 일정을 직접 정할 수 있다는 것이 이 일의 장점이거든요."

나는 미소를 띠며 말했다.

우리는 다음 날 놀랄 만큼 다양한 경치가 있는 공원을 탐험하며 보냈다. 해수면 86미터 아래에 있는 배드워터 분지의 쩍쩍 갈라진 짠 흙에서부터 마블 캐니언 사이로 삐죽삐죽 솟아 있는 반질반질한 암벽까지 우리는 데스밸리의 다양한 풍경을 즐겼다. 그러나 우리의 관광은 그것으로 끝이 아니었다.

거기서 우리는 라스베이거스로 갔다. 캐나다인은 네바다에 머무는 동안 묵을 호텔 방을 라스베이거스에 예약해 둔 상태였다. 그때는 그 점이 이상하다고 생각했다. 캐나다인이 파럼프의 캠핑카에서 나와 함께 지내면서 왜 라스베이거스에 있는 호텔 방을 예약했는지 나는 나중에야 깨달았다. 아마 캐나다인은 아내에게 라스베이거스에 있는 동안 지낼 호텔 이름을 말해야 했을 것이고, 아내는 확인을 할 터였다. 그러면 아내는 캐나다인이 방을 예약했다는 것을 알게 될 터였다. 중년 여자인 나는 여러모로 순진했다. 캐나다인은 우리가 라스베이거스에 있는 동안 그 호텔 방에서 지내자고 제안했다. 하지만 나는 라일리가 낯선 호텔 방에 머무는 걸 좋아하지 않을 거라고 대답했다. 그래서 우리는 캠핑카를 타고 호텔 근처의 RV 공원에 주차했다.

다음 날, 우리는 라일리를 데리고 라스베이거스에서 멀지 않은 레드록 캐니언으로 등산을 갔다. 발을 종종거리며 거대한 바위를 타고 넘는 일이 많았는데, 다리가 짧고 작은 라일리에게는 큰 도전이었다. 내가 부탁하지 않아도 캐나다인은 이따금씩 라일리를 격려해 주었다. 몇몇 어려운 지점에서는 안아 주기까지 했다. 꼭대기에서 경치를 내려다보니 스모그 자욱한 골짜기 건너 반대편으로 수 킬로미터 떨어진 험준한 산봉우리까지 보였다. 그런 다음 우리는 후버댐으로 차를 타고 가서 공학으로 이룩한 큰 위업을 두 눈으로 직접 보았다.

다음 날은 헬기를 타고 그랜드 캐니언에서 보트를 탈 계획이었다. 하지만 일어나 보니 바람이 불고 비가 내렸다. 전화를 걸어 예약 상황을 확인하니 강풍으로 비행기가 뜰 수 없어 이날은 모든 항공편이 결항됐다는 대답을 들었다. 우리는 실망했지만 이왕 시간을 낸 김에 잘 활용하기로 했다. 대신 쇼를 두 개보고 도시를 구경했다. 몇 주만 지나면 크리스마스라서 나는 쇼핑도 했다.

매일 정신없이 돌아다니고 나니 캐나다인이 집으로 돌아갈 시간이 되었다. 우리가 작별 인사를 할 때 이번에도 나는 앞으로 캐나다인을 못 만나게 될 거라고 생각했다. 하지만 그런 무시무시한 대화를 하고 싶지는 않았다.

농가

|

2008년 1월~8월

당신을 다른 어떤 존재로 만들어 주려 끊임없이 애쓰는 세계에서
당신 자신의 모습으로 사는 것이야말로 가장 큰 성취이다.
— 랠프 월도 에머슨*

　나는 베이 에어리어에서 캐미와 함께 일주일 동안 크리스마
스를 즐겁게 보냈다. 그런 뒤에는 마지못해 파럼프로 돌아와
3개월을 더 일했다. 파럼프에서 했던 두 가지 경험은 자신감,

* 미국의 사상가이자 시인_옮긴이

그리고 자신감이 어디에서 나오는가에 대해 다시 한 번 생각해 보는 계기가 되었다.

어느 날, RV 공원의 숙녀들 몇 명이 점심을 먹으러 샤리 랜치로 가겠다고 선언했다. 첸테이는 내게 함께 가고 싶은지 물었다. 샤리 랜치는 마을의 윤락업소인데 음식이 꽤 잘 나온다고 들었다. 나는 윤락업소가 어떤 곳인지 궁금했고 첸테이도 마찬가지였다.

우리는 어마어마하게 큰 건물에 딸린 넓은 주차장에 차를 세웠다. 보아하니 그곳은 내 예상과는 달랐다. 지저분해 보이지 않았고 카지노 축소판 같았다. 우리가 맛있는 점심을 먹고 있을 때, '일하는 여자들' 몇 명이 노출이 심한 옷을 입고 느긋하게 돌아다녔다. 그들 가운데 한 명이 우리 탁자로 다가와서 그곳을 한번 둘러보고 싶은지 물었다. 일행 모두가 호기심이 생겨서 그렇다고 대답했다.

그곳에서 일하는 아가씨 두 명이 우리를 안내해 주었다. 이 가이드들에 따르면 매춘을 하기 가장 좋은 곳이 여기라고 했다. 그들은 전 세계의 여자들이 거기에 오는 건 보수가 아주 넉넉하고 조건이 좋기 때문이라고 설명했다. 이들은 한 번에 2주씩 랜치에서 일하고 2주 이상 잠깐 일을 쉰 뒤에 돌아왔다.

우리는 먼저 퍼레이드 룸을 구경했다. 그곳은 낮이든 밤이든 고객이 있으면 아가씨들이 모여야 하는 곳이었다. 고객이 '메뉴'에서 원하는 서비스를 고르고 서비스를 제공할 여자를 선택한다. 가이드 중 한 명은 한밤중에 깨어나 일을 하는 경우도 있다고 했다. 그럴 때는 가끔씩 기분이 울적해진다고 고백했다. 일부 아가씨들은 매력적이지 않고 퉁명스럽게 보이려고 최선을 다하곤 했다. 하지만 그런다고 뽑히지 않는 건 아니었다. 그 이야기를 듣자 나는 학교에서 체육 시간에 반 친구들에게 선택을 받아야 했을 때 느꼈던 모멸감이 떠올랐다. 하지만 이 아가씨들은 그런 수모를 일의 일부로 받아들이는 것 같았다.

아가씨들은 우리의 질문에 상당히 솔직하게 대답했다. 마약 사용을 금지하는 엄격한 규칙이 있고 마약 검사를 자주 받는다고도 말했다. 나는 아가씨들에게 이 일이 위험하지 않은지 물었지만, 아가씨들은 문제가 일어나는 경우는 극히 드물다고 장담했다. 각 방마다 비상 단추가 있고, 근처에 문지기가 대기해 있다고 했다.

나는 이 아가씨들이 더 나이가 들면 무슨 일을 할지 몹시 궁금했다. 한 아가씨는 사람들을 돕는 걸 좋아하기 때문에 앞으로 간호학교에 가고 싶다고 말했다. 그 아가씨는 상냥해 보였다. 그곳에서는 매춘이 합법적인 사업이었다. 그렇기 때문에 아가씨들은 자신들이 하는 일에 대해 매우 개방적이고 사무적인 태도를 보였다. 이 경험을 통해 아주 새로운 것을 배운 기분이 들었다. 분명 일상적으로 접할 수 있는 경험은 아니었다. 아가씨들이 자신들의 직업에 대해 설명할 때, 나는 이 여자들이 평정을 잃지 않고 매우 자신만만해 보인다는 사실에 놀랐다. 내가 받은 인상이 정확한 건지, 아니면 아가씨들이 이 직업에 종사할 수밖에 없는 어떤 불안한 상황을 숨기고 있는 건지 궁금했다.

새로운 깨달음을 준 또 다른 흥미로운 일은 어느 말 목장의 여주인에게 항공사진을 팔았을 때였다. 나는 주인이 브라마 황소(인도 원산의 소_옮긴이)를 기르는 것을 보고 사진을 찍어도 되는지 물었다. 브라마 황소는 난생처음 보았다. 등에 낙타처럼 혹이 난 상당히 독특한 모습이었고 이름은 베니였다. 주인은 사진 찍는 것을 허락했다. 심지어 베니가 울타리로 다가오는 모습을 찍을 수 있게 녀석에게 간식을 주기도 했다. 나는 베니가 겁날 정도로 덩치가 크고 뿔이 달렸는데도 말들을 무서워하고, 말들이 베니를 탐색하러 왔을 때 뒷걸음질 쳤다는 얘기를 들었다. 삶과 자연은 놀라움으로 가득했다. 말보다 훨씬 더 무게가 많이 나가고 심지어 위험한 뿔로 무장을 한 이런 어마어마하게 큰 동물에게 자신감이 없다니 알다가도 모를 일이었다. 나는 자신감 부족이 인간만의 문제가 아니라는 것을 알게 되었다. 그것은 어디에나 있는 문제이다.

나는 여행하는 동안 많은 것을 배우고 아주 좋은 사람들을 만나고 있었다. 이 모험은 나의 호기심과 새로운 경험에 대한 갈증을 채워주고 있었다. 흥미를 끌 만한 것이 전혀 없을 거라고 여겼던 파럼프에서조차.

어김없이 3월이 왔다. 별로 구경할 것도 없는 이 마을에서 오랜 시간을 보내고 나자 나는 파럼프를 한시바삐 떠나고 싶어서 못 견딜 지경이었다. 그건 마치 바람만 잔뜩 부는 암갈색 사진 속에서 사는 기분이었다. 마침내 차를 몰고 마을을 떠나자 마음이 가뿐했다. 캘리포니아 주 베이커즈필드 근처의 초록색 채소밭에 이르러서야 내가 얼마나 색깔에 굶주렸는지 깨달았다. 나의 세계는 암갈색 사진에서 생동감 있는 색깔로 바뀌었다.

나는 봄과 초여름을 캘리포니아 중부 해안에 있는 모로 베이에서 야영을 하면서 내륙 지역에서 항공사진을 팔았다. 이곳은 캘리포니아에서 내가 가장 좋아하는 지역이었다. 그래서 나는 그곳에서 아름다운 바다 경치와 작은 마을들을 즐기며 몇 달을 보내게 되어 정말 행복했다.

나는 다음 항공사진 판매를 위해 모로 베이에서 포틀랜드로 이동했다. 포틀랜드도 좋았고, 그 도시에서 멀지 않은 컬럼비아 강 협곡을 탐험하는 것이 즐거웠다. 나는 프랭키의 이메일을 받았다. 프랭키는 내가 그 지역에 있는 동안 자신과 스탠을 만날 생각이 있는지 물었다. 나는 바하에 있을 때 이 부부와 아주 즐거운 시간을 함께 보냈다. 그래서 두 사람을 볼 기회를 흔쾌히 받아들였다. 그 부부는 포틀랜드 교외에 집이 있어서 캠핑카로 여행을 하지 않을 때는 그곳에서 살았다. 나는 부부의 집으로 가기로 했다.

"두 분을 여기서 보다니 너무 반가워요!"

나는 두 사람과 포옹을 나누었다. 내가 이 멋진 부부를 비롯해 우리가 엘 코요테 해변에서 함께 보낸 시간을 얼마나 그리워했는지 새삼 깨달았다.

두 사람은 내게 집을 구경시켜 주었다. 우리는 점심을 먹기 위해 오래된 벌채용 야영지에 있는 식당으로 차를 타고 갔다. 그리고 우리가 해변에서 얼마나 즐거운 시간을 보냈는지, 그 뒤로 각자 어디로 여행을 갔는지에 대해 이야기했다.

"우리는 9월에 이곳 해안의 포트 스티븐스 주립공원에서 열리는 캠핑카 모임에 갈 거야. 하이디도 가는 쪽으로 생각해 봐. 사람들이 재미있거든."

프랭키가 말했다.

"그거 정말 재미있을 것 같은데요. 생각해 보고 알려 드릴게요."
내가 말했다.

우리는 작별 인사를 하면서 포트 스티븐스 모임에서 만나지 않더라도 여행 중에 어딘가에서 곧 다시 만나기로 약속했다.

근처에 항공사진을 파는 우리 회사 소속의 또 다른 부부가 있었다. 그래서 우리는 서로 인사를 하려고 어느 날 밤에 만나 저녁 식사를 했다. 팻과 짐은 그들이 일했던 몇몇 지역들과 판매 실적이 좋았던 곳뿐만 아니라 피해야 할 장소에 대해서도 말해 주었다. 내 동료들 중 몇몇이 나처럼 판매가 부진한 적이 있었다는 사실을 알게 되자 그나마 위안이 되었다.

나는 곰곰이 생각한 끝에 포트 스티븐스 주립공원에서 열리는 캠핑카 모임에 참석하기로 했다. 나는 프랭키에게 이메일을 보내 다음 달에 두 사람과 합류하겠다고 알리고 그 단체에 예약을 했다.

이 기간에 캐나다인과는 계속 이메일과 전화를 주고받았다. 어느 날 특히 내 관심을 끄는 한 통의 전화가 있었다.

"새로운 소식이 있어요. 아내와 헤어졌어요."

다시 시작된 관계

|

2008년 8월

어둠에서 나오는 통로가 무한하다는 것,
우리를 빛으로 이송해 줄 차량이 무한하다는 것을 나는 믿게 되었다.
— 마사 베크*

"그게 무슨 말이에요?"

나는 어안이 벙벙했다. 방금 캐나다인이 한 말을 내가 제대로 들었는지 의심스러웠다.

* 미국의 사회학자이자 베스트셀러 작가_옮긴이

"이사를 나왔어요. 우리는 이혼할 거예요."

캐나다인은 아내와 사이가 좋지 않아서 각자 생활한다고 말하기는 했지만 곧 이사를 갈 계획이라고 말한 적은 결코 없었다. 뜻밖의 선언이 당황스러웠다.

"어머나, 그런 계획이 있는 줄 몰랐어요. 이혼 신청했어요?"

내가 물었다.

"아내가 했어요. 우리는 그렇게 하는 게 좋겠다고 생각했어요."

"지금은 어디에서 살아요?"

캐나다인은 친구 집에 임시로 머물고 있지만, 몇 주 후면 자기 집으로 이사하게 될 것이라고 설명했다.

"내가 자리를 잡으면 당신이 여기로 놀러 오면 좋겠어요. 어때요?"

"좋아요."

이 예상치 않은 소식에 머리가 어질어질했다.

"그동안 당신은 그렇게 멀리 가지는 않았네요. 당신을 만나러 포틀랜드에 가도 될까요?"

나는 와도 좋다고 동의했다. 우리는 몇 주 뒤 캐나다인이 잠시 와 있는 동안 무엇을 할지 계획을 세웠다. 전화를 끊고 나서 나는 이 소식에 대해 생각했다. 캐나다인이 이혼을 하게 되면 내가 더 이상 유부남과 관계를 맺는 것이 아니라서 기쁘기는 했다. 하지만 나는 여전히 조심스러웠다. 어쨌든 우리의 관계는 애초부터 거짓으로 시작되었다. 이 남자를 믿어도 될까?

몇 주 후 캐나다인이 왔다. 우리는 라일리를 데리고 컬럼비아 강 협곡에 있는 엔젤스 레스트로 등산을 했다. 우리는 숨을 헐떡이고 땀을 흘리며 협곡의 가파른 비탈을 올라갔다. 하지만 애쓴 보람이 있었다. 정상에서 바라본 강과 협곡의 경치는 장관이었다.

우리는 내가 머무는 야영장 인근에 열린 재미있는 야외 콘서트에 갔다. 1980년에 일어난 화산 폭발이 가져온 결과를 보기 위해 세인트헬렌스 산으로 차를 끌고 가기도 했다. 화산 꼭대기는 터번을 쓴 듯 구름과 안개로 덮여 있었다. 그래도 수 킬로미터에 이르는 대참사의 잔해를 여전히 볼 수 있었다. 나는 1990년대 초에 부모님과 그곳을 가본 적이 있는데, 그 뒤로 자연이 꽤 많이 복구되어 있었다. 그 당시만 해도 나무 수천 그루의 유해가 회색 카펫 위에 거대한 이쑤시개 상자가 떨어지기라도 한 것처럼 황량한 풍경 곳곳에 널브러져 있었다. 여기저기 삐죽이 나온 썩어가는 나무들 사이로 이제 어린 나무와 솜털 같은 잎사귀가 초록색 붕대를 제공해 상처를 진정시켰다. 치유가 일어나고 있었다. 나는 자연의 식물처럼 인간의 관계 속에서도 신뢰가 재생될 수 있을까 하는 생각이 들었다.

우리가 RV 공원으로 돌아왔을 때 캐나다인은 내가 타고 다니던 낡고 녹슨 자전거를 보더니 눈살을 찌푸렸다. 어떤 사람이 처분하려고 하는 걸 가져온 것이었다. 내 돈을 들여 새로 산 건 안장뿐이었다. 자전거는 내가 여행할 때 승용차 뒤쪽에 있는 자전거 거치대에 실었다. 그래서 햇빛과 비바람에 꽤 많이 변색되었는데, 그것이 캐나다인의 눈에 띈 것이었다.

"새 자전거를 타는 게 어때요?"

캐나다인이 물었다.

"그것도 좋긴 하겠지만 괜히 돈을 써 가면서 자전거를 사고 싶진 않아요. 어차피 길을 달리다 보면 비와 돌에 노출되니까요."

"그래도 이 참에 자전거 가게에 가서 어떤 상품이 있나 보자고요."

캐나다인이 제안했다. 우리는 근처에 있는 자전거 가게에 갔다. 캐나다인은 판매원에게 내가 자전거를 주로 어디에서 타는지 이야기했다.

"하이브리드가 편하실 거예요. 도로 주행용 자전거와 산악 자전거를 섞어놓은 건데 손님이 평소 타시는 등산로를 달리기가 더 수월해요."

판매원이 말했다.

"한번 타 봐요."

캐나다인이 제안했다.

"안 사도 되니까 타기 편한지 한번 봐요."

캐나다인의 말에 귀가 솔깃했다.

나는 자전거를 타 보았다. 자전거가 정말 좋았다. 내가 타던 것보다 승차감이 훨씬 더 편하다는 건 인정하지 않을 수 없었다. 그래도 500달러라는 가격이 마음에 걸렸다.

"당신에게 사 주고 싶어요. 그럼 같이 자전거를 탈 수 있잖아요."

캐나다인이 말했다.

"아니에요, 너무 비싸요."

나는 말렸다. 나는 남자들이 내게 값비싼 선물을 사 주는 것에 익숙하지 않았다. 게다가 캐나다인은 그동안 나를 보러 올 때마다 이미 너무 많은 선물을 주었다. 그 점이 내 마음을 불편하게 했다. 결국 우리는 비용을 분담하기로 했다.

곧 캐나다인이 집으로 돌아갈 시간이 되었다. 우리는 가을로 예정된 나의 캐나다 방문에 대해 논의했다. 캐나다인을 만나러 가서 그가 사는 곳을 볼 수 있다고 생각하자 마음이 설렜다. 마침내 우리의 관계에 드리운 어둠이 걷히고 있었다.

불청객

|

2008년 9월

나는 예기치 않은 일이 일어나면
그 일을 긍정적으로 해석하려고 늘 노력한다.
— 폴 왓슨*

"주말에 포트 스티븐스 주립공원에 갈 거예요. 레이지 데이
즈 단체 캠핑에 참석하려고요."

나는 캐나다인과 전화 통화 중에 말했다.

---

* 캐나다 태생의 캐나다·미국 시민. 그린피스 설립에 중요한 역할을 한 환경운동가로 환경과
바다 동물들, 특히 고래를 보호하는 일에 평생을 바치고 있음_옮긴이

"언제 가요? 거기에 있는 동안 뭘 할 거예요?"

나는 언제 가는지, 어떤 활동을 하는지 말했다.

"내가 바하에서 함께 지낸 프랭키와 스탠 부부도 가요."

"주말을 재미있게 보내겠군요."

몇 주 후, 나는 어느 금요일 오후에 포트 스티븐스 주립공원에 도착해 캠핑카를 주차했다. 내가 야영지에 자리를 잡고 있을 때 휴대폰이 울렸다. 캐나다인이었다.

"깜짝 놀랄 일이 있어요."

캐나다인이 말했다.

"정말요? 뭔데요?"

"내가 여기에 왔어요."

"어디요? 무슨 말이에요?"

나는 어리둥절했다.

"여기 포트 스티븐스 주립공원에 왔어요."

"정말요?"

나는 잠시 말을 멈추고 생각했다. 기분이 좋지는 않았지만 무례하게 굴고 싶지는 않았다. 캐나다인에게 오라는 말도 하지 않았고 프랭키와 스탠 부부, 다른 여행자들과 함께 하는 것에 잔뜩 기대하고 있던 참이었다. 캐나다인이 그곳에 있으면 아무래도 그에게 신경이 쓰일 수밖에 없었다. 또한 캐나다인이 사람들과 편하게 어울리도록 내가 배려를 해 줘야 할 터였다. 엄연히 친구들과 계획이 있는데 초대받지도 않았으면서 불쑥 나타나다니. 그렇게 해도 된다고 생각했다는 자체가 불손하기 짝이 없었다. 내가 그런 식으로 캐나다인을 놀라게 했다면 그도 달갑게 여기지 않았을 게 뻔했다. 내가 이 남자의 느닷없는 방문을 언짢아한다는 건 무슨 뜻일까? 우리 관계의 표면에 또 다른 균열이 나타났지만, 나는 애써 외면했다.

나는 불쾌했지만 내색하지 않고 반가운 체하며 말했다.

"잘 왔어요!"

나는 캐나다인에게 내 캠핑카가 있는 곳을 알려 주었다. 나는 그날 저녁 해피 아워 포트럭에 가져갈, 손이 많이 가는 애피타이저를 만드는 중이었다. 새로운 요리법으로 요리를 하느라 애쓰고 있는데 캐나다인이 좁은 공간에서 내 주위를 서성댔다. 그러자 그것이 스트레스가 되고 짜증이 났다. 나는 캐나다인이 느닷없이 나타나도 나를 만날 수 있다고 생각했다는 사실에 아직도 약간 부아가 치밀었지만 짜증을 누르고 캐나다인과 함께 해피 아워에 합류하러 갔다.

캐나다인은 평소처럼 매력을 발산해 사람들과 금세 잘 어울리고 좌중을 웃게 했다. 주말에 우리는 나무로 에워싸인 예쁜 호수 주변을 산책했다. 그리고 해변으로 가서 으스스한 안개

속에 숨어 있는 난파선 잔해를 보았다. 프랭키와 스탠 부부와 함께 자전거를 타고 요새를 구경하러 가기도 했다. 캐나다인은 자신의 자전거를 가져왔고, 나는 새 자전거를 즐겁게 탔다. 나는 캐나다인이 아낌없이 베풀었던 것을 떠올리고 그에게 짜증을 낸 것에 죄책감을 느꼈다. 자전거를 타다가 중간중간 쉬기도 했다. 한 번은 캐나다인이 갑자기 브레이크를 밟고 핸들 위로 붕 떠오르더니 결국 땅으로 고꾸라졌다.

"멋진 착지였어!"

프랭키는 캐나다인이 다치지 않은 것을 보고 외쳤다.

"뽐내려다가 이 꼴 된다니까요."

캐나다인이 웃으며 말했다.

나중에 캐나다인과 스탠이 어디론가 가고 내가 프랭키와 단둘이 있을 때 그녀가 말했다.

"그 사람이 마음에 들어. 좋은 사람 같아."

"좋은 사람이에요."

나는 동의했다. 우리 관계가 거짓말 때문에 시작될 수 있었다는 사실은 말하지 않았다.

캐나다인과 나는 차를 타고 애스토리아로 가서 점심을 먹으며 주말을 마무리했다. 이제 캐나다인이 다시 북쪽으로 갈 시간이 되었다. 하지만 몇 주 후에 내가 캐나다로 가서 그를 만나기로 했으므로 우리는 곧 서로 볼 수 있다는 것을 알았다.

캐나다인이 오는 바람에 프랭키와 스탠, 그리고 다른 사람들과는 내가 원하는 만큼 많은 시간을 함께 보내진 못했다. 하지만 나는 짜증 나는 감정을 억누르고 캐나다인과 주말을 즐겁게 보낼 수 있었다는 것이 기뻤다. 캐나다인의 결혼 생활이 어떻게 될지는 여전히 두고 봐야 했다. 두 사람이 화해할 가능성도 있었다. 나는 전에는 항상 우리의 관계를 일시적인 것으로 여겼다. 캐나다인이 자신의 결혼 생활을 유지할 것이고, 결국 내가 그 결혼을 파탄에 이르게 할 것이라고 생각했다.

캐나다인이 정말로 이혼을 하려는 것처럼 보이자 나는 그와 우리의 관계를 다르게 보기 시작했다. 문제는 내 눈앞에 펼쳐진 상황이 마음에 드는가였다. 우리는 함께 즐거운 시간을 보냈고, 캐나다인은 내가 상상한 것 이상으로 연애를 주도하는 방법을 확실히 알고 있었다. 하지만 캐나다인이 내가 오랫동안 사귀고 싶은 그런 남자일까? 나는 캐나다인이 이혼 여부에 대해 내게 거짓말을 했고 한 번 이상 불륜을 저질렀다는 사실을 알고 있었다. 그래서 캐나다인을 믿을 수 있을지 확신이 서지 않았다. 이 남자가 나한테 또 거짓말을 할까?

캐나다에 가다

2008년 9월

자기 자신을 사랑하는 것이 평생 계속되는 연애의 시작이다.
— 오스카 와일드*

　나는 신뢰 문제에 대한 끊임없는 의심을 떨쳐내고 캐나다 여행 계획을 세웠다. 캐나다인은 작은 시골집으로 이사를 했다. 그래서 몇 주 후에 나는 캠핑카를 포틀랜드에 두고 승용차를 운전해 밴쿠버 지역에 갔다.

---

* 아일랜드의 극작가이자 시인, 소설가_옮긴이

우리가 도착한 순간부터 캐나다인은 나와 라일리 둘 다 환영받는 편안한 느낌을 받도록 갖은 애를 썼다. 내가 캐나다인의 집 현관문을 두드리자 그는 문을 열자마자 나를 덥석 안았다.

"당신이 와서 정말 기뻐요."

캐나다인이 미소를 지으며 말했다. 그러더니 라일리에게 인사를 하고 머리를 토닥거렸다.

"저녁으로 파스타를 만들려고 해요. 괜찮아요?"

"아주 좋아요. 내가 뭘 도우면 될까요?"

나는 캐나다인이 우리를 위해 요리를 한다는 사실에 감동하며 말했다.

"안 도와줘도 돼요. 내가 요리하는 동안 와인 한 잔 들고 앉아서 얘기나 해요."

"좋아요!"

나는 미소를 짓고 우선 라일리에게 저녁을 먹였다. 그런 다음 앉아서 와인을 조금씩 마시며 캐나다인이 요리하는 것을 지켜보았다.

우리는 즐겁게 맛있는 음식을 먹은 뒤에 와인을 마시며 이야기를 나누었다.

"라일리에게 산책을 시켜줘야겠어요. 근처에 우리가 갈 만한 곳이 있을까요?"

내가 물었다.

"같이 가서 알려 줄게요."

라일리에게 산책을 시키는 동안 나는 캐나다인의 손을 잡았다. 라일리는 취할 것 같은 캐나다의 새로운 냄새를 신나게 탐색하고 있었다.

우리가 집에 돌아왔을 때 캐나다인이 말했다.

"장거리 운전을 해서 피곤할 텐데요. 목욕용 소금(목욕물에 타서 쓰는 소금으로 혈액 순환과 노폐물 배출 등에 좋음_옮긴이)이 있어요. 욕조에서 편히 쉴래요?"

캐나다인이 나를 말끔히 청소한 욕실로 이끌었다. 욕조 가장자리를 따라 초가 놓여 있었다.

"와, 당신은 여자의 마음을 정말 잘 알아요."

나는 감동을 받으며 말했다. 캠핑카에는 작은 샤워기만 있었다. 그래서 거품 목욕을 한 지도 오래되었다. 장시간 운전한 뒤라 얼른 거품 목욕을 하며 쉬고 싶었다.

캐나다인은 촛불을 켜고 목욕물을 받고는 말했다.

"와인을 한 병 더 딸게요."

캐나다인은 부엌으로 가고 나는 욕조에 슬며시 들어갔다. 몇 분 후에 캐나다인은 와인 한 잔을 들고 돌아왔다. 그리고는 잔을 건네며 말했다.

"당신에게 줄 게 또 있어요."

캐나다인은 부엌으로 사라졌다가 다시 욕실로 들어오기 전에 말했다.

"눈을 감아요."

나는 눈을 감았다.

"이제 눈을 뜨지 말고 냄새를 맡아봐요."

나는 숨을 들이마셨다.

"초콜릿."

나는 숨을 내쉬었다.

"맞아요. 당신이 좋아할 것 같아서요."

캐나다인이 내 입에 초콜릿 하나를 집어넣으며 말했다.

"음, 정말 맛있어요."

나는 맛있는 간식을 음미하며 말했다.

"별걸 다 준비했네요. 너무 극진하게 대접을 받은 기분이에요. 고마워요."

나는 캐나다인에게 손을 뻗어 키스를 했다.

내가 욕조에서 호사를 누리는 동안, 캐나다인은 욕조 근처의 욕실 바닥에 앉아 있었다. 그러는 동안 내게 초콜릿을 먹이고 나와 조용히 이야기를 나누었다. 나는 목욕이 단지 내 옷을 벗기려는 수작일지도 모른다고 생각했다. 하지만 캐나다인은 나를 유혹하려는 시도는 하지 않았다. 대신 나를 편안하고 느긋하게 쉬게 해 주는 데만 신경을 쓰는 것 같았다. 캐나다인은 서두르지 않았다. 그것은 내가 남자에게 받아본 가장 낭만적인 배려였다. 거기에 마음을 빼앗기지 않을 여자가 있을까?

그 후 며칠 동안 캐나다인은 내가 그 지역의 관광지 몇 곳을 볼 수 있게 해 주었다. 우리는 차를 타고 구불구불한 도로를 올라가 휘슬러에 갔다. 그곳에서 캐나다인은 2010년 동계 올림픽을 준비하기 위해 고속도로 확장 공사와 다른 공사 프로젝트가 진행 중인 장소를 손으로 가리켰다. 우리는 길을 가다가 어떤 강에 멈췄다. 캐나다인은 대머리독수리들이 그 강에 모여 고기잡이하는 것을 좋아한다고 말했다. 안타깝게도 독수리를 보기에는 아직 너무 이른 시기여서 우리는 한 마리도 보지 못했다. 스키 명소인 휘슬러는 아름다운 산골 마을이었다. 올림픽이 아직 1년 이상 남아 있었는데, 관광객들은 벌써 올림픽 기념품을 사고 있었다. 자전거 타는 사람들이 꽤 있는 걸 보면 날씨가 더 따뜻한 계절에는 산악자전거 타기에도 인기 있는 장소인 것 같았다.

다음 날, 우리는 밴쿠버 근처에 있는 예쁜 해안 마을인 스티브스톤에 갔다. 우리는 어선에서 그날의 어획량을 살펴보고 부두에서 점심 식사로 신선한 생선을 맛있게 먹었다. 밴쿠버에서 우리는 엄청나게 넓은 스탠리 공원을 방문했다. 물을 끼고 구불구불 이어진 아름다운 오솔길을 걸었다. 가을 의상을 입은 나무들이 굉장히 멋있었다. 캐나다인은 훌륭한 집주인이자 여행 가이드였다. 캐나다인은 내가 편안하고 행복하게 지내고 짧은 방문 시간 동안 되도록 많은 지역을 가볼 수 있게 해 주었다. 그 며칠이 순식간에 지나갔다. 나는 그다음 일할 장소로 가야 했기 때문에 작별 인사를 해야 했다.

"앞으로 어떻게 지낼 계획이에요?"

캐나다인이 물었다.

"크리스마스 직전까지 유마에 있을 거예요. 그런 다음 베이에어리어에 가서 캐미와 연휴를 보내고요. 그 뒤에는 피닉스에 가요."

"피닉스에 가서 당신 생일을 축하해 주고 싶어요. 그래도 될까요?"

"그러면 저야 좋지요."

나는 미소를 지었다. 내 생일이 1월 초라서 세 달만 있으면 캐나다인과 다시 만날 수 있었다. 그래서 너무 슬퍼하지 않고 작별 인사를 할 수 있었다. 이제 캐나다인이 아내와 헤어졌기

때문에 나는 전과는 달리 캐나다인이 온다고 해도 복잡한 감
정이 들지 않았다. 마침내 죄책감을 느끼지 않고 그의 방문을
기대할 수 있었다.

폭풍이 몰아치다

|

2008년 10월~2009년 1월

인격은 세상에 휘몰아치는 폭풍 속에서 형성된다.
— 요한 볼프강 폰 괴테*

　나는 유마로 가는 길에 잠시 들러 캐미를 만났다. 캐미는 행
복해 보였고 친구들을 만나느라 바쁜 것 같았다. 나는 더 이상
병아리를 버리고 간 어미 암탉 같은 기분이 들지 않았다. 그곳
에 있는 동안 일상적인 진료와 치과 치료를 받고 다시 길을 떠

* 세계적인 독일의 작가_옮긴이

났다. 도중에 잠깐 루시와 애니를 보려고 들렀다. 나는 바하 여행을 한 뒤로 루시를 만나지 못했다. 애니를 본 지도 거의 2년이 되었다. 이 멋진 여행의 동반자들과 함께 있어서 너무 행복했다. 그리고 자주 하는 건 아니지만 여전히 서로 연락하고 있다는 사실을 다행으로 여겼다.

나는 유마에 도착한 직후 프랭키한테 이메일을 받았다.

"스탠과 나는 유마 가까운 외곽에서 야영을 하고 있어. 얼굴 좀 볼까?"

"그럼요!"

나는 답장을 썼다. 우리는 만나서 저녁 식사를 했다. 두 사람은 그곳에서 며칠 지내면서 멕시코 국경 너머 로스 알고도네스에서 치과 치료를 받을 것이라고 말했다.

"우리는 내일 파일럿 놉까지 등산을 할 거야. 저 위에 올라가면 수 킬로미터 거리까지 볼 수 있어. 우리랑 같이 갈래?"

"멋질 것 같아요. 저도 갈게요."

나는 엘 코요테 해변과 포트 스티븐스에서 그 부부와 함께 아주 즐거운 시간을 보냈다. 이번에도 좋은 시간을 보내게 될 터였다. 두 사람은 내게 필요하다면 언제든 같이 웃어 주기도 하고 좋은 이야기도 해 주고 도움을 베풀기도 했다.

우리는 다음 날 만날 시간을 정했고, 나는 차를 몰고 두 사람을 만나러 갔다. 파일럿 놉의 정상에 올랐을 때, 우리는 잠시 멈춰서 풍경을 감상했다. 갈색의 사막 카펫이 수 킬로미터 펼쳐져 있었고, 멀리 멕시코의 로스 알고도네스 마을이 보였다.

"우리는 내일 로스 알고도네스에 갈 거야. 생각 있으면 같이 가."

프랭키가 말했다.

"가고 싶어요."

나는 그곳에 가본 적이 없었다. 그래서 하루 더 쉬기로 그 자리에서 결정했다. 나 혼자 가는 것보다 두 사람과 함께 가면 훨씬 더 재미있을 터였다. 또한 프랭키와 스탠은 다음 날 바하로 떠나기 때문에 그 부부와 되도록 많은 시간을 함께 보내고 싶었다.

우리는 차를 미국 쪽에 주차하고 국경을 건너 가게 몇 군데를 느긋하게 구경했다. 나는 멕시코 도자기를 몇 개 샀다. 우리는 거리를 천천히 거닐면서 장인들 몇 명이 작품을 만드는 모습을 구경했다. 그러다 인기 있는 타코 노점에 들러 새우 타코를 먹었다. 그러자 바하 반도에서 자유롭고 즐거운 시간을 보냈던 애틋한 기억이 떠올랐다. 프랭키와 스탠은 그들이 치료를 받았던 치과를 가리켰다. 치과 대기실은 값싼 치료를 받으려는 미국인들로 북적북적했다.

우리가 다시 국경을 넘어와 작별 인사를 나누려 할 때 프랭키가 말했다.

"이번 겨울에는 엘 코요테 해변에 와야지."

"아, 그러고 싶은데 그럴 수가 없어요. 당분간은 돈을 좀 벌어야 해요. 직장을 그만두고부터는 있는 돈을 쓰기만 했거든요. 은퇴할 때에 대비해 저축을 해야 해요. 그래야 두 분처럼 항상 여행을 다닐 수 있어요."

이 부부는 은퇴를 하는 이상적인 방법을 알고 있었다. 두 사람은 젊은 나이에 은퇴하고 매년 엘 코요테 해변에서 겨울을 보냈다. 그리고 캠핑카를 타고 전국을 탐험하면서 등산, 카약, 보트 타기를 하며 가는 곳마다 친구들을 사귀었다. 해변에서 그들과 함께 지낼 수 없어서 아쉬웠다.

유마에서는 판매가 잘 되었다. 내가 도착했을 때는 여전히 꽤 더웠지만 더위가 곧 꺾이고 매우 쾌적해졌다. 나는 그곳에서 즐겁게 지냈고, 밤마다 습관적으로 캐나다인과 전화 통화를 했다.

"비행기를 예약해 두었어요."

어느 날 밤, 캐나다인이 통화를 하다가 선언했다. 우리는 이미 의논해서 만날 날짜를 정해두었다. 캐나다인이 올 날이 불과 몇 주밖에 남지 않았다.

"조카한테 내가 없는 동안 여기에서 지내면서 일을 처리해 달라고 부탁했어요."

"잘 됐어요! 하루빨리 당신을 보고 싶어요."

나는 대답했다.

"나도 그래요. 하지만 앞으로 몇 주 동안은 바쁠 거예요. 소프트볼 팀에 들어갔거든요. 매주 연습하고 경기를 할 거예요. 게다가 시간 외 근무를 더 해야 해요. 휴가를 내고 여행을 하려면 어쩔 수 없어요. 저녁에 예전만큼 자주 통화를 못 할 수도 있어요."

"소프트볼 팀들이 시즌 막바지에 경기하는 줄은 몰랐어요."

"직장에서 하는 가벼운 경기라서 대중없어요."

"재미있겠어요. 곧 만나니까 자주 통화하지 않아도 괜찮아요. 어차피 나도 일을 많이 할 거예요. 당신이 피닉스에 오면 같이 쉴 수 있게."

다음 날 아침 일찍 일을 하러 나갔다. 멀리서 구름이 슬금슬금 이동하고 있었다. 마치 안개가 낀 것 같았다. 폭풍이 일어나고 있었다. 비가 와서 일을 하다 말고 일찌감치 집으로 허둥지둥 갈까 봐 걱정이 되었다. 그래서 되도록 빨리 판매를 하려고 서둘렀다. 그런데 비구름 대신 모래 폭풍이 불어왔다.

모래 폭풍은 난생처음 경험했다. 유마에 풍부한 사막 모래가 거대한 모래 악마를 불러 일으켰다. 난데없이 모래가 작은 회오리바람처럼 깔때기 모양으로 자욱하게 소용돌이치며 나타났다. 밖에서 모래 회오리바람에 휩쓸리고 싶은 사람은 아무도 없을 것이다. 모래 악마에 잡히지 않았는데도 내 눈과 목구멍은 모래로 가득 했다. 나는 팔고 있던 항공사진에 모래가 묻을까 봐 판매를 중단하기로 했다.

다음 날은 모래 폭풍이 걷히기는 했지만 이번에는 그린 몬스터가 폭풍을 일으키려고 했다. 온수기가 켜지지 않았다. 밖으로 나가 온수기 칸을 열었다. 접속 장치를 확인했지만 특별히 문제가 없어 보여서 현지 RV 정비 센터에 전화를 걸었다.

"가끔 회로판이 고장 날 때가 있어요. 가지고 오시면 저희가 테스트를 해 볼게요."

정비사가 친절하게 말했다.

나는 회로판을 떼어내 정비 센터에 가져갔다. 테스트를 해보니 회로판에는 아무 이상이 없었다.

"예약을 하시고 캠핑카를 서비스 센터로 끌고 오시겠어요?"

정비사가 물었다.

"출장 수리도 하시나요? 아직은 캠핑카를 움직이고 싶지 않아서요."

내가 말했다.

"죄송하지만 출장 수리는 하지 않습니다."

"괜찮아요. 도와주셔서 감사합니다."

나는 캠핑카로 돌아와서 최근에 냉장고를 고쳐 준 적이 있는 RV 정비사 브루스에게 전화를 걸었다. 예전에 리콜이 생겨서 냉장고가 과열되지 않도록 부품을 설치한 적이 있었다. 나는 그의 일처리가 마음에 들었다. 그래서 온수기를 고칠 수 있는지 알아보려고 브루스에게 전화를 했다.

"내일 아침에 갈 수 있어요."

브루스가 말했다. 다음 날 아침 브루스는 온수기를 잠깐 살펴본 후에 문제를 알아냈다.

"온도 퓨즈가 고장 났어요. 아마 최근 이 지역에 일어난 모래폭풍 때문일 거예요."

그 부품을 설치하기 위해서는 특수 공구를 사용해야 했다. 덕분에 전혀 손을 쓸 수 없었던 나는 기분이 한결 나아졌다. 스스로 문제를 해결하고 싶기도 했지만 이 경우는 내 기술과 도구로는 어림도 없는 일이었다.

그린 몬스터의 악행은 거기서 끝나지 않았다. 잠시 후 화장실 세면대에서 손을 씻고 수도꼭지를 잠갔는데 물이 계속 나왔다. 여러 번 시도했지만 물이 잠기지 않았다. 덩치가 산만 한 녀석은 이제 새 수도꼭지를 원했다. 나는 캠핑카 바깥에 있는 급수관을 끄고 브루스를 불렀다. 나는 배관에 대해서는 전혀 몰랐다.

"배관을 다뤄본 경험이 얼마나 돼요?"

내가 물었다.

"배관은 제가 늘 하는 일이에요."

브루스가 대답했다. 그는 화장실에 들어와 일을 시작했다. 화장실이 너무 작아서 브루스는 사실상 머리를 바닥에 대고 일을 해야 했다. 게다가 부품이 더 필요해서 철물점으로 달려가야 했지만 마침내 일을 마쳤다. 세면대 위에서 반짝거리는 새 수도꼭지는 작동이 잘 되었다. 브루스는 내 수표를 받고 연장을 챙기고는 떠났다.

"이보세요, 이제 만족해요?"

나는 그린 몬스터에게 말했다. 계획했던 것보다 캠핑카 수리에 더 많은 돈을 쓰고 있었다. 하지만 주택 융자금을 지불할 때보다는 생활비가 여전히 훨씬 적게 들었다. 그리고 반소매와 샌들을 신고 일하는 것이 즐거웠다.

12월 중순이 되자 유마에서 하던 일이 끝났다. 다시 길을 떠날 때가 되었다. 나는 도중에 테메큘라에 들러 신디를 잠깐 만났다. 그런 다음 그 지역에 있는 친구들을 만나기 위해 피스모 해변으로 향했다. 캐미가 주말을 맞아 내려와 있어서 훨씬 더 재미있었다. 우리는 피스모 해변 근처에 있는 유칼립투스 나무의 부지인 모나크 그로브에 갔다. 그 숲은 모나크 나비들이 겨울을 나기 좋아하는 곳이었다. 나뭇가지 끝에 검은색 줄무늬와 주황색 바탕의 나비들이 매달려 있었다. 대부분 낮잠을 자고 있는 것 같았다. 그렇게 많은 나비들이 한곳에 몰려 있는 것이 신기했다.

우리는 캠브리아 근처의 코끼리바다표범 서식지를 가보기도 했다. 운 좋게도 그 계절에 처음 태어난 바다표범 새끼를, 그것도 태어난 바로 직후에 볼 수 있었다. 우리는 새끼가 젖을 먹는 방법을 어떻게 알아내는지 지켜볼 생각이었다. 그래서 찬바람 속에서 한동안 몸을 웅크리고 있었다. 하지만 결국 혹한의 추위를 이기지 못하고 차로 돌아갔다. 그때에도 새끼는 여전히 어미의 몸 여기저기를 더듬고 있었다. 자연은 순리대로 움직이고, 우리는 모두 살면서 언젠가 길을 잃는다. 나는 분명 그랬다.

나는 캐미와 휴일을 보내기 위해 베이 에어리어로 돌아왔다. 캘리포니아가 춥게 느껴졌다. 미네소타에서 자란 내가 그 정도 날씨에 추위를 타다니 놀라웠다. 따뜻한 날씨에 길들여지는 건 금방이다. 추운데도 불구하고 캐미와 함께 시간을 보낼 수 있어서 너무 행복했다. 나는 베이 에어리어에서 처음으로 크리스마스를 보냈을 때와는 달리 이번에는 향수병에 걸리지 않았다. 근무 일정이 경직되어 있지 않고, 일하고 싶은 날과 근무 시간, 가족이나 친구들과 만나고 싶은 날을 결정할 수 있다는 점이 좋았다. 자유는 아주 시원한 맥주처럼 기분을 청량하게 했고, 그런 자유가 좋았다. 나는 인습에 얽매이지 않는 생활 방식을 즐기고 있었다. 물론 그 대가로 적은 보수를 받기는 했다. 그래도 주 40시간 일하지 않는 것을 생각하면 나쁘지 않았다.

1월 초순에 나는 피닉스로 향하고 있었다. 애리조나 주에서 겨울을 보내게 되다니 운이 아주 좋았다. 그러나 날씨가 따뜻해서 기분이 좋기는 했지만, 주민들을 상대하는 일은 즐겁지 않았다. 그곳 주민들은 유마나 다른 많은 지역에서 만난 사람들만큼 친절하지 않았다. 일주일 정도 일했지만 판매 실적은 형편없었다. 그러고 나니 일을 쉴 때가 되었다. 캐나다인이 곧 올 예정이었고, 그는 내 생일을 위해 깜짝 선물을 해 주었다.

높이 날다

2009년 1월

세상에서 가장 기분 좋은 순간은 하늘을 나는 꿈을 꿀 때이다.
— 케이트 마라*

"생일날에 열기구 타러 갈래요?"

캐나다인이 도착하자마자 물었다.

"가고말고요!"

열기구를 타는 건 여전히 내 버킷리스트에 있었다. 캐나다인

* 미국의 배우_옮긴이

이 준비를 했다. 내 생일날 아침, 우리는 동이 트기 전에 열기구 띄우는 곳에 도착했다. 우리는 풍선에 공기를 넣는 것을 지켜보다 다른 승객들과 함께 바구니에 올라탔다. 사막 풍경이 강 계곡이나 나파 계곡에서 기구를 탈 때만큼 아름답진 않았지만 정말 즐거웠다. 나는 약간 긴장할 수도 있겠다는 생각이 들었다. 하지만 열기구는 믿을 수 없을 정도로 평화롭고 조용히 하늘을 떠다녔다. 이따금씩 프로판가스 버너가 쉭쉭거리는 소리만 들렸다. 착륙할 때 가끔 바닥에 살짝 부딪치기도 한다는 주의를 들었다. 그래서 약간 요동칠 것에 대비해 마음의 준비를 했다. 하지만 조종사는 노련하게 미끄러지듯 내려왔고 바구니는 땅에 슬며시 안착했다. 이보다 더 부드럽게 착륙할 수는 없을 터였다. 승무원들은 우리보다 먼저 착륙지점에 와 식탁에 샴페인을 곁들인 아침 식사를 차려 놓기까지 했다. 심지어 나를 위해 페이스트리 반죽으로 만든 작은 케이크도 준비했다. 모두 생일 축하 노래를 불러 주었다.

나에 대한 캐나다인의 선심은 거기에서 그치지 않았다. 캐나다인은 그날 저녁 나를 데리고 나가 비싼 스테이크를 사 주었다. 은과 금으로 된 아름다운 팔찌를 선물하기도 했다. 캐나다인은 엄청난 노력과 비용을 쏟으며 나를 아끼고 사랑해 주었다. 나는 캐나다인에게 푹 빠졌다.

이번에 캐나다인이 와 있는 동안 우리는 미래에 대해 아무런 의논도 하지 않았다. 이혼이 최종적으로 마무리될 경우 앞으로 어떻게 될지에 대해서도 거론하지 않았다. 캐나다인은 지저분한 이혼 소송을 밟는 데 집중했다. 나는 내가 여행을 얼마나 오래 할지, 여행을 그만두면 무엇을 할지 몰랐다. 우리가 만난 그날부터 나는 미래에 대해 걱정하지 않았다. 그 순간에 충실하고 함께 있는 시간을 즐기려고 노력했다.

이번 방문은 예전보다 짧았다. 겨우 나흘이었다. 어느새 캐나다인이 북쪽으로 돌아갈 날이 왔다.

"근사한 생일 선물 고마워요. 믿을 수 없을 만큼 멋졌어요."

나는 캐나다인을 포옹하고 한참 키스를 했다.

"당신이 당연히 받아야 할 선물이었어요. 아마 몇 달 후에 당신을 다시 만나러 올 수 있을 거예요. 그래도 돼요?"

캐나다인이 말했다.

"그럼요."

나는 미소를 지었다. 몇 달이 빨리 지나갈 것 같았다. 부모님이 와서 2주간 지내다 갈 예정이었다. 게다가 캐미와 캐미의 애인이 잠깐 들르겠다고 했다. 나는 일을 하고 가족과 함께 시간을 보내느라 매우 바빠질 터였다.

"가기 전에 자전거 가게에 들르고 싶어요."

"뭘 사려고요?"

내가 물었다.

"그냥 부품이 있는지 보려고요."

캐나다인은 캠핑카가 주차된 곳에서 가까운 자전거 가게 앞에 차를 세웠다. 우리는 가게 안에 들어갔다. 캐나다인은 나를 자전거 부속품이 있는 곳으로 곧장 데려갔다.

"당신 자전거 뒤에 아직도 바구니가 없더라고요. 둘러보고 마음에 드는 게 있으면 말해요. 하나 사 줄게요."

"아니에요, 당신은 이미 너무 많은 걸 해 줬어요. 그건 내가 알아서 할게요. 이왕 온 김에 이 가게에 어떤 물건이 있는지 볼게요."

나는 가게 안을 둘러보며 여러 가지 종류의 바구니와 다른 용기들을 보았다. 하지만 내가 원하는 건 없었다.

"다른 걸 주문해도 되나요?"

나는 카운터 뒤에서 일하는 청년에게 물었다.

"네, 카탈로그에서 주문할 수 있는 물건을 보여 드릴게요."

우리는 허리를 숙이고 함께 카탈로그를 들여다보았다. 청년은 책장을 획획 넘겨 바구니를 찾고는 말했다.

"이 페이지에 있는 건 뭐든 주문할 수 있어요."

나는 페이지를 훑어보았다.

"이게 좋겠어요. 주문할 수 있나요?"

나는 바구니를 가리켰다.

"확인해 볼게요."

청년은 몇 개의 숫자를 컴퓨터에 입력했다.

"죄송해요, 이건 품절이에요. 마음에 드시는 다른 물건은 없나요?"

나는 카탈로그를 조금 더 훑어보고 고개를 저었다.

"없어요, 다른 건 적당한 게 없어요. 나중에 재고가 있는지 다시 물어볼게요."

그때 우리가 카탈로그를 보는 동안 가게 안을 돌아다니던 캐나다인이 다가왔다.

"다른 건 마음에 드는 게 없다고요?"

"없어요, 카탈로그에 있는 이 물건이 정말 마음에 들어요. 재고가 생길지 두고 봐야겠어요."

나는 도움을 준 가게 점원에게 고맙다고 인사하고 캐나다인과 가게에서 나왔다. 우리는 다시 캠핑카를 향해 차를 몰았다. 캐나다인은 물건 몇 개를 여행 가방에 넣고 지퍼를 잠갔다.

"당신 자전거 타이어에 타이어 캡이 빠져 있더라고요."

캐나다인이 주머니에서 뭔가를 꺼내 내 손을 잡으며 말했다.

그러고는 내 손바닥에 타이어 캡을 올려 두었다.

나는 당황해서 이맛살을 찌푸리며 타이어 캡을 바라보았다.

"그런데 이거 언제 샀어요? 아까 아무것도 안 샀잖아요."

"가게에 있는 자전거에서 뺐어요."

캐나다인이 피식 웃으며 말했다.

나는 소름이 끼쳤다.

"이걸 훔쳤단 말이에요?"

"별거 아닌데 뭘 그렇게 정색이에요?"

나는 캐나다인을 바라보았다. 창문에 내리비치는 햇볕이 그의 얼굴을 환하게 비추었다. 반쯤 감긴 눈과 얇은 입술이 눈에 들어왔다. 갑자기 캐나다인이 징그러운 파충류처럼 보였다. 연애 감정에 빠져 있느라 씌어 있던 눈꺼풀이 벗겨지고, 앞이 또렷이 보이기 시작했다. 보석과 향응에는 아낌없이 돈을 쓰면서 그렇게 싼 물건은 왜 훔치는지 이해할 수 없었다. 상식적으로 맞지 않았다.

"나한테는 별일이 아닌 게 아니라서요. 내가 사면 될 일이에요."

나는 타이어 캡을 캐나다인에게 돌려주었다.

캐나다인의 얼굴에 얼핏 인상을 쓰는 모습이 스쳤지만 그는 재빨리 사과했다.

"비행기를 타려면 이제 가는 게 좋겠어요."

우리는 서로 포옹을 하고 작별 키스를 했다. 하지만 떠나는 그 남자를 지켜보는 내 마음은 뒤숭숭했다. 내가 이 남자를 정말 제대로 아는 걸까?

뱀들, 그리고 깜짝 놀랄 일들의 연속

2009년 2월~4월

신뢰는 삶의 접착제다…… 모든 관계를 지속시키는 근본원리다.
— 스티븐 코비*

나는 캐나다인에 대한 의심을 떨쳐 버리고 가족과의 재회를
즐기기로 했다. 부모님과 캐미, 캐미의 애인이 피닉스로 왔다.
우리는 그 지역의 명소를 즐겁게 구경했다. 디어 밸리 록 아트
센터에서 1,500개의 암각화 사이를 걷기도 했다. 여행을 시작

* 미국의 기업인이자 경영컨설턴트 _옮긴이

한 뒤로 나는 가족을 더 많이 만나고 있었다. 내가 캘리포니아에서 일하고 캐미가 콜로라도에 있는 대학에 다닐 때보다 더 잦았다. 그래서 내가 누리는 생활 방식에 애정이 더욱 커졌다.

나는 피닉스에서 일을 마치고 투손으로 가는 고속도로를 탔다. 이 도시는 피닉스보다 더 매력적인 곳이었다. 우선 풍경이 더 흥미로웠다. 투손은 산타크루즈 강둑을 따라 산맥 네 개에 둘러싸여 있었다. 북쪽은 산타 카탈리나 산, 동쪽은 린콘 산, 남쪽은 산타 리타 산, 서쪽은 투손 산이 누워 있었다. 피닉스의 평평한 갈색 카펫이 고지대 사막의 계곡과 험준한 산으로 바뀌었다. 그곳에는 사과로 선인장 군인들이 듬성듬성 있었다. 카펫은 멀리서도 푸르러 보였다.

나는 시내 변두리의 시골 지역에서 일했다. 시골에는 주택이 넓은 사유지에 자리해 있었다. 고객들과 대화를 나누면서 이 지역에 방울뱀이 많다는 사실을 알 수 있었다. 방울뱀에게 물린 개와 고양이 이야기, 뱀들이 반갑지 않게 마당에 종종 나타난다는 이야기를 들었다. 나는 캘리포니아에서 등산을 하다 안전거리에서 방울뱀을 몇 번 만났다. 그래서 방울뱀을 피해 가는 방법을 알았다.

어느 날 나는 항공사진을 들고 곡선형 계단식으로 된 어느 집 보도를 서둘러 올라가다가 60센티미터 앞에 있는 뱀을 보고 얼어붙은 듯 멈춰 섰다. 뱀은 보도 오른쪽, 60센티미터 높이의 벽에 기대어 몸을 쭉 펴고 일광욕을 하고 있었다. 나는 잽싸게 뱀의 꼬리로 시선을 옮겨 꼬리가 눈에 띄게 흔들리는지 살폈다. 꼬리가 경고하듯 흔들리고 있었다.

그 순간 아드레날린이 폭발하듯 분비돼 내 몸 여기저기로 쫙 퍼졌다. 덕분에 나는 보도에서 현관까지 남은 짧은 거리를 훌쩍 뛰어넘었다. 뱀이 따라오지 않는지 수시로 뒤를 살피면서 떨리는 손가락으로 초인종을 눌렀다. 문 안쪽에서 아무런 인기척이 들리지 않아서 다시 초인종을 눌렀다. 아무 반응이 없었다. 노크를 해 봤지만 마찬가지였다. 집에 아무도 없었다. 당황하지 말자.

뱀은 보도에서 꿈쩍도 하지 않았고, 그래서 나는 차로 돌아갈 수가 없었다. 보도 양쪽에는 집과 진입로 사이의 공간을 따라 큰 바위들이 연이어 있었다. 바위들은 불안정해 보였고, 바위 틈새는 뱀들이 숨기 가장 적합한 장소였다. 나는 보도 옆에 있는 자갈 몇 개를 집어 들고 한 개를 뱀에게 던졌다. 뱀이 눈치를 채고 보도에서 벗어나기를 바랐다. 목표 지점에서 10센티미터 정도 빗나갔다. 나는 자갈을 하나 더 던졌고 뱀의 꼬리에 맞았다. 뱀이 꿈틀거렸다. 세 번째로 자갈을 던져 보았지만 이번에는 뱀의 화를 돋우기만 했다. 뱀은 일광욕 장소를 포기하려 들지 않고 더 요란하게 몸을 꿈틀거리면서 똬리를 틀어 공격하려 했다. 뱀이 그 거리에서 내가 있는 곳까지 올 수 있을지 궁금했다. 거리가 그다지 멀지 않았다. 두려움은 조금씩 커져 갔고 혈류가 빨라졌다.

나는 침착해지려 안간힘을 썼고 어떻게 할지 생각했다. 근처에 다른 집이 없어서 도움을 청할 수도 없었다. 만약 오른편에 있는 바위를 허둥지둥 넘어간다면 발목이 골절되거나 더 심하게 다칠 수도 있었다. 그러면 뱀은 내게 쉽게 다가올 터였다. 만약 내가 왼쪽 길로 간다면 흔들리는 바위를 타넘어야 했다. 그러면 뱀과 훨씬 더 가까워지겠지만, 적어도 우리 사이에는 낮은 벽이 있었다. 하지만 그건 큰 위로가 되지 않았다. 뱀이 벽을 넘을 수 있다는 글을 읽은 적이 있기 때문이었다.

나는 왼쪽을 선택하고 심호흡을 했다. 그런 다음 한쪽 눈으로 뱀과 나를 분리시키는 낮은 벽을 주시하고, 바위틈에 숨어 있는 뱀들을 경계했다. 그러고는 가장 안정적으로 보이는 바위 위로 뛰어올랐다. 마침내 승용차 앞까지 왔다. 허둥지둥 문을 열고 안으로 들어가는데 두려움에 다리가 후들거렸다. 몇 분 동안 그 자리에 앉아 있었다. 빨라진 아드레날린 분비가 느려지고 심장박동이 정상으로 돌아오기를 기다렸다. 아슬아슬했어.

마침내 마음이 진정되어 지도상에 있는 옆집으로 차를 몰고 갔다. 길을 따라 얼마 내려가지 않았을 때였다. 돼지처럼 생긴 까만 동물이 내 차 바로 앞을 쏜살같이 지나갔다. 나는 브레이크를 꽉 밟았고, 그게 뭔지 바로 알아챘다. 페커리라고도 알려진 자벨리나였다. 전에 본 적은 없지만 이 지역에 자벨리나가 많다는 사실은 알고 있었다. 자벨리나는 멧돼지와 비슷하게 생겼고 입 밖으로 날카로운 송곳니가 튀어나와 있었다. 조심해, 하이디. 더 이상 이 지역의 야생 동물들과 마주치고 놀라고 싶진 않았다. 나는 무사히 일을 마치고 그날 밤 지쳐서 잠에 곯아떨어졌다.

마침내 나는 투손에 적응해 편안하게 지냈고 판매도 괜찮았다. 라일리와 나는 메마른 개울 바닥을 따라 나 있는 오솔길을 매일 산책했다. 그러다 보면 가끔 멀리서 코요테들이 우는 소리가 들렸다. 야영장에서는 행복한 시간에 초대를 받아 이웃들을 알게 되었다. 방울뱀을 지척에서 만나는 일은 더 이상 없었다. 하지만 자벨리나를 또 마주친 적은 있었다. 어느 날 아침 내가 라일리를 산책시키고 있을 때, 자벨리나가 길에서 가까운 울타리 옆에 누워 있었다. 야생 돼지가 위험할 수 있다는 건 알았다. 하지만 자벨리나에 대해서는 잘 몰랐다. 라일리는 자벨리나를 보고 어리둥절한 표정이었다. 만일의 경우에 대비해서 우리는 재빨리 길 반대편으로 갔다.

예정된 캐나다인의 방문을 일주일 앞둔 어느 날, 그에게서 음성메일을 받았다. 나는 RV 공원에서 열린 행사에 참석하느라 캠핑카에 늦게 돌아왔다. 캐나다인이 밤 9시에 전화한 것을 확인하고 그의 메시지를 들었다. 그런데 방향 지시등을 포함해 운전하는 소리가 들렸다. 캐나다인은 조카랑 영화를 본다고 말했다. 나는 다음 날 캐나다인에게 다시 전화하기로 했다.

다음 날 저녁 캐나다인에게 전화를 했다. 그러자 캐나다인은 조카와 저녁을 어떻게 보냈는지 아주 자세히 말했다. 두 사람이 본 영화 제목까지 알려 주었다. 캐나다인이 나를 만나러 오는 동안 조카가 그의 뒷일을 봐주기로 되어 있었다.

"저녁 식사는 어디에서 했어요?"

내가 물었다.

"우린 나가지 않았어요. 매튜가 오후 6시쯤에 와서 피자를 시켜먹었어요. 매튜에게 내가 없는 동안 일을 처리하는 방법을 알려 주고 저녁 내내 집에 있었어요. 매튜는 11시쯤 돼서야 갔죠."

내 심장 박동이 두 배로 빨라졌다.

"저녁 내내 집에 있었다고요? 안 나갔단 말이에요?"

"맞아요. 우린 밤새 여기 있었어요."

"하지만 당신이 남긴 메시지엔……."

나는 말꼬리를 흐렸다. 불편한 감정이 스멀스멀 올라오기 시작했다.

"내 메시지가 왜요?"

"당신이 어젯밤 9시에 나한테 메시지를 남겼잖아요. 운전하고 있던데요."

전화기에서 잠시 침묵이 흘렀다.

"아니에요, 운전은 하지 않았어요."

캐나다인이 나직이 말했다.

"하지만 차 소리가 들린 걸요. 당신 메시지에서 방향 지시등 소리가 들렸다고요."

나는 메시지 배경으로 들렸던 소리를 분명히 기억했다. 그래서 캐나다인이 저녁을 먹으러 나갔다고 생각한 것이었다. 나는 캐나다인이 거짓말을 한다는 것을 알았고, 내 몸도 그 사실을 알았다. 왜냐하면 갑자기 몸에서 기운이 쭉 빠졌기 때문이었다. 왜 거짓말을 할까? 뭘 하고 있었기에 나한테 말하려고 하지 않는 걸까? 나는 캐나다인이 소프트볼 경기나 다른 일로 바쁘다고 말했기 때문에 최근에 예전만큼 자주 나와 통화를 할 수 없었다는 사실을 기억했다.

"어젯밤에 정말 뭘 한 거예요?"

"말했잖아요, 매튜와 집에 있었다고."

캐나다인이 우겼다.

"당신 메시지에서 다 들었다니까요."

"당신이 잘못 안 거예요."

"그렇지 않아요."

이번에는 내가 나직이 말했다.

"난 밤새 집에 있었어요."

"이러지 말아요. 상황만 더 나빠질 뿐이에요."

내가 타일렀다.

"밤새 집에 있기만 했는데 나더러 어쩌라는 거예요."

캐나다인은 완강하게 말했다. 우리는 몇 번 더 이런 식으로 말씨름을 했고, 갑자기 나는 기진맥진했다.

"이만 끊어야겠어요. 당신이 지금 나한테 정직하지 않다는 사실, 그리고 전에도 간혹 그랬다는 걸 알아요."

나는 힘없이 말했다. 그 말을 내뱉는 순간 그것이 사실임을 깨달았다. 한동안 몇몇 작은 징후를 보고 캐나다인이 정직하지 않다고 느꼈지만, 증거는 전혀 없었다. 하지만 이제는 증거가 있다.

"다음 주에 오지 말아요. 이제 더는 안 되겠어요. 나는 신뢰할 수 있는 사람과 만나고 싶어요. 잘 지내요."

나는 전화를 끊었고 분노와 슬픔, 혐오감에 휩싸였다. 2분 뒤에 캐나다인은 내게 다시 전화를 걸었다.

나는 전화를 받기는 했지만 아무 말도 할 수가 없었다.

"하이디, 미안해요. 외출을 하기는 했어요. 하지만 당신이 언짢아할 것 같아서 말하고 싶지 않았어요. 술집에서 친구를 몇 명 만났어요."

"당신이 친구들과 외출을 하는데 내가 왜 언짢아하겠어요? 여자랑 있었어요?"

"아니에요, 난 그냥 당신이 언짢아할지도 모른다고 생각했을 뿐이에요."

말도 안 되는 소리였다. 캐나다인은 자신이 데이트 중이라서 내가 기분 나빠할 거라고 생각한 게 분명했다. 하지만 캐나다인이 뭘 하고 있었는지는 내게 정말 중요하지 않았다. 중요한 건 캐나다인이 내게 또 거짓말을 했다는 점이었다. 나는 캐나다인이 아무리 나를 사랑하고 아껴준다고 해도 이 남자를 결코 믿을 수 없다는 걸 알았다. 상대가 믿을 수 없는 사람이라면 사랑은 식기 마련이다.

나는 감정을 차단하기 위해 마음에 벽돌을 쌓기 시작하며 말했다.

"더 이상 당신을 만나거나 대화할 수가 없어요. 이제 끝났어요. 거짓말을 하는 사람과는 관계를 지속할 수 없어요. 당신이 잘 살기를 바랄게요. 잘 지내요."

나는 속이 거북해서 전화를 끊었다. 그리고는 침대에 기어들어가 흐느껴 울었다. 라일리가 침대 위로 뛰어올라와 걱정스러운 눈빛으로 내 얼굴을 핥기 시작했다. 나는 라일리를 안고 좀 더 울다가 잠이 들었다.

현실 점검

2009년 4월~6월

마음에 상처를 받으면 힘들지만, 매일 감사할 일이 점점 많아진다.
— 올리비아 컬포*

　다음 날 아침, 잠에서 깨니 눈이 퉁퉁 붓고 속이 거북했다. 이런 상태는 그 후 몇 주 동안 계속되었다. 캐나다인이 이혼 여부에 대해 거짓말을 했다는 걸 알고 나서 왜 관계를 정리하지 않았을까? 어떻게 그런 바보 같은 짓을 했지?

* 미국의 영화배우이자 모델_옮긴이

캐나다인이 결국 아내와 헤어졌는지는 중요하지 않았다. 신뢰할 수 없는 남자와 사귀어 봤자 관계는 순탄치 않을 터였다. 이상한 낌새가 있기는 했지만 나는 그걸 무시했다. 캐나다인은 타이어 캡을 훔치기도 했고, 추운 계절에 소프트볼을 한다고 말하기도 했다. 나는 낭만적인 꿈에 너무나 필사적으로 매달린 나머지, 장밋빛 안경을 쓰고 보고 싶은 것만 봤다. 캐나다인이 내가 특별한 사람이고 자신이 원하는 건 오직 나뿐이라고 말했을 때, 나는 그 말을 믿고 싶었다. 나는 캐나다인의 적극적인 사랑과 관심에 빠져 한쪽이 썩어가는 조짐이 보여도 애써 무시했다.

나는 전적으로 캐나다인을 원망하며 분노와 슬픔 사이를 오갔다. 그러나 내게도 잘못이 없지 않다는 것을 알았다. 캠핑카를 끌고 여행을 떠났을 때 내 인생이 송두리째 바뀌었다고 생각했다. 하지만 발을 헛디뎌 뒷걸음질 치기도 했다. 나는 더 많은 폭풍을 견뎌야 하고 더 많이 배워야 한다는 걸 깨닫지 못했다. 앞으로 두 걸음, 뒤로 한 걸음.

노트북을 켜고 이메일을 확인할 때마다 슬픔이 밀려왔다. 편지함에 캐나다인의 이름이 보이지 않았다. 이제야 내가 그의 이메일, 그의 전화, 그의 방문을 얼마나 고대했는지 깨달았다. 캐나다인의 존재는 내게 버팀목이 되어 주었다. 덕분에 혼자 여행하면서 이따금씩 찾아드는 외로움을 느끼지 않았다. 그 사실을 알고 나자 또 다른 우울증에 빠졌다. 발을 헛디뎌 걷잡을 수 없이 추락하고 있었다. 나는 지치고 무기력했고 마음을 잡지 못했다. 마지못해 일을 했지만 재미가 없었다.

그 무렵 친구의 이메일을 받았다. 친구는 온라인 사이트 '미트업Meetup'에 대해 알려 주었다. 미트업은 직접 만나 갖가지 활동을 하는 소셜 네트워킹 단체들의 사이트였다. 투손에 있는 단체를 찾아보니 살사댄스 모임이 있어서 가입했다. 덕분에 사람들을 만나고, 살사를 배우고, 즐거운 시간을 보냈다. 이윽고 메스꺼움이 없어지고, 내가 추락한 구덩이에서 기어 나오기 시작했다. 나는 캐나다인을 겪은 뒤로 더 똑똑하고 강하고 자신감이 있는 여자가 되었다. 하지만 전만큼 사람을 잘 믿지 않았다.

내 주의를 다른 곳으로 돌릴 손님이 와서 도움이 되었다. 루시는 투손을 경유해 동쪽으로 갈 예정이었다. 루시는 내가 도서 축제에 참석할 마음을 먹었을 때 나를 만나러 왔다. 그래서 루시는 나와 동행했다. 우리는 축제장을 돌아다니며 세미나에 참석하고 작가들을 만나고 책을 샀다. 나는 이런 행사들을 좋아했다. 작가 지망생으로서 그곳에서 견문을 넓히며 많은 자극을 받고 루시의 긍정적인 사고방식과 풍부한 유머로 기분이 다시 밝아졌다. 루시와 도서 축제에서 받은 자극 덕택에 더 행복하고 새로운 자아를 되찾은 것 같았다.

나는 캐나다인이 내게 맞는 남자가 아니라는 걸 알았다. 하지만 우리의 관계를 통해 둘 다 얻은 것이 있다는 사실을 인식하기 시작했다. 캐나다인은 내가 우울증을 앓는 동안 잃었던 즐거움, 자발성, 열정을 끌어내 주었다. 내 마음속의 텅 빈 공간을 채우고 나로 하여금 아름답다고 느끼게 해 주었다. 캐나다인은 내가 목말라하던 연애 감정 속에 푹 빠지게 해 주었다. 나는 캐나다인에게 사랑 없는 결혼의 도피처가 돼 주었다. 그리고 온갖 새로운 모험 여행을 하게 해 주고 사랑을 주었다. 우리의 관계는 안 좋게 끝났지만 둘 다 뭔가 얻은 것이 있었다.

나 역시 캐나다인의 성품을 알게 되자 인연을 끊음으로써 자신감을 얻었다. 놓아주는 것이 고통스럽기는 했다. 하지만 소신껏 입장을 정함으로써 나는 더욱 강해졌다. 빗속에서 빛을 발하는 생명체들과 해변에서 경험했던 마법 같은 순간이 떠올랐다. 자연과 함께 한 아름답고 낭만적인 그 순간, 나는 혼자였다. 남자가 있어야만 내가 특별하다는 기분을 느낄 수 있는 건 아니었다.

나는 4월 초에 마지못해 투손을 떠났다. 정말로 이 도시가 슬슬 재미있어지기 시작했는데 아쉬웠다. 더 오래 머물렀다면 즐겁게 지냈을 터였다. 하지만 베이 에어리어로 가서 캐미의 생일을 축하할 생각을 하니 마음이 들떴다. 투손에서 한 달 동안 지내면서 항공사진을 판매해 봤지만 반응이 좋지 않았다. 갈 시간이 되자 나는 이번에도 늑장을 부렸다. 최근에 나는 좀 더 머물러 있고 싶어 하는 경향이 있었다. 그러나 더 많은 일을 하기 위해 캘리포니아 주 오번으로 가야 했다.

오번은 새크라멘토 북동쪽으로 약 50킬로미터 떨어진, 시에라네바다 산맥 기슭에 있었다. 완만하게 기복을 이룬 언덕과 에메랄드빛 숲, 한가로이 흐르는 강으로 둘러싸인 곳이었다. 그 지역에는 과거 골드러시의 잔재가 남은 작고 오래된 시내가 있었다. 그곳에 머문 지 몇 주가 되었을 무렵이었다. 나는 캠핑카에서 나와 옆 야영지로 후진해 들어오는 에어스트림 트레일러를 지켜보았다. 삼십 대 초반의 매력적인 여성이 세 살 정도로 보이는 어린 딸과 트레일러에서 내리는 것을 보고 깜짝 놀랐다. 모녀가 야영지에 자리를 잡자 나는 그들에게 다가가 인사를 하고 내 소개를 했다.

"안녕하세요, 하이디. 저는 캐롤이고, 이 아이는 제 딸 클로에예요."

"클로에, 안녕."

내가 말했다. 클로에는 아주 작은 흰 털 뭉치를 꼭 끌어안고 있었다.

"이 작고 귀여운 털 뭉치는 누구니?"

"이건 해피예요. 늘 행복해서 이름이 해피예요."

클로에는 내가 잘 볼 수 있게 가까이 다가오며 말했다.

"해피야말로 최고의 이름이지."

나는 캐롤을 돌아보며 물었다.

"어디서 오셨어요?"

"텍사스에서 왔는데, 지금은 여기에 살아요."

캐롤은 에어스트림 트레일러를 가리키며 말했다.

"여행만 다니는 건가요?"

나는 깜짝 놀라 물었다. 그동안 만난 사람들 중에 어린아이를 데리고 RV에서 살며 여행하는 사람은 캐롤이 처음이었다.

"대단해요. 나는 캠핑카와 개도 간신히 데리고 다니는걸요. 트레일러, 개, 거기에다 어린아이를 돌보다니 나로서는 상상도 못할 일이에요."

"저는 혼자 아이를 키워요. 늘 우리 단둘이 살았어요. 클로에가 어릴 때 전국을 여행하면 재미있겠다는 생각이 들었어요. 저는 장소에 구애받지 않고 일을 할 수 있거든요."

나는 이 젊고 배짱 좋은 여자에게 감탄했다. 하지만 그녀를 알아갈 시간은 많지 않았다. 며칠 후 캐롤과 클로에, 해피는 다시 길을 떠났다.

오번은 지독하게 더운 날도 있긴 하지만 운하를 따라 멋진 오솔길이 있었다. 그래서 라일리와 나는 매일 아침 산책을 즐겼다. 사진이 잘 팔렸고, 아메리칸 강을 탐험하는 것이 좋았다. 그곳은 여름을 보내기 좋은 장소였다. 내가 가장 두려워했던 사건이 일어나기 전까지는.

물바다가 되다

|

2009년 7월

너무 많은 사람들이 자신이 꿈꾸는 대로 살지 않는다.
두려워하며 살기 때문이다.
— 레스 브라운*

나는 침수된 야영지를 우두커니 바라보았다. 짜증 대신 공포가 엄습했다. 캠핑카가 물이 아니라 하수도가 막혀서 넘쳐난 구정물에 잠겨 있었다. 별안간 나는 더 이상 꿈꾸던 삶을

* 미국의 가수_옮긴이

살고 있지 않았다. 이건 악몽이었다.

이것이야말로 내가 여행 내내 가장 두려워했던 상황이었다. 이상하게도 다른 걱정은 크게 들지 않았다. 캠핑카가 갑자기 고장 난다든지, 여행을 그만둘 준비가 되었을 때 직장을 구할 수 있을지 등의 걱정 말이다. 심지어 연쇄살인범의 다음 희생 자가 될지도 모르는 상황에 대해서도 그다지 걱정하지 않았다. 나는 하수 탱크 비우는 일에 문제가 생길까 봐 가장 조마조마 했다. 물론 내가 하수 탱크를 비워서 야영지가 침수된 건 아니 었다. 하지만 어쨌든 결과는 마찬가지였다.

바퀴 달린 내 집에는 탱크가 두 개 실려 있었다. 하나는 싱 크대와 샤워기의 하수를 받는 것으로 회색 물탱크라고 불렀다. 다른 하나는 변기의 하수를 받는 것으로 검은 물탱크라고 했다. 이 탱크들은 야영장의 하수 시설이나 쓰레기 집하장에 서 비워야 했다. 적어도 일주일에 한 번, 방문객들이 있는 경우 에는 더 자주 처리해야 했다.

나는 탱크를 비울 때는 항상 두려워하며 조심조심 움직였다. 그때만큼은 시한폭탄이 든 배낭에 다가가는 폭탄 처리반이 된 심정이었다. 우선 위험 구역이라 할 수 있는 캠핑카 맨 뒤의 외 부 보관함으로 갔다. 그런 다음 거기에 넣어둔 아주 큰 상자에 서 아주 두툼한 일회용 장갑 한 켤레를 꺼내 착용했다. 장갑 상자 옆에는 보호 덮개가 있는 커다란 플라스틱 보관함이 있었다. 그 안에는 작은 고릴라를 통째로 담을 수 있는 튼튼한 쓰레기봉투가 들어 있었다. 쓰레기봉투 안에는 끔찍한 하수 호스와 연결 장치가 있었다. 그 물건을 만질 때는 나도 모르게 콧등을 찡긋 했고 반드시 장갑을 껴야 했다.

다음으로 나는 RV 탱크의 배출 밸브에 조심스럽게 접근했다. 배출 밸브는 하수 호스와 연결 장치를 이은 다음 밸브를 열어서 탱크를 하수 시설에 비우는 장치였다. 나는 연결 장치와 호스를 이어주고 서너 번 조인 후 연결 상태를 거듭 확인했다. 그런 다음 하수 호스의 반대편 끝을 야영지나 쓰레기 집하장의 하수 배수구에 넣었다.

하수 배수구는 내 생각과는 달리 한 치수로 통일되어 있지 않다. 배수구 입구가 너무 작아서 호스가 간신히 들어갈 때가 가끔 있었다. 어떤 배수구는 너무 커서 탱크를 비울 때 생기는 작은 압력에 호스가 배수구 밖으로 날아갈 위험이 있었다. 나는 그런 일이 생기지 않도록 많은 노력을 했다. 간혹 시설이 더 잘 갖추어진 쓰레기 집하장에는 무거운 금속 덮개가 있었다. 덮개는 하수가 배수구로 세차게 배출되는 동안 호스를 잡아주는 역할을 했다. 호스를 고정할 무거운 덮개가 없던 그 시절, 나는 큰 시멘트 덩어리를 가지고 다녔다. 시멘트 덩어리는 호스가 날아가지 않게 제자리에 고정해 주는 든든한 물건이었다.

일단 호스가 양끝에 단단히 고정되어 있다는 확신이 들자 나는 심호흡을 했다. 그런 다음 하수 탱크 밸브를 조금씩 조금씩 조심스럽게 열었다. 하수가 갑자기 쏟아져 나와서 그 압력에 호스가 날아가는 불상사를 막기 위해서였다. 그래야 내가 폭발할 일도 없었다. 하수 탱크의 마지막 내용물이 배수구로 흘러들어가고 나면 그제야 나는 안도의 한숨을 쉬곤 했다. 또 다른 재난을 피했어.

그러고 나면 나머지 일은 쉬웠다. 나는 불안해하지 않고 훨씬 덜 위협적인 회색 물탱크의 밸브를 열었다. 회색 물탱크의 내용물이 하수 호스를 한 번 헹구어 주면 나는 물 호스로 하수 호스를 두 번째로 헹구곤 했다. 끔찍한 허드렛일을 하고 나면 다음 주에 다시 쓰기 위해서 물건을 정리했다. 뚜껑이 있는 이중으로 된 플라스틱 통에 모든 물건을 넣고 눈에 안 보이게 쌌다. 고무장갑을 벗어서 끈적끈적한 오물이 묻지 않도록 바깥 부분이 안으로 들어가게 접어서 쓰레기통에 버리곤 했다. 그렇게 하면 다음에 탱크를 비우기 전까지 문제 될 게 전혀 없었다.

이 일을 몹시 두려워하며 접근하는 RV 여행자는 나뿐만이 아니었다. 애니는 탱크를 비울 때마다 볼 만했다. 대청소를 할 때 쓰는 두꺼운 고무장갑과 무릎까지 오는 고무장화를 착용했다. 그러고 나서도 장갑을 벗으면 항균성 물티슈로 손을 빡빡 문질러 닦았다.

이제 캠핑용 의자와 문 매트 주위를 소용돌이치는 하수를 보자 방호복을 받을 수만 있다면 뭐든 내주고 싶은 심정이었다. 나는 이 야영장에 도착했을 때 야영지의 하수 배수 밸브에 호스를 연결했다. 호스는 내가 거기에 주차하고 있던 내내 단단히 고정되어 있었다. 이웃의 야영지에 있는 하수 배수구가 하수 배수관이 막혀서 넘쳐흘렀다. 그래서 그들의 야영지와 내 야영지가 물에 잠겼다. 나는 서둘러 야영장 사무실로 갔다.

"우리 야영지에 하수가 넘쳤어요."

나는 관리인에게 알렸다.

"정말 죄송해요. 당장 그리로 관리팀을 보내 치울게요."

관리인이 말했다.

나는 직원들이 청소를 마칠 때까지 신선한 바람을 쐬기 위해 라일리를 산책시키기로 했다. 돌아와 보니 직원들이 표백제와 물로 물건을 헹구고 있었다. 하지만 나는 캠프 의자에 앉거나 매트에 발을 디딜 생각을 하니 께름칙했다. 그래서 일회용 장갑을 끼고 캠프 의자와 매트를 집어서 쓰레기통에 버렸다.

하수 참사와 실연의 아픔을 견디었으니 어떤 일이 닥쳐도 감당할 수 있을 것 같았다. 나는 삶이 내게 던진 커브볼에 쉽게 무너지지 않았다. 이제는 더 빨리 일어나고 있었다. 그런 일이 생기면 이따금씩 내 발걸음이 느려지기도 할 터였다. 하지만 여행을 시작하기 전에 내가 있었던 어두운 곳으로 다시 돌아갈 생각은 없었다. 나는 여러모로 새 출발을 하는 셈이었다.

야생 동물들을 보다

2009년 8월~10월

당신의 두려움은 결코 사라지지 않는다.
두려움을 무시하면 잠시 더 편해질 뿐이다.
— 제이슨 리터*

하수구 참사를 제외하면 나는 오번에서 즐겁게 여름을 보냈다. 친구들과 가족들이 오기도 했다. 그리고 야영장과 몇몇 사교 행사에서 새로 친구들을 사귀었다. 심지어 미트업 단체

* 미국의 배우_옮긴이

활동을 통해 만난 남자들과 두어 번 데이트도 했지만 불이 붙지는 않았다.

일이 끝났으니 이제 떠날 때가 되었다. 나는 다시 부모님을 만나러 미네소타를 향해 달리다가 옐로스톤 국립공원에 들렀다. 어린 시절 이후로 옐로스톤에 가본 적은 없었다. 하지만 올드페이스풀 간헐천과 야생동물을 보았을 당시의 흥분, 올드페이스풀 여관의 흥미롭고 소박한 건축물은 애틋한 기억으로 남았다. 어린 시절 가족 휴가 때 방문했던 그곳이 몹시 보고 싶었다.

나는 정말로 야생에서 무스(몸집이 말보다 큰 사슴으로 수컷은 평평한 손바닥 모양의 뿔이 있음_옮긴이)를 보고 싶었다. 옐로스톤에서 무스를 볼 수 있을 것 같았다. 하지만 회색곰, 흑곰, 버펄로, 엘크, 코요테는 보이는데 무스는 없었다. 이 아름다운 공원에서 놀랍고 다양한 풍경을 감상하고 있으니 좋은 경험을 함께 할 사람이 없는 것이 가끔 아쉬웠다. 새로운 사람들을 많이 만나기는 했지만 오래 사귄 친구들과의 관계에서 느끼는 우정과는 달랐다. 하지만 나는 외로움을 꽤 빨리 떨쳐내는 편이었다. 외로움 때문에 즐기지 못하는 일은 없었다.

나는 미네소타를 향해 다시 출발했다. 이번에는 실무적인 방문이었다. 부모님이 집을 팔 수 있도록 도우러 가는 거였다.

부모님은 나이가 들면서 집을 관리하는 일이 점점 버거워졌다. 나는 그다음 2주 동안 상자를 뒤지고, 필요 없는 물건들을 쓰레기통에 버렸다. 집안 구석구석 내가 할 수 있는 일을 거들었다.

내가 어릴 때, 우리는 주위에 곰들이 있다는 걸 알았다. 곰들은 종종 쓰레기통에 들어가곤 했다. 해질녘에 운전할 때 간혹 도로를 가로질러 달려가는 곰들이 보이기도 했다. 하지만 우리는 숲에서 굉장히 많이 놀았는데도 곰들을 가까이서 마주친 적은 한 번도 없었다. 그래도 나는 늘 곰이 무서웠다. 곰들이 예측할 수 없고 위험할 수 있다는 말을 들었기 때문이었다. 또한 곰들은 빠르게 달리고 나무에 오를 수 있다고 했다. 그래서 나는 곰을 만날까 봐 두려워하며 컸다.

나는 덜루스에 머무는 동안 라일리를 데리고 매일 산책을 나갔다. 어느 날 산책을 하고 오다 부모님 집에서 불과 200미터 정도 떨어진 곳에서 느닷없이 라일리가 멈춰서 꼼짝도 하지 않았다.

도로 오른편의 덤불이 우거진 숲속에서 뭔가 부딪치는 소리가 들리더니 조용해졌다. 나는 이곳에 사슴이 많으니까 한 마리가 숲속으로 더 깊이 질주하는 것이라고 짐작했다. 나는 발걸음을 뗐지만, 라일리는 꿈쩍도 하지 않았다. 돌아서서 먼 길로 되돌아갈까 하는 생각도 들었다. 귀를 기울이며 기다렸지만 아무 소리도 들리지 않았다.

나는 다시 앞으로 나아가기 시작했고, 이번에는 라일리도 발걸음을 뗐다. 도로 옆 도랑에 물을 공급하는 배수관이 도로 아래에 있었다. 우리가 배수관 위에 올라갔을 때였다. 거기서 7미터쯤 떨어진 덤불 밖으로 곰 한 마리가 머리를 불쑥 내밀었다. 우리는 서로를 빤히 바라보고 있었다. 곰의 얼굴을 보니 나처럼 놀란 표정이었다. 도랑에서 물을 마시고 도로를 건너려던 찰나에 우리를 본 것이었다. 온몸에 아드레날린 분비가 빨라졌다. 하지만 달아나고 싶은 충동을 억눌렀다. 도망치지 말자.

나는 부모님의 집으로 이어진 가파른 언덕을 뛰어올라 가지 않고 최대한 빨리 걸었다. 15미터 떨어진 곳까지 왔을 때 곰이 우리를 따라오는지 돌아보았다. 곰은 도로 한복판까지 나와 멈춰 서서 우리를 지켜보고 있었다. 곰은 돌아선 나를 보더니 갑자기 도로를 건너 반대편에 있는 숲속으로 천천히 달렸다. 나는 이 호기심 많은 곰 때문에 두려워할 게 없다는 걸 깨달았다. 그러자 몸에 긴장이 풀리고 호흡이 정상으로 돌아왔다. 부모님 집에 가까이 오자 기분이 약간 들떴다. 나는 오랫동안 품었던 또 다른 두려움을 정면으로 마주하고 아무런 상처 없이 이겨냈다.

내가 그 얘기를 했을 때 엄마는 별로 기뻐하지 않으셨다. 며칠 후 엄마는 라일리 목걸이에 달 곰 방울(곰이 방울 소리를 싫어한다는 점에 착안해 만든, 곰을 쫓아주는 방울_옮긴이)을 건네며 말했다.

"이거 받아. 여기서 산책할 때마다 라일리에게 꼭 달아주도록 해."

나는 아무 군소리도 하지 않았다.

겨울에는 플로리다에서 몇 달 동안 일할 계획이었다. 하지만 일이 준비되려면 아직 두 달이 남았다. 그래서 사진 파는 일을 더 하려고 미네소타에서 아이오와 주 데이번포트로 갔다. 여러 농장을 다니며 고양이를 많이 키우는 아주 친절한 사람들에게 사진을 팔았다.

10월 중순에 갑자기 기온이 뚝 떨어졌다. 기온이 더 높은 곳을 찾아 남쪽으로 가기로 했다. 아이오와에서 일하는 마지막날에 눈이 내렸는데, 그날 밤 물 호스가 얼어붙었다. 나는 백미러로 아이오와를 바라보며 미련 없이 그곳을 떠났다.

나는 텍사스 주 보몬트에서 일을 많이 받기로 약속을 받았다. 그래서 남쪽으로 천천히 가다 세인트루이스에서 잠시 멈춰 하룻밤을 보냈다. 그레나다 근처의 주립공원에서 하룻밤을 묵기로 하고, 습기가 많은 푸른 미시시피 주로 들어갔다. 구불구불한 오지를 몇 킬로미터나 달렸지만 사람은 한 명도 볼 수 없었다. 등줄기가 서늘해지기 시작했다. 해가 저물고 있어서 어두워지기 전에 야영지에 자리를 잡고 싶었다. 나는 차를 더 빨리 몰았고, 숲은 더 울창해져서 들어갈 틈이 보이지 않았다. 해는 지평선에 더 가까이 기울었다. 야영장으로 들어가는 길을 놓친 게 아닌가 하는 생각이 들었다. 차를 돌려서 고속도로로 돌아가고 싶었다. 하지만 길이 좁아서 승용차를 분리해야만 차를 돌릴 수 있었다.

아무래도 차를 세우고 승용차를 분리해 차를 돌려야겠다고 마음먹었을 때였다. 야영장 표지판이 눈에 들어와서 한시름 놓았다. 인적이 드문 야영지를 둘러보았을 때 안도감은 금세 사라졌다. 야영지 맨 끝에 아주 오래된 위네바고 캠핑카가 낙엽과 잔가지에 덮인 채 주차되어 있었다. 창문이 전부 빛바랜 커튼으로 가려져 있고 인기척은 없었다. 다른 야영객들은 없고 적막이 흘렀다. 목덜미의 머리카락이 쭈뼛 서자 거기에서 나가야 한다는 생각뿐이었다. 그냥 기분이 찜찜했다. 나는 캠핑카를 돌려 급하게 빠져나왔다. 다시 고속도로를 향해 수 킬로미터를 달렸을 때 땅거미가 지고 있었다. 고속도로를 달려 다른 야영장으로 되돌아갔다. 거기서 칠흑 같은 밤이 깔리기 전에 겨우 주차를 했다. 아까 그 공원에서 나는 근거 없는 두려움에 휩싸여 급하게 나온 것일 수도 있었다. 그 진위는 결코 알 수 없을 것이다. 하지만 나는 드디어 내 직감에 의해 주의를 기울일 줄도 알게 되었다.

끊이지 않는 문제

|

2009년 10월

> 당신을 곤경에 빠뜨린 사람에게 발길질을 할 수 있다고 가정하자.
> 그러면 당신은 한 달 동안 앉아 있지도 못할 것이다.
> — 시어도어 루스벨트*

　나는 미시시피를 뒤로 하고 배턴루지에서 무사히 밤을 보냈다. 그런 다음 텍사스 주 보몬트에 있는 다음 근무지에 도착했다. 석유 도시인 보몬트는 산업 도시 특유의 분위기가 물씬

* 미국의 26대 대통령_옮긴이

풍겼다. 야영지에 자리를 잡은 뒤 아무리 봐도 보몬트에는 내 흥미를 끌 만한 것이 전혀 없었다. 내가 그 도시에서 첫 2주 동안 겪은 경험 때문에 안 좋은 인상이 남은 탓일 수도 있었다. 비극적이거나 심각한 일이 있지는 않았지만 개똥을 밟는다든지 하는 짜증 나는 일이 연이어 일어났다.

보통 새로운 근무지에 도착하면 사진작가, 비행기 조종사, 헬리콥터는 오래전에 떠나고 없었다. 내가 도착할 무렵에는 사진 작업이 끝나서 판매할 준비가 되어 있었다. 보몬트의 경우는 달랐다. 사진작가와의 일정 문제, 사무실에서 저지른 실수, 날씨로 인한 지연 때문에 나는 보몬트에서 약 2주 동안 일을 시작하지도 못했다.

만일 내가 다른 지역에 있었다면 아마 그런 문제로 괴로워하지는 않았을 터였다. 내가 알기로 보몬트에는 할 일이 별로 없고, 비는 억수같이 내렸다. 야영지를 포함해 RV 공원이 물에 잠겼다. 야영지 사이의 작은 풀밭이 5센티미터 깊이의 물에 잠겨 있었다. 땅이 너무 푹 젖어서 물이 빠질 데가 없기 때문이었다. 라일리와 나는 진흙을 밟지 않고는 캠핑카에 들어갈 수 없었다. 그래서 다음 날 캠핑카 문이 그나마 더 작은 진흙 웅덩이 앞에 오게끔 차를 살짝 옮겼다. 그리고 아주 심한 진흙탕을 밟고 지나다니지 않도록 승용차를 다른 곳에 세웠다. 나와 라일리의 발에 진흙이 묻지 않게 각별히 주의했는데도 차 안이 꽤 더러워지고 있었다.

어느 날 캠핑카 밖에서 탱크를 비우다가 노란 전기 코드가 검게 변해 있는 것을 보았다. 그 당시에 비가 많이 왔기 때문인지, 아니면 RV 공원의 전기 서비스에 문제가 생긴 건지는 지금도 알 수 없다. 아무튼 가까이서 보니 코드가 탄 것 같았다. RV 공원 관리소에 그 사실을 알렸다. 하지만 그들은 전기 시스템에는 아무 문제가 없다고 주장했다. 나는 새 전기 코드를 샀고 아무 이상이 없기를 바랐다.

라일리는 날씨가 어떻든 여전히 산책을 시켜야 했다. 처음 며칠은 라일리가 볼일을 볼 수 있게 잠깐 밖에 나갔다 들어왔다. 그러고 나면 완전히 흠뻑 젖곤 했다. 마침내 폭우가 멈췄다. 우리는 과감하게 RV 공원의 경계 밖으로 나가 더 오랫동안 산책을 했다. 물이 넘쳐서 도로와 보도 위에 진흙이 흘러나와 질척거렸다. 피하려고 안간힘을 썼지만, 가끔은 밟고 지나갈 수밖에 없었다. 한 지점에서 내 발이 진흙에 닿자 발이 순식간에 앞으로 쭉 미끄러지더니 공중에 붕 뜨고 말았다. 다리가 허공에 올라가면서 등이 땅바닥에 세게 떨어지고 머리를 콘크리트에 부딪쳤다. 머리가 띵하고 허리가 아팠다. 하지만 의식을 잃거나 더 심한 부상을 당하지 않아서 다행이었다. 내게 나쁜 일이 생기면 라일리는 어떻게 될까? 다시 그런 걱정이 들었다. 그 후로 나는 라일리와 산책을 할 때 더욱 조심했다. 그러나 잇따른 내 불운이 그걸로 끝이 난 건 아니었다.

비가 그치자 나는 캠핑카를 청소하고 손보기로 했다. 우선 방충망을 닦고, 캠핑카 지붕 위로 올라가서 환기구 뚜껑을 씻었다. 그러다 플라스틱으로 된 뚜껑에 구멍이 났다. 햇빛과 비바람에 노출된 플라스틱이 너무 삭아서 내 손길에 부서지고 말았다. 즉시 수리를 하지 않으면 다음에 비가 올 때 방충망을 통해 빗물이 캠핑카로 바로 들어올 터였다. 보몬트에서 RV 정비소를 찾았는데 재고가 하나 있었다. 지붕으로 다시 올라가 환기구 뚜껑을 교체했다. 하지만 그린 몬스터는 여전히 만족하지 않았다.

비가 오면 온수기가 잘 켜지지 않았다. 한 번은 승용차에 시동이 걸리지 않아 수리비로 수백 달러가 들었다. 그런 다음 자동차 타이어에 못이 박히고, GPS가 작동하지 않았다. 캠핑카 앞 유리에 돌이 부딪혀 두 군데가 손상되기도 했다. 결국 나는 장염에 걸렸다. 장염이 낫자 캠핑카 밖으로 나와 야영지 사이의 풀밭 위로 발을 내디뎠다. 그런데 개밋둑 한복판을 밟는 바람에 샌들을 신은 발이 즉시 불개미들의 공격을 받았다. 이 모든 일이 고작 2주 동안 일어났다. 빨리 일을 하고 싶었다.

마침내 사진이 준비되었다. 나는 보몬트의 시골 지역에서 일하다 어느 집 현관으로 걸어갔다. 그 집에는 줄에 매여 있지 않은 보더콜리가 돌아다니고 있었다. 그 개는 나를 보고 두 번 짖었지만 그다지 위험해 보이진 않았다. 내가 초인종을 누르려고 손을 내밀었을 때였다. 개가 내 뒤로 살금살금 다가와서 내 다리를 콱 물었다. 피부가 찢어지진 않았지만 나중에 시퍼렇게 멍이 들었다. 그 일을 하다 개한테 물린 건 그때가 처음이자 마지막이었다. 그동안 개들을 풀어 놓고 키우는 집들을 많이 방문했는데, 이런 일이 생기다니 놀라웠다. 설상가상으로 나는 개똥까지 밟았다.

이 연이은 불운에 화를 내거나 우울해할 법도 했다. 아마 여행하기 전이었다면 그랬을 터였다. 하지만 짜증 나는 일이 연거푸 일어나자 어이가 없어서 웃음밖에 안 나왔다. 내가 할 수 있는 일은 아무것도 없었다. 그저 일을 처리하는 수밖에 없었다. 그런 일이 있었다고 해서 침울해하지 않았다. 나로서는 엄청난 발전이었다.

나쁜 일이 있으면 좋은 일도 있기 마련이었다. 영업부장은 내가 일을 바로 시작하지 못하고 너무 오래 기다린 것을 미안해했다. 그래서 조종사에게 말해서 헬리콥터를 탈 기회를 선물로 주었다. 로빈슨 R22 헬리콥터는 두 사람이 간신히 탈 정도로 정말 작았다. 내 자리에 문도 달려 있지 않은 헬리콥터를 타고 날았다. 안전벨트를 매서 정말 다행이었다. 덕분에 왠지 허공에 떠 있는 기분이 들어서 슈퍼맨처럼 날고 있다는 상상을 했다. 조종사는 내게 짜릿한 기분을 느끼게 해 주려고 엔진을 껐다. 그러더니 우리가 분당 450미터 속도로 떨어지고 있다고 말했다. 하지만 마치 열기구처럼 그저 둥실둥실 떠내려가는 느낌이었다. 나는 겁이 나진 않았다. 헬리콥터에 다시 시동이 안 걸리면 어쩌나 하는 생각이 얼핏 스치기는 했다. 우리는 안전하게 지상에 착륙했다. 나는 내 버킷리스트에서 '헬리콥터 탑승'에 체크 표시를 하게 되어 기뻤다.

나는 남쪽으로 내려가는 길에 갤버스턴과 오렌지 같은 인근 지역도 탐험하게 되었다. 그런 다음 잠시 쉬기로 하고 뉴올리언스로 차를 몰았다. 루시, 애니, 카렌을 만나 할로윈을 보낼 계획이었다. 우리는 RV 공원에서 만났다. 내가 도착했을 때 루시와 카렌은 이미 주차를 한 상태였다. 우리는 인사와 포옹을 했다. 그리고 캠프 의자에 앉아 그동안 못한 이야기를 나누었다.

"애니는 이모한테 물려받은 집에서 지내고 있어. 지금 여기로 오는 중이야."

루시가 말했다.

"잘 됐어요. 두 분 다 만나서 너무 기뻐요."

나는 진심으로 말했다.

"뉴올리언스에 가 본 적 있니?"

루시가 물었다.

"이번이 처음이에요. 늘 여기 오고 싶었어요. 마침 할로윈에 왔으니 즐겁게 보낼 수 있겠어요. 두 분 다 여기 와 보셨어요?"

내가 물었다.

"나는 여기에 두어 번 와 봤어. 갈 만한 곳을 몇 군데 알고 있지."

루시가 말했다.

"난 이번이 처음이야. 애니도 지금 여기에서 주로 지내니까 몇 군데 추천해 줄 거야."

카렌이 말했다.

"뉴올리언스를 잠깐 둘러볼까?"

잠시 후 애니가 차를 세우고 물었다. 애니는 우리에게 가든 디스트릭트의 아름다운 저택을 보여 주었다. 그리고 도시 전역에 걸쳐 허리케인 카트리나가 무참히 휩쓸고 간 잔해를 가리켰다. 몇 년째 복구를 하고 있었다. 이곳은 포기하지 않는 생존자들의 도시였다. 애니는 우리를 자신의 집으로 데려갔다. 우리는 유명한 세인트루이스 묘지에 가 보았다. 흥미로운 일이 늘 있는 프렌치쿼터(18세기 초에 프랑스인들이 건설한 거리로 유럽풍의 분위기가 감도는 곳_옮긴이) 거리를 걷기도 했다.

뉴올리언스는 내 마음을 사로잡았다. 예술, 역사, 아름다운 건축물, 독특한 문화로 가득했다. 나는 그곳의 모험적이고 독립적인 정신과 일체감을 느낄 수 있었다. 음식뿐만 아니라 음악도 정말 맛있었다. 프렌치쿼터에는 음악가들이 웬만한 식당과 술집, 길모퉁이, 공원에 있었다. 어디를 가든 음악이 있었다.

할로윈 데이에 우리는 프렌치쿼터에 갔다. 나는 할로윈을 무척 좋아하는데, 이것은 내가 본 것 중 최고의 할로윈 파티였다. 거리는 창의적이고 화려한 의상을 입은 사람들로 붐볐다.

가장 좋았던 건 루시, 애니, 카렌과 재회했다는 사실이었다. 나는 이 모험적이고 독립적인 여자들이 새삼 더 좋아졌다. 루시, 카렌, 일레인과 바하에 가기 몇 달 전이 떠올랐다. 그때 이 멋진 여자들과 잘 어울릴 수 있을지 얼마나 걱정했던가. 어쨌든 가기로 마음먹고 함께 시간을 보내서 다행이었다. 뚜렷한 이유 없이 두려워하던 나 자신이 몹시 어리석었단 생각에 속으로 피식 웃었다.

악어의 나라

2009년 12월~2010년 3월

글쓰기는 생계를 유지하는 가장 어려운 방법이다.
몸싸움하며 생존하는 악어들보다는 낫지만.
— 올린 밀러*

보몬트에서 온갖 고생을 한 터라 플로리다 주로 향하게 되어 신이 났다. 플로리다에서 일하며 겨울을 보낼 생각이었다. 보몬트 도시 경계를 지나며 안도의 한숨을 푹 내쉬었다. 다른 도시

* 미국의 작가_옮긴이

로 여행했을 때와는 달리 텍사스 주에서는 즐겁게 보내지 못했다. 나는 플로리다에 가 본 적이 없어서 얼른 새로운 주를 탐험하고 싶었다.

캐미는 나와 함께 크리스마스 휴일을 보내기 위해 비행기를 타고 탬파로 오는 중이었다. 나는 들뜬 마음을 겨우 진정시키고 RV 공원에 자리를 잡았다. 탬파와 포트마이어스 사이의 만에 위치한 푼타 고르다에 있는 공원이었다. 그러고 나서 캐미가 와 있는 동안 우리가 할 만한 것들을 알아보기 시작했다. 캐미도 플로리다 여행은 이번이 처음이었다. 나는 캐미와 함께 새로운 곳에 대해 하루빨리 알아보고 싶었다.

"플로리다에 있는 동안 뭘 하고 싶니?"

공항에서 캐미를 데려와 캠핑카에 짐을 풀게 한 후 물었다.

"악어를 보고 싶어요."

캐미가 말했다.

"잘 됐다, 나도 보고 싶어. 에버글레이즈 근처의 앨리게이터 앨리가 악어들을 보기 좋은 곳이라고 들었어. 거기로 가는 게 어때?"

캐미가 동의했다. 그래서 우리는 그다음 날 1시간 30분을 운전해 41번 고속도로에 있는 H. P. 윌리엄스 로드사이드 공원에 갔다. 우리는 이곳에서 운하 맨 끝에 있는 악어 몇 마리를 보앉는데 여기는 정말 넓었다. 악어들은 너무 멀리 있었고 물가에 엉킨 나무와 덤불에 가려져 있었다.

나는 더 가까운 쪽 운하를 빙 둘러가는 눈에 띄지 않는 흙길을 보았다.

"저 길로 가면 뭐가 나오는지 보자."

나는 캐미와 승용차에 타며 말했다. 작은 흙길을 따라가니 그곳은 악어 천지였다. 여기는 운하의 폭이 더 좁았다. 그래서 반대편에서 햇볕을 쬐는 악어들이 훨씬 더 가까이 있었고 악어들도 많았다. 더 멀리 떨어진 물에서는 더 많은 악어들이 헤엄치고 있었다. 우리는 운하 바로 옆에 정차했다. 우리와 물 사이에는 잡초가 있는 작은 풀밭밖에 없었다.

"너무 가까이 가지 마. 악어는 위험할 수 있어. 교활하고 동작이 정말 빠르거든."

나는 캐미에게 주의를 주었다.

우리는 승용차를 길옆에 주차하고 차에서 나왔다. 그런 다음 운하 반대편에서 일광욕을 하는 악어들의 사진을 찍었다. 선사시대에 살았을 것 같은 이 커다란 동물들은 조각상처럼 가만히 있었다. 그래서 종종 가짜 악어를 보는 기분이 들었다. 악어들은 이따금씩 어떤 움직임을 보이곤 했다. 그렇지 않으면 한 마리가 물속으로 미끄러져 들어가기도 했다. 심지어 악어 몇 마리가 다리와 꼬리를 마구 움직여 물속을 세차게 첨벙거리며 헤엄치기도 했다. 그걸 보자 악어들이 싸우는 건지, 아니면 뭔가를 먹는 건지 궁금했다.

우리는 차 옆에 서서 물에서 3미터 떨어져 사진을 찍고 있었다. 그때 난데없이 코앞에서 악어가 수면 위로 불쑥 나왔다. 우리는 악어가 우리를 향해 헤엄쳐 오는 것을 미처 보지 못했다. 악어가 별안간 모습을 내밀 때까지 물은 전혀 출렁이지 않았다. 우리는 둘 다 깜짝 놀라 허둥지둥 차 안으로 들어갔다. 그 뒤로는 거리를 두었다. 하지만 악어 수십 마리를 보고 멋진 사진을 몇 장 찍어서 운이 좋았다.

나는 캠핑카로 돌아와 캐미에게 물었다.

"매너티를 보러 갈래? 매너티를 본 적이 한 번도 없잖아."

"좋고말고요!"

캐미는 열광했다. 딸은 나 못지않게 야생동물 보는 걸 좋아했다.

나는 다른 날에 매너티를 보려고 보트를 예약해 두었다. 예약 당일에 우리는 포트마이어스로 차를 몰았다. 흙탕물이 흐르는 오렌지 강에서 보트 관광을 하기로 되어 있었다. 멕시코 만의 수온이 15도 이하로 서서히 내려가면 매너티는 기온이 더 따뜻하고 더 쾌적한 강물로 이동한다. 매너티는 특히 발전소가 따뜻한 물을 오렌지 강으로 흘려보내 온천 같은 분위기가 나는 지점을 좋아한다. 매너티는 고래처럼 물 밖으로 나오지 않아서 보기가 어렵다. 일탈을 하거나 물 밖으로 몸을 쑥 내밀지 않고 물을 뿜지도 않는다. 매너티는 조용히 공기를 들이마시기 위해 빙하의 속도로 수면 위로 살며시 올라온다. 그때 수면 아래로 보이는 옅은 색의 커다란 몸집과 살짝 보이는 회색 콧구멍으로 존재감을 드러낼 뿐이다. 그래서 매너티를 찍는 건 거의 불가능했다. 하지만 우리는 수면 바로 아래로 언뜻 보이는 이 느긋한 녀석들의 모습을 즐겁게 바라보았다.

나는 절실했던 모녀의 오붓한 시간을 만끽했다. 여행이 길어질수록 캐미가 얼마나 보고 싶은지 깨달았다. 우리가 함께 보낸 크리스마스 연휴가 끝났을 때, 캐미는 캘리포니아로 돌아가는 비행기를 타러 갔다. 나는 공항 터미널로 사라지는 캐미를 무거운 마음으로 지켜보았다. 이 모험 여행은 내 영혼을 위한 것이기는 했지만 그만큼 대가가 따랐다.

부모님이 2주 뒤에 올 예정이었으므로 나는 그걸로 위안을 삼았다. 부모님에게도 플로리다 방문이나 캠핑카 야영이 이번이 처음이었다. 부모님도 악어를 보면 캐미와 나처럼 신기해할 것 같았다. 하지만 엄마는 우리와 악어들 사이에 장벽이 없어서 긴장하는 눈치였다. 아빠는 황반변성 진단을 받기는 했지만 시력이 약간 남아 있었다. 하지만 악어와 운하 둑, 둑을 둘러싼 나무를 구별하지 못했다. 그다음으로 새니벨 섬에 가 보기로 했다. 섬 여기저기에 아름다운 해변과 고풍스런 식당이 있어서 부모님이 좋아할 만한 곳이었다.

새니벨에는 그곳에서 겨울을 나는 새들이 몰려 있는 야생동물 드라이브 구간이 있다. 지금 생각해 보면 그 당시에 아빠는 많이 못 본 것 같다. 하지만 엄마와 나는 날개로 가득한 이 드라이브 구간을 따라 새들을 실컷 구경했다. 저어새, 뱀가마우지, 흰따오기, 중대백로, 가마우지, 그리고 물수리까지 보았다. 내가 이름을 알지 못하는 다른 새들도 많았다. 나는 어느 해변이 어떻게 생겼는지 보고 싶었다. 그래서 해변으로 가는 짧은 산책길을 걸었다. 하지만 부모님은 마지못해 따라왔다. 내가 사진을 몇 장 찍을 수 있도록 배려한 것이었다. 그 후 우리는 섬에서 점심을 먹을 곳을 찾았다. 부모님은 나만큼 플로리다의 야생동물과 풍경을 즐긴 것 같지는 않았다. 그래도 함께 시간을 보내서 좋았다.

부모님이 미네소타로 돌아간 뒤에 나는 다시 일을 시작했다. 하지만 사회생활도 활발히 했다. 온갖 재미있는 활동을 하는 사교 모임을 포함해 미트업 단체 몇 곳에 가입했다. 점심과 저녁 식사, 스윙 댄스와 살사 댄스 수업에 참석했다. 심지어 그 단체의 한 멤버와 사귀기도 했다. 글쓰기 모임에 가입해서 모임 회원인 아론과 말문을 트기도 했다.

어느 날 모임이 끝난 뒤에 아론이 말했다.

"온라인 뉴스를 제공하는 사이트에 기사 쓰는 일을 한번 알아봐요. 글을 출간할 마음이 있으면 그 방법이 좋아요. 견본으로 글을 써서 제출하고 승인만 받으면 온라인에 기사를 실을 수 있어요. 구독자가 적당히 생기면 돈을 좀 벌 수도 있고요."

다음 모임이 끝난 뒤에 나는 아론에게 다가갔다.

"기사 쓰는 일에 대해 알려 줘서 고마워요. 견본 글을 보냈더니 승인을 받았어요. 이제 RV 여행 기자가 됐어요."

"축하해요! 이제 문장력도 키우고 동시에 기사도 실을 수 있게 됐네요. 아직 무슨 글을 쓸지는 모르겠지만 나도 해 볼 생각이에요."

아론이 말했다.

나는 블로그 외에는 인터넷 사이트에 글을 쓴 경험이 없었다. 그래서 그 일이 글쓰기 능력을 연마하는 데 좋다고 생각했다. 하지만 기사를 50편 이상 실었지만 제대로 돈을 벌 만큼 구독자가 생기지는 않았다.

나는 플로리다의 일과 사회적 일상에 안주하는 동안 그린 몬스터가 행복해서 조용히 있다고 생각했다. 하지만 이내 그린 몬스터가 툴툴거리기 시작했다. 이번에도 물 펌프가 말썽이었다. 어떤 물 펌프 모델이 좋은지 조사했다. 그런 다음 RV 기술자인 짐에게 전화를 걸어 내가 원하는 구체적인 모델을 말했다.

"이 모델의 물 펌프를 설치해 주시겠어요?"

내가 물었다.

"그럼요, 됩니다. 하지만 내일모레나 갈 수 있어요."

짐이 말했다. 이틀 후, 그가 펌프를 설치하는 동안, 나는 새 펌프를 담아 온 상자를 우연히 훑어보았다.

"짐, 이건 내가 얘기했던 모델이 아니에요. 소비자들 평이 가장 좋은 모델을 조사해서 그 특정한 모델로 부탁했던 거예요."

나는 말했다. 펌프에 물이 샌 것이 벌써 두 번째였다. 이런 일을 다시는 겪고 싶지 않았다.

"알겠어요, 내가 가서 맞는 모델을 가져올게요."

짐은 잠시 후 내가 말한 모델을 가지고 돌아와서 설치하고 갔지만 몇 시간 뒤에 새는 곳을 또 발견했다. 펌프 자체에 문제가 있는 건 아니었다. 펌프가 제대로 설치되지 않았다. 나는 짐에게 전화를 걸었다.

"짐, 펌프가 제대로 설치되지 않은 것 같아요. 연결부에서 새고 있어요."

"2시간 뒤에 갈게요."

짐은 누수가 되지 않도록 펌프를 다시 설치했다. 그 후 그린 몬스터는 다시 안정을 찾았다. 물 펌프에 문제가 생기는 일은 더 이상 없었다.

내 계획은 일을 마치면 플로리다키스 제도를 방문하고, 그런 다음 북쪽으로 가서 동부 해안을 탐험하는 것이었다. 그런데 거절할 수 없는 제안을 받았다. 컨설팅 회사의 교육 설계 업무 4개월 계약직이었는데 보수가 좋았다. 부동산 시장 붕괴와 압류 건수 급등으로 인해 플로리다에서는 사진 판매가 잘 되지 않았다. 플로리다에서 즐겁게 사회생활을 하기는 했지만, 이 제안을 받아들이고 플로리다를 떠나기로 했다. 사귀는 남자가 있었지만 감정이 깊어지지는 않았다. 지금 생각해 보면 그 남자도 마찬가지였던 것 같다. 그래서 작별 인사를 하는 것도 어렵지 않았다. 나는 캐나다인을 겪은 뒤로 꽤 신중해졌다. 연애가 시작될 조짐이 보인다고 해서 그 관계에 덥석 뛰어들지 않도록 마음을 다잡았다. 나는 마침내 서두르지 않고 시간을 두고 기다리는 법을 배워가고 있었다.

다시 서부로 가다

2010년 4월~7월

모든 이별은 죽음의 한 형태이다.
모든 재회가 일종의 천국인 것처럼.
― 트라이언 에드워즈*

　나는 플로리다 주의 다른 지역과 북쪽의 동부 해안을 탐험
하려던 계획을 취소했다. 교육 설계 업무를 시작하는 첫 달에
라스베이거스로 출근하라는 요구를 받았다. 하지만 그 뒤에

* 미국의 신학자_옮긴이

는 재택근무를 할 수 있었다. 나는 국토를 황급히 가로질러 라스베이거스로 가기 전에 짬을 내서 세인트오거스틴을 잠깐 들렀다. 세인트오거스틴은 조금 구석진 곳이었다. 하지만 동쪽으로 더 멀리 갈 수도 없고 대서양을 볼 수도 없어서 이 도시를 보고 싶었다.

세인트오거스틴은 미국에서 가장 오래된 도시였다. 역사적인 건물이 가득하고 귀여운 조약돌이 깔린 보행자 전용 도로가 많았다. 요새를 둘러보고 등대 꼭대기에 올라가고 상점을 구경했다. 그러다 보니 이 도시가 정말 좋아졌다. 아나스타샤 주립공원에서 야영을 하고 싶었지만, 야영장은 만원이었다. 플로리다 주립공원 야영장은 약 1년 전부터 예약을 받는데, 개인 야영장 대다수가 정말 비싸다. 운 좋게도 하룻밤에 이용료가 30달러인 괜찮은 야영장을 찾았다. 게다가 그 도시의 역사적 명소인 올드 타운에서 불과 6킬로미터밖에 떨어지지 않은 곳이었다.

일주일만 지나면 라스베이거스에 도착해 일을 시작해야 했다. 그래서 이번 여행에는 관광을 많이 못 할 것 같았다. 나는 뉴올리언스에 잠깐 들러 리버 로드 지역의 농장을 몇 군데 방문했다. 농장을 본 적이 없어서 그중 경치 좋은 드라이브에 있는 두 농장을 둘러보았다. 이상하게도 한 농장은 노예제도

가 전혀 없었던 것처럼 그 증거를 말끔히 지워버렸다. 다른 농장은 그 흔적을 없애지 않았다. 노예들의 숙소나 우리 역사의 그 끔찍한 암흑기와 관련된 다른 정보를 관광 코스에 넣었다.

나는 다른 지역을 재빨리 건너뛰고 라스베이거스의 RV 공원에 자리를 잡았다. 그곳은 내가 머물렀던 야영장 가운데 가장 비싼 곳이었다. 하지만 선택의 여지가 많지 않았다. 그나마 월 이용료를 내는 선에서 살짝 합의를 보았다. 그래도 가격이 어찌나 비싼지 그동안 가 본 여행지 중에서 이곳이 가장 충격적이었다.

라스베이거스에서 하는 일은 만족스러웠다. 하지만 아침 6시 전에 일어나서 다시 사무실로 출근하는 건 힘들었다. 나만의 스케줄을 짜는 자유가 없어졌다. 일을 할 때 에어컨이 있어서 쾌적하기는 했다. 하지만 라일리를 캠핑카에 혼자 남겨둬야 해서 마음이 편치 않았다. 그래도 돈을 더 많이 벌어야 했다. 여행을 하는 동안 은퇴에 대비해 저축을 하고 있지 않았다. 그래서 죽을 때까지 일하고 싶지 않다면 은행 잔고를 늘려야 했다. 매일 아침 알람이 울리면 나는 두 가지 사실을 마음에 되새겼다. 사진 판매로 버는 액수보다 훨씬 많은 돈을 받고 있다는 점, 그리고 좋은 경험을 하고 있다는 점이었다. 사무실에서 한 달 동안 일하고 나자 캠핑카에서 일을 할 수 있게 되었다. 이제 일찍 일어날 필요가 없었다. 원한다면 라일리와 캠핑카에 있으면서 잠옷 차림으로 일할 수도 있었다. 하지만 일을 하기 전에 항상 라일리에게 산책을 시켜줘야 했으므로 운동복 바지를 입었다.

한 달이 빠르게 지나갔다. 나는 베이 에어리어로 돌아가는 길에 캘리포니아 남부의 캠핑카 제조업체에 들러 가벼운 수리를 했다. 그린 몬스터는 관심을 기울여 달라고 다시 보채기 시작했다. 베이 에어리어에 도착하면 타이어를 새로 갈아야 했다. 타이어 접지면이 이제 사용한 지 4년이나 되어 갈라지기 시작했다. 승용차와 캠핑카가 번갈아가며 정비, 수리, 부품 교체를 해 달라고 늘 요구하는 것 같았다.

캐미가 사는 곳 인근에는 엄밀히 말해 RV 공원이나 야영장이 없었다. 하지만 이동 주택과 RV를 세울 수 있는 장소가 몇 군데 있었다. 나는 플레전트 힐의 가장 좋은 공원에서 괜찮은 곳을 발견했다. 큰 나무들이 있고 월 이용료가 적당했다. 게다가 산책하기 좋은 오솔길이 근처에 있었다. 재택근무를 하기 때문에 인터넷이 빠른 곳에 머물러야 했다. 마침 이곳에 케이블이 있었다.

어느새 5월 초였다. 크리스마스 연휴가 끝난 뒤로 캐미를 만나지 못했다. 캐미가 정말 보고 싶었다. 그 사이 캐미에게는 새로운 애인이 생겼다. 나는 두 사람과 즐거운 시간을 보내고, 그 동안 못 본 친구들을 만나기도 했다. 플로리다에서는 정말 즐겁게 지냈지만, 라스베이거스는 내게 맞지 않았다. 캘리포니아로 돌아와서 기분이 정말 좋았다.

계약 업무가 한 달 더 연장되었다. 그래서 베이 에어리어에 머물면서 8월까지 일했다. 나는 등산 동호회에 가입했다. 새로운 친구들과 함께 걷고 교제하며 많은 여가를 즐겁게 보내고 있었다. 지난 몇 년 동안 여행과 자유를 즐기기는 했지만 이제 분명해진 사실이 있었다. 나는 가족이랑 친구들과 근거리에서 지내던 시절을 그리워했다.

계약 업무가 끝나자 그린 몬스터가 다시 불평하기 시작했다. 배터리 모니터를 보니 가정용 배터리가 충전이 되지 않아 교체했다. 하지만 골이 난 그린 몬스터는 그걸로 만족하지 않았다. RV 정비사를 불렀는데 컨버터에 문제가 있다는 말을 들었다. 나는 더 많은 돈을 지불했다.

나는 여행하면서 수리를 많이 했던 점에 대해 곰곰이 생각해 보았다. 이 생활을 하면서 바로 그런 문제 때문에 가장 애를 먹었다. 기계에는 문외한이어서 현지 RV 정비사들에게 기댈 수밖에 없었다. 그래서 항상 인터넷으로 조사를 많이 했다. 여기저기 전화를 해서 뭘 해야 하고 어떤 상표의 부품이 좋은지,

가격은 얼마인지 확인해야 한다고 생각했다. 정비사가 내게 수리비를 비싸게 받으려고 한 경우도 있었다. 내가 시세를 확인하지 않았다면 바가지를 씌어도 몰랐을 터였다. 정비사들은 나를 아무것도 모르는 멍청한 여자라고 생각한 모양이었다. 그 덕택에 내가 직접 조사를 하게 됐다. 수리를 직접 할 수 있을 만큼의 지식이나 경험은 아직 없지만 수리 문제에 대처하는 일에는 더욱 자신이 생겼다.

수리가 끝난 후 나는 이스턴 시에라로 출발했다. 야영 모임에서 루시, 카렌, 일레인과 재회하기 위해서였다. 그 모임은 레이지 데이즈 모델의 캠핑카를 소유한 많은 여자들과 함께 하는 행사였다. 우리는 캘리포니아 주 론 파인에 있는 국토관리국 야영장에 머물렀다. 그 옆에는 395번 고속도로가 나란히 뻗어 있었다. 야영장은 텔레비전 프로그램, 영화, 특히 서부극의 인기 있는 촬영지인 이스턴 시에라 산과 앨라배마 힐스(시에라네바다 산맥 동쪽에 있는 암석 지대_옮긴이) 근처에 있었다. 휘트니 산은 보초병처럼 우뚝 서서 야영지의 아름다운 배경을 이루었다. 야영장은 건조한 초원으로 흙먼지가 자욱했다. 한편 야영장이 들어앉은 휘트니 산은 미국 대륙에서 가장 높은 산봉우리로 제왕의 풍모가 돋보였다. 이 두 풍경이 얼마나 극적인 대비를 이루는지 놀라울 따름이었다. 우리는 바하 반도에서 함께 보냈던 때를 회상했다. 나는 일을 하지 않고 원하는 건 뭐든 할 수 있었던 그 홀가분했던 시간이 몹시 그리웠다.

며칠 동안 웃고 와인을 맛보고 지역 명소를 보고 나자 행사가 끝났다. 루시와 나는 근처 요세미티 국립공원으로 가서 투얼럼 초원에서 야영을 했다. 루시는 등산을 좋아하지 않았다. 그래서 나는 혼자 렘버트돔 꼭대기로 올라갔다. 계곡 건너편의 아름다운 경치를 보며 보람을 느꼈다. 은행 잔고가 간당간당하지 않다면 공원에 더 오래 머물면서 더 많은 것을 탐험하고 싶었다. 볼거리들이 더 많았지만 이제 다시 일을 해야 했다.

이번에도 나는 루시와 작별 인사를 할 때 마음이 서글펐다. 나를 늘 웃게 하는 이 용감한 여자와 무척 즐거운 시간을 보냈는데 이제 언제 다시 만날지 알 수 없었다. 나는 사진을 판매할 다음 목적지인 네바다 주 카슨시티로 가는 고속도로를 탔다. 가는 길에 전국에서 가장 잘 보존된 유령 마을이라고 소문난 보디를 들렀다. 끝이 보이지 않는 울퉁불퉁한 길은 관리가 엉망인 상태였다. 도중에 완충기가 어디에선가 죽어 버렸다. 나는 그린 몬스터를 저주했다.

여행에 대한 환상이 깨지다

2010년 10월~2011년 2월

사소한 실망이든 큰 충격이든
환멸은 우리 삶이 변화한다는 신호이다.
— 윌리엄 트로스비 브리지스*

　　나는 습기 많은 텍사스 주의 아주 외진 곳에서 두 달을 지
냈다. 추수감사절을 외롭게 보냈는데, 비참했다. 텍사스에서 일
을 한 건 이번이 세 번째였다. 텍사스는 내게 영 맞지 않았다.

* 오스트레일리아의 육군 장교_옮긴이

내가 두 달을 보낸 네바다 주 카슨시티보다 사진이 더 잘 팔리기는 했다. 그래도 텍사스를 벗어나고 싶었다.

나의 고독한 방랑 생활은 모험이라기보다는 마지못해 하는 일상에 가까웠다. 굳이 일을 하지 않고 원하는 곳이면 어디든 여행한다거나 여행과 경험을 공유할 대상이 있다면 달랐을 것이다. 영화 관람, 산책, 식사를 함께 하고 싶을 때마다 언제든 연락할 수 있는 친구들이 그리웠다.

텍사스에 오기 전에는 두 달 동안 그런 친구들이 있었다. 내가 파럼프에서 만나 여행 중 가끔 우연히 마주치는 첸테이는 장소에 구애 없이 일할 수 있었다. 그래서 첸테이는 카슨시티에서 나와 합류했다. 우리는 같은 RV 공원에 머물고 퇴근 후에 사람들과 어울렸다. 함께 즐거운 시간을 보냈다. 하지만 나는 두 달 동안 판매가 부진하고 별로 할 일이 없어서 변화가 필요했다.

"텍사스에서 일을 해 보자는 상사의 제안에 따를 생각이야. 사진 판매는 보통 텍사스가 더 낫거든. 휴스턴에서 80킬로미터 정도 떨어진 작은 마을에 사진이 있대."

나는 첸테이에게 말했다.

"나는 텍사스에 가고 싶지 않아. 라스베이거스로 돌아갈래."

첸테이가 말했다. 우리는 서로 포옹을 하고 작별 인사를 했다. 여행 중에 어딘가에서 다시 만나기로 했다. 나는 텍사스로 향했지만 금방 후회하기 시작했다. 설사 돈을 더 번다고 해도 괜히 그런 결정을 내렸다는 생각이 들었다.

나는 두 건의 일을 의뢰받아서 텍사스에서 탈출할 수 있었다. 하나는 또 다른 단기 계약직 교육 설계 업무였다. 다른 하나는 RV 여행사에 여행 기사를 써 주는 아르바이트였다. 인터넷만 연결되어 있으면 캠핑카에서 두 가지 일을 모두 할 수 있다는 점이 가장 좋았다. 나는 캐미에게 전화를 걸었다.

"좋은 소식이 있어! 그리로 가서 크리스마스를 보낼 거야. 게다가 잠시 머물다 갈 거야!"

"우와! 언제 오세요?"

캐미가 환호했다.

"캘리포니아 남부에 들러 전기 발판을 수리하고 견인 장치 배선을 고쳐야 해. 하지만 다음 주쯤에는 도착할 거야."

잊을 만하면 돈을 달라고 요구하는 그린 몬스터에 진저리가 났다. 그래도 캘리포니아에서 살았다면 지불했을 임대료나 대출금을 생각하면 그리 나쁘지 않았다.

나는 플레전트 힐에 있는 오래된 이동식 주택 주차장에 자리를 잡았다. 캠핑카에서 다섯 번째 겨울을 지내야 했다. 현지 잡역부를 불러 캠핑카 프로판가스 배관을 개조해서 외부 프로판 탱크에 연결할 수 있게 했다. 내가 있는 곳에는 프로판가스가 배달되지 않았다. 그래서 철물점에서 가스를 채울 수 있는 작은 외부 탱크를 구입했다. 생활하기가 더 편해져서 적은 비용을 들인 보람이 있었다.

1월 말의 어느 날, 나는 캠핑카 침실에서 청소기를 돌리다 카펫에서 이빨 일부를 발견했다. 내 이는 아니었으므로 라일리를 불러서 입을 들여다보았다. 예상대로 어금니 하나가 부러져 있었다. 아마 라일리가 가끔 씹어 먹는 인조 뼈다귀 때문일 터였다. 라일리는 아프거나 다치는 일이 거의 없었다. 설사 그런 경우에도 불평하는 법이 없었다. 나는 라일리를 수의사에게 데려갔다. 수의사는 라일리의 입안을 보더니 금세 진단을 내렸다.

"치수(치아 내부의 치강을 채우고 있는 부드럽고 연한 조직_옮긴이)가 노출돼 있어서 감염을 막기 위해 남은 치아를 제거하는 게 좋아요. 빨리 해야 합니다."

"왜 그런 거죠?"

내가 물었다.

"치아를 빼려면 전신마취를 시켜야 해요. 그런 김에 나머지 이빨을 닦으려고요."

나는 이틀 뒤로 약속을 정했다. 그리고 의사의 권고대로 라일리에게 부드러운 음식을 먹였다. 라일리의 치과 수술이 있던 날 아침, 나는 동물병원 주차장에 차를 세우고 조수석 문을 열었다. 라일리는 앞좌석에서 뛰어내려 우리가 내린 곳을 한 번 살펴보았다. 그러더니 곧바로 다시 차에 올라타 뒷좌석에 탔다. 나는 라일리를 간신히 차에서 내리게 했다. 하지만 라일리는 계속 반대 방향으로 가려고 했다. 우리가 안으로 들어갔을 때 가엾은 작은 녀석은 두려움에 떨고 있었다. 라일리는 동물병원을 싫어했다.

"라일리를 종일 지켜보고 별 이상이 없으면 진통제를 한 번 더 맞고 귀가하면 돼요. 5시 이후에 데리러 오세요."

인턴 수의사가 내게서 라일리의 목줄을 받아들며 말했다.

"괜찮아, 이따가 데리러 올게."

인턴 수의사가 라일리를 안으로 데리고 가자 나는 녀석을 안심시켰다. 죄책감이 들고 심란했다. 고통스럽지만 꼭 필요한 시술을 위해 아이를 넘기는 엄마의 심정이었다.

내가 약속 시간에 돌아오자 인턴 수의사가 라일리를 데리고 왔다. 라일리는 천천히 복도에서 접수대로 걸어왔다. 꼬리를 흔들지도 않고 얼굴에 미소를 띠지도 않았다. 우리가 함께 한 10년 동안 라일리가 나를 보고 반기지 않은 건 그때가 처음이었다. 나는 내가 운전할 때 라일리가 주로 앉는 조수석에 녀석을 조심스럽게 들어 앉혔다. 차를 몰고 다시 캠핑카로 돌아오면서 나는 라일리가 괜찮은지 거듭 돌아보았다. 라일리는 집에 가는 내내 내게 등을 돌리고 있었다. 생전 처음 있는 일이었다. 라일리의 미움을 산 게 분명했다.

힘든 밤이었다. 라일리는 낑낑거리며 서성거렸다. 정말로 아픈 모양이었다. 라일리는 늘 참을성이 강했다. 다쳐도 컹컹 짖거나 칭얼대거나 울지 않았다. 시간에 맞춰 진통제를 줬는데 별로 도움이 되는 것 같지 같았다. 아침이 되자마자 동물병원에 전화를 했더니 약 횟수를 늘리라고 권했다. 다음 날 라일리가 훨씬 나아져서 나는 안도의 한숨을 내쉬었다. 나는 믿음직스러운 작은 동반자에게 생각보다 더 의지하고 있었다. 녀석 없이 여행을 하는 건 상상할 수 없었다. 라일리가 고통스러워하는 모습을 보느니 차라리 내가 대신 아파주고 싶었다. 캐미가 아프거나 고통스러워할 때도 그런 심정이었다. 며칠이 지나자 우리는 다시 평소의 일상으로 돌아왔다.

밀폐된 캠핑카 안에서 겨울을 보내려니 힘들었다. 비와 추위 때문에 대부분의 시간을 실내에 있어야 해서 갑갑할 때가 더 많았다. 이 깡통에서 벗어나야 해. 나는 2월 말에 교육 설계 일을 끝냈다. 하와이 섬으로 여행을 가서 겨울 우울증을 이겨내기로 했다. 라일리는 내가 없는 동안 수술에서 완전히 회복되어 캐미와 함께 지냈다. 그래서 걱정할 필요가 없었다.

하와이는 좋은 약이 되었다. 나는 흰 피부가 타지 않을 정도로 햇볕을 실컷 쬐었다. 차를 타고 섬을 한 바퀴 돌고 하와이 화산 국립공원에 갔다. 스노클링을 하고, 피난처(죄지은 사람들의 피난처였다는 호나우나우 국립공원을 가리킴_옮긴이)를 둘러보기도 했다. 또한 베란다에서 마이타이(럼, 큐라소, 라임을 섞은 트로피컬 칵테일_옮긴이)를 마시며 바다를 바라보았다. 멀리서 고래들이 물을 뿜는 광경이 보였다. 어느 날, 하푸나 해변에서 수영을 하고 있는데 코앞에서 큰 바다거북이가 헤엄쳐 지나가고 있었다. 비좁은 캠핑카를 벗어나서 기분이 너무 좋았고, 하와이 휴가가 끝나는 것이 아쉬웠다. 나는 마지못해 비행기를 타고 캠핑카로 돌아왔다.

먹구름이 끼다

2011년 3월~6월

우리에게 가족은 서로를 안아 주고 함께 있는 것을 의미한다.
— 바버라 부시*

　"우리는 파럼프에서 RV 집회를 하고 있어요. 여기 오셔서 사람들과 행사에 대해 취재하고 기사를 써 주면 좋겠어요. 가능하시겠어요?"

　의뢰인이 글을 써 달라고 전화를 했다. 나는 크레이그리스트

---

* 미국의 41대 대통령 조지 H. W. 부시의 부인이자 43대 대통령 조지 W. 부시의 어머니_옮긴이

(온라인 생활 정보 사이트_옮긴이)에서 프리랜서 작가를 구한다는 RV 여행사의 광고를 보고 지원했다. 그런 다음 전화 인터뷰를 하고 견본 글을 제출한 뒤에 채용되었다.

부모님이 라스베이거스에 와서 한 달 동안 지낼 계획이었다. 파럼프는 불과 한 시간 거리에 있었다. 나는 집회에 참석도 하고 부모님도 만날 수 있었다.

"그럼요, 가고 싶어요."

파럼프에서 몇 달 동안 사진을 판매한 적이 있었다. 하지만 다시 가게 될 줄은 전혀 생각하지 못했다. 아무튼 의뢰인을 만나 그들의 집회가 어떤지 볼 수 있는 좋은 기회였다.

나는 라스베이거스와 파럼프를 거쳐 캘리포니아 주로 돌아왔다. 하지만 이번에는 센트럴 밸리로 왔다. 나는 오렌지 과수원과 낙농장이 밀접하게 관련되어 있는 비세일리아에서 사진을 더 많이 팔고 있었다. 인구가 125,000명인데도 작은 도시처럼 느껴졌다. 사진이 잘 팔려서 몇 달 머물기로 했다. 이 마을에 큰 기대를 하지 않았는데 놀랍기도 하고 기분이 좋았다. 비세일리아는 뜻밖에 많은 것을 주었다.

첸테이와는 비세일리아에서 만나기로 했다. 우리는 좋은 음식과 훌륭한 음악이 있는, 크로대디즈라는 그 지역의 아지트를 발견했다. 매주 일요일 저녁, 그곳에는 다양한 음악가들이 출연해 연주를 하거나 노래를 부르는 즉흥 공연을 했다. 그들 가운데 몇 명은 정말 재능이 있었다. 우리는 일요일마다 찾는 단골이 되어 저녁을 먹고 와인 한두 잔을 마시며 음악을 즐겼다. 가끔 일어나서 춤을 추기도 했다.

우리는 시내에 있는 식당 몇 군데에서 음식을 먹었다. 어떤 곳들은 꽤 훌륭했다. 어느 날은 시내 상점들 앞을 천천히 지나가다가 한 가게의 진열장이 내 시선을 끌어서 나는 발걸음을 멈추었다. 그 안에 밝은 색의 독특한 식기 세트가 있었다.

"여기 들어가 보자."

나는 가게 안으로 들어가 접시가 있는 곳으로 직행했다. 이유는 모르겠지만 식기 세트에 매료되었다. 꽃과 나비가 있는 접시를 보고 있으니 그냥 기분이 좋았다.

"이 깨지기 쉬운 그릇을 캠핑카에서 사는 사람이 갖는 건 말이 안 되지만 사고 싶어. 플라스틱 접시에 음식을 먹는 게 지겨워진 것 같아."

나는 첸테이에게 말했다. 집을 팔고 캠핑카를 살 때는 내 물건을 팔거나 거저 주었다. 당시에는 그러고 나니 홀가분했다. 나를 한곳에 매어둔 그 모든 소유물들의 무게를 덜어낼 수 있어서 기뻤다. 하지만 느닷없이 진짜 접시 세트가 다시 갖고 싶어졌다. 캠핑카에 적합한 튼튼하고 깨지지 않는 접시들은 눈길도 주고 싶지 않았다. 이가 빠지거나 깨지는, 예쁜 접시를 원했다. 진짜 집에서 진짜 식탁 위에 두면 근사해 보이는 접시들. 말이 되는 소리를 해야지. 그러자 문득 이런 생각이 들었다. 이제 끝났구나. 나는 더 영구적인 것을 원했다. 나는 여행을 끝내고 다시 한곳에 정착할 준비가 되어 있었다.

나는 내가 이 여행을 시작하게 된 동기, 노숙자들의 자유를 부러워할 정도로 심각했던 우울증에 대해 생각했다. 나는 이제 바뀌었고 더 이상 우울하지 않았다. 그 이유가 뭘까? 단순히 내가 원하는 대로 하고 나 자신과 소통할 시간과 자유를 누렸기 때문일까? 아니면 관례적인 아메리칸 드림을 쫓는 정해진 틀에서 벗어났기 때문일까? 그 답을 알 수는 없었다. 하지만 이런 경험을 해서 감사했다.

"이 세트를 전부 가져갈게요. 깨지지 않게 잘 싸서 상자에 담아 주세요."

나는 점원에게 말하고 접시를 승용차 트렁크에 실었다. 그 안에서 접시는 요란하게 부딪치지 않고 내 인생의 다음 장을 기다릴 수 있을 터였다.

"다시 정착할 때가 됐어. 이제 계속할 수 있는 정규직 일자리를 찾아야겠어."

나는 첸테이에게 말했다. 그 뒤에 크레이그리스트에서 일자리를 찾기 시작했다. 컨설팅 회사의 교육 설계 일을 몇 군데 지원했다. 하지만 이제는 너무 흔한 자동 이메일 회신 외에는 아무런 응답이 없었다. 그래서 계속 항공사진을 팔았다.

어느 날 첸테이와 차를 타고 세쿼이아 국립공원으로 갔다. 거대한 나무들을 보기 위해서였다. 5월 중순이었지만 공원에 들어서자 눈더미가 땅에 드문드문 있었다. 방문객 센터에 들어서자 가랑비가 내리기 시작했다. 그래서 우리는 등산하기 좋은 날이 아니라고 판단했다.

우리는 세계에서 가장 부피가 큰 제너럴 셔먼 트리를 보기 위해 짧은 등산로를 따라 걸었다. 내가 84미터 높이의 나무 앞에 서자 첸테이가 사진을 찍어 주었다. 믿어지지 않을 만큼 작아진 기분이 들었다. 나무들 한가운데 감도는 신선하고 깨끗한 공기가 상쾌했다. 조용한 숲에 있으니 마음이 평온해지고 기운이 솟아났다. 바하의 해변에 있을 때처럼 이곳도 아늑했다. 나는 어딜 가든 적응을 잘해.

어느 일요일 저녁, 첸테이와 나는 크로대디즈에서 음악을 감상하며 유난히 즐거운 시간을 보내고 있었다. 그런데 그때 별안간 감당하기 벅찬 슬픔과 상실감에 휩싸였다. 그 감정이 어디서 왔는지, 왜 갑자기 그런 기분이 엄습했는지 알 수 없었다. 나는 고개를 돌려 첸테이를 보았다.

"우리는 지금 이 순간에 충실해야 해. 바로 이 모퉁이를 돌면 무슨 일이 생길지 결코 알 수 없으니까."

내가 첸테이에게 말했다.

"맞아."

첸테이는 내게 미소를 지었다. 내가 와인을 마시고 잔뜩 취했다고 생각하는 눈치였다. 나는 취해서 갑자기 슬퍼진 건 아니었다. 하지만 설명할 길이 없어서 잠자코 있었다.

그러고 나서 얼마 후 엄마의 전화를 받았다.

"아빠가 병원에 가서 검사를 몇 가지 받았는데, 대장암이라고 하더구나."

"네? 얼마나 심각하신데요?"

그날 밤 크로대디즈에서 느꼈던 감정이 떠올랐다. 문제가 생긴 걸 보니 어쩌면 그건 육감일 수도 있었다. 나는 아빠의 건강에 이상이 생겼다는 사실에 놀라지 않았다. 아빠는 두 번의 심각한 심장병, 전립선암 방사선 치료, 다섯 차례의 혈관 우회 수술을 견뎌냈다.

"의사들은 결장(맹장과 직장 사이에 있는 대장의 한 부분_옮긴이) 일부를 제거하는 수술을 하려고 해. 다 떼어낼 수도 있다고 하는구나."

엄마는 나를 안심시키려 애쓰고 있었다. 하지만 나는 엄마가 걱정하고 있다는 것을 알 수 있었다. 엄마는 항상 누군가를 걱정했다.

"엄마, 너무 걱정하지 마세요. 아빠는 강한 분이에요. 다른 병도 다 물리치셨잖아요. 이번에도 이겨내실 거예요."

"그래, 아빠는 괜찮을 거야."

엄마는 걱정을 많이 하는 성격이지만 항상 긍정적으로 생각하려고 노력했다.

그러고 나서 나는 아빠와 통화를 했다. 아빠는 평소의 무뚝뚝한 성격으로 모든 상황을 담담하게 받아들이는 것 같았다.

"의사들이 결장 안에 있는 나쁜 혹을 잘라낸다는데 그리 심각하진 않을 거야. 걱정 안 해."

"잘 생각하셨어요. 걱정한다고 도움 되는 건 아니니까요. 전 2주 뒤면 다시 거기에 갈 수 있어요. 수술 날에 갈까요, 아니면 생신 때 갈까요?"

아빠 생신은 수술 몇 주 뒤였다.

"내 생일에 와라. 수술 날에는 사람들이 많이 올 테니까."

언니 둘과 오빠가 수술 날에 병원에 갈 계획이어서 옆에서 시중들 사람은 많았다. 나는 몇 주 뒤인 7월 초에 도착할 수 있도록 비행기를 예약했다. 부모님과 더 많은 시간을 보내기 위해 운전을 하지 않고 비행기를 타기로 했다.

비세일리아 인근에서 판매가 끝나갈 무렵이었다. 내게 깊은 영향을 미치고 앞으로 오래 기억에 남을 일이 일어났다. 나는 한 낙농장에 들러 사람들에게 농장 항공사진을 보여 주려고 했다. 이 건물 저 건물로 걸어 다니며 이야기를 나눌 사람을 찾아다녔다. 그러나 보이는 것이라곤 소로 가득한 축사뿐이었다. 마침내 한 일꾼이 눈에 띄어서 주인이나 관리인이 근처에 있는지 물었다. 일꾼이 가리키는 먼 곳을 보니 한 남자가 우리 쪽으로 트랙터를 몰며 오고 있었다. 내가 트랙터를 향해 걸어가자 트랙터가 멈춰 섰다. 한 젊은이가 깡충 뛰어내리더니 재빨리 내게 다가왔다. 나는 내 소개를 하고 여기에 온 이유를 젊은이에게 말했다.

"내일 아침에 다시 오세요. 그때는 주인이 여기 있을 거예요. 그 사진을 보고 싶어 할 걸요."

젊은이가 말했다. 나는 그에게 고맙다는 인사를 하고 아침에 다시 오겠다고 말했다. 그런 다음 다시 내 차로 걸어가기 시작했다. 그때 젊은이는 트랙터를 몰고 울타리에 있는 소들 옆을 지나쳐 갔다. 그제야 나는 젊은이가 죽은 소 한 마리를 트랙터 뒤로 끌고 가고 있다는 사실을 알았다.

젊은이가 트랙터를 몰고 소들을 지나치자 소 몇 마리가 따라오기 시작하더니 끌려가는 소 옆으로 미친 듯이 달렸다. 나는 소들이 그렇게 달리는 건 처음 보았다. 소들은 트랙터 뒤로 끌려가는 죽은 소를 보고 괴로워하는 게 분명했다. 온몸으로 슬퍼하고 있었다. 인간만 고통받고 슬퍼하는 건 아니다.

무더위 속에서 일을 하고 나자 비세일리아를 당장 떠나고 싶었다. 승용차는 전부터 불평을 늘어놓았다. 그 결과 수리를 하느라 지갑은 텅 비었다. 갈 시간이었다. 첸테이는 캘리포니아 남부로 향할 예정이었다. 우리는 서로 포옹을 하며 작별 인사를 하고 계속 연락하기로 했다. 나는 차를 몰고 베이 에어리어로 돌아가서 라일리를 캐미의 집에 맡겼다. 그런 다음 비행기를 타고 미네소타로 갔다.

제자리로 돌아오다

|

2011년 7월~11월

바퀴는 한 바퀴를 돈다.
— 윌리엄 셰익스피어*

　나는 비행기를 타고 미네소타로 간 다음 공항에서 렌터카를 빌렸다. 집에 도착하니 아빠는 평소에 늘 차지하던 소파에 엎드려 있었다. 지난 40년을 돌이켜 보면 예나 지금이나 아빠는 늘 소파에 누워 있다. 그 자세는 아마 내가 아주 어렸을 때, 아

* 영국의 위대한 극작가_옮긴이

빠가 허리 수술을 받고 나서부터 시작되었을지도 몰랐다. 하지만 내 기억에는 그전부터 항상 그런 자세였다. 아빠는 소파에 누워 텔레비전을 보고 신문을 읽곤 했다. 저녁마다 집에서 늘 하던 일과였다. 가끔 누군가 샌드위치나 땅콩, 혹은 아이스크림을 가져다주면 아빠는 일어나 앉아서 먹곤 했다.

"아빠, 어떠세요?"

"아, 잘 견디고 있어."

아빠는 똑바로 앉아 나를 안았다.

"병원에서 나오니 너무 좋구나. 거기서는 쉴 수가 없어. 체온을 재고 약을 주고, 항상 뭘 한다며 나를 깨워."

"아빠는 강한 분이시잖아요."

"그런 것 같구나. 이 나이 먹도록 살 줄은 몰랐어."

"아빠는 오뚝이 같은 분이에요. 많은 일을 이겨내셨잖아요."

내가 말했다.

그 2주는 내가 기억하기로는 최근에 부모님과 함께 보낸 가장 달콤한 시간들 중 하나였다. 나는 성장할 때 아빠에 대한 감정이 복잡했다. 그래서 전에는 몰랐는데 새삼 아빠가 안쓰러웠다. 내가 십 대였을 때 아빠는 집을 자주 비우고 술에 빠져 사느라 가족에게 상처를 주었다. 그래서 나는 아빠에게 화가 났다. 아빠를 용서하기까지 오랜 세월이 걸렸다. 아빠는 언제나 의지가 강하고 굉장히 독립적으로만 보였다. 그런데 이 남자에게서 이제 연약한 모습이 보였다. 결국 아빠는 술과 담배를 끊었지만 무리한 생활 습관으로 결국 몸이 망가지고 말았다. 하지만 아빠는 가족을 사랑했다. 이제 나는 그 사실을 똑똑히 볼 수 있었다. 시간이 아주 오래 걸렸지만, 아빠의 음주와 행동이 우리 가족에게 입힌 상처를 용서할 수 있었다.

그해 여름에 덜루스에서 달콤한 선물을 하나 더 받았다. 여름이면 미네소타에서 경험할 수 있는, 내가 가장 좋아하는 특별한 현상이 여럿 있는데 어느 날 밤에 나는 두 가지 현상을 눈앞에서 보았다. 해가 진 뒤였다. 열린 창문을 통해 높은 습도의 후텁지근한 공기가 느껴졌다. 밖을 내다보니 깜박이는 아주 작은 초록색 등이 밤하늘을 날아다녔다. 반딧불이들이었다. 어렸을 때 나는 반딧불이들을 보고 마법을 부리는 것이라고 여겼다. 오랜 세월이 흘러 반딧불이들을 볼 때도 그런 생각은 바뀌지 않았다.

잠시 후, 멀리서 우르르 하는 소리가 점점 가까이 들렸다. 그런 다음 번개가 쩍 하며 길게 하늘을 갈랐다. 뒤이어 더 우렁찬 천둥소리가 스타카토 음처럼 쾅쾅 울렸다. 번개가 여러 번 번쩍하고, 귀청을 찢는 듯 마구 두드리는 소리가 이어졌다. 그러더니 폭풍이 다음 관객을 향해 이동하면서 점차 누그러졌다.

나는 천둥과 번개를 동반하는 폭풍이 그리웠다. 베이 에어리어에서는 그런 현상을 거의 볼 수 없기 때문이었다. 여행을 하면서 몇 번 봤지만 미네소타 뇌우처럼 극적으로 보이지는 않았다. 미네소타 여름의 가장 좋은 점들 가운데 몇 가지를 든다면 가족, 반딧불이, 번개였다.

미네소타에서 지내고 있을 때 한 컨설팅 회사에서 전화가 왔다. 전에 여러 컨설팅 회사의 교육 설계 업무에 지원을 했는데 그중 한 회사였다. 회사 측은 내가 베이 에어리어로 면접을 보러 오기를 원했다. 나는 약 일주일 뒤에 돌아갈 예정이라고 대답했다. 우리는 그 직후에 만나 면접을 보기로 했다.

나는 부모님이 집을 팔 수 있도록 거들었다. 상자에 든 물건을 버릴 것, 팔 것, 기증할 것으로 분류해 모아두었다. 거실과 방, 복도의 페인트칠을 캘리포니아 행 비행기 탑승 시간에 늦지 않게 간신히 마쳤다. 부모님은 조만간 집을 내놓기로 했다. 그 집에서 50년을 살아온 부모님이 다른 곳에서 사는 건 상상하기 힘들었다.

"내 어린 시절의 보금자리, 이제 이별이구나."

나는 마지막으로 집 주위를 둘러보며 속삭였다. 내가 어린 시절을 보낸 이 집을 앞으로는 볼 수 없었다. 아주 오랫동안 부모님의 집이었던 이곳에 작별 인사를 하자 좋은 추억과 나쁜 추억이 스쳐갔다. 나는 비행기가 착륙하면 전화하겠다는 약속을 하고 부모님과 작별의 포옹을 했다.

베이 에어리어로 돌아온 나는 면접을 보기 위해 32킬로미터를 운전해 샌 라몬으로 갔다. 다리가 후들거렸다. 7년 동안 일자리 면접을 본 적이 없었다. 프리랜서 기자 및 컨설팅 일 때문에 몇 번 전화 인터뷰를 한 것이 전부였다. 그래서 실수를 할까봐 불안했다. 컨설팅 회사의 온라인 시험과 편집 시험은 마친 상태였다. 다음 단계는 시애틀에 본사를 둔 회사의 채용 담당자와 캘리포니아 이사를 만나는 것이었다.

면접을 보러 도착하자 채용 담당자가 나를 맞이했다.

"유감스럽게도 캘리포니아 이사인 브래드가 오늘 못 오게 됐어요. 브래드가 나중에 당신과 따로 인터뷰를 하고 싶어 할 수도 있어요."

"그렇군요, 괜찮습니다."

나는 나쁜 징조일까 생각하며 실망감을 감추었다. 다행히 채용 담당자와의 면접은 잘 진행되었다. 그 일은 교육과정을 개발하는 장기 계약직으로 6개월에서 1년이 지속될 것으로 예상됐다. 좋은 기회인 것 같아서 열의가 생겼다. 면접이 끝난 후 채용 담당자가 전화를 했다.

"브래드가 당신과 전화 인터뷰를 하고 싶어 해요. 일정을 잡을 수 있을까요?"

"그럼요, 아주 잘 됐네요!"

나는 열의를 감출 수가 없었다. 브래드와의 인터뷰는 잘 진행된 것 같았다. 그 결과 그 회사의 설립자와 전화 인터뷰를 했기 때문이었다. 그 직후 채용 담당자로부터 전화를 받았다. 채용되었다! 근무일은 8월 1일부터였고, 보수는 항공사진 판매로 버는 액수보다 훨씬 많았다. 뿐만 아니라 보험과 연금도 제공했다. 내가 여행하는 동안 누리지 못한 혜택이었다. 여행하는 동안에는 돈을 많이 벌지 못해서 여유가 없었지만, 이제 은퇴에 대비해 다시 저축을 할 수 있었다. 무엇보다도 이 일은 내가 여행을 시작하기 전에 했던 일보다 훨씬 더 흥미롭고 도전적이었다. 게다가 글 쓰는 일도 포함되어 있었다. 꿈이 실현되었다.

이제 캠핑카를 끌고 여행하는 나날은 끝났다. 나는 이 계약직에 몸담고 있는 한 베이 에어리어에 머물 터였다. 나는 캠핑카 키를 잠시 걸어 두고, 다시 관례적인 생활로 돌아갈 준비가 되어 있었다. 돈 걱정 없이 원하는 곳으로 여행을 갈 수 있도록 금전적으로 여유로워지고 싶었다. 또한 지속적인 인간관계를 유지하고 싶었다. 나는 여행, 모험, 자유를 통해 정신을 살찌운 덕택에 치유가 많이 되었다. 내 인생의 다음 단계를 시작할 준비가 되어 있었다.

나는 항공사진 회사의 영업부장인 제이크에게 전화를 걸었다.

"제이크, 미안해요. 하지만 너무 좋은 기회가 생겨서 이제 당신과 일을 할 수가 없어요."

나는 제이크에게 새 일에 대해 말했다.

"그런 좋은 기회를 마다하면 안 되죠. 당신에게는 잘된 일이네요. 혹시라도 다시 우리와 일을 하고 싶다면 언제든 환영할게요."

제이크가 말했다.

여행 생활을 마감하려니 살짝 서운했다. 하지만 나는 변화를 맞이할 준비가 되어 있었다. 희한하게도 이 새로운 기회가 나를 내 삶의 출발지인 베이 에어리어로 되돌려 놓았다. 다른 사람 눈에는 내가 후퇴하는 것처럼 보일 수도 있었다. 하지만 이제는 상황이 달랐다. 내가 달라졌다. 나는 모험하듯 여행을 시작한 당시와는 다른 사람이 되어 있었다.

2006년을 돌이켜 보면 나는 캠핑카로 1년 동안 여행할 결심을 하고 길을 떠났다. 그런데 1년이 5년으로 연장되었다. 내가 그렇게 오랫동안 여행을 계속했다는 사실이 놀라웠다. 캠핑카로 5년간 혼자 여행한 일은 내 인생을 바꿔 놓은 경험이었다.

개인적으로 엄청나게 성장한 시기였다. 여행자들과 친구가 되는 것이 얼마나 쉬운지 알게 되었고 소중한 우정이 생겼다. 실수를 하기도 했다. 가슴 아픈 실수도 있었다. 하지만 자신감을 얻었고 나 자신을 더 잘 알게 되었다. 나는 혼자 길에서 그린 몬스터와 싸워 살아남는 방법을 터득했다. 내가 원하는 곳이면 어디든 적응할 수 있다는 것, 집을 온갖 물건으로 가득 채우지 않아도 즐겁게 살 수 있다는 것을 깨달았다. 무엇보다도 두려움에 직면하고 도약할 때 멋진 일이 일어난다는 것을 알게 되었다. 두려운 마음에 혼자 여행을 떠나지 않았을 수도 있고, 잘 알지 못하는 사람들과 두 달 동안 바하에 가지 않았을 수도 있었다. 그러지 않아서 정말 다행이었다.

나는 가족의 어려움을 알 만한 나이가 되기 전, 천진난만했던 어린 시절의 나를 떠올렸다. 어찌된 일인지 그 아이는 그 이후로 켜켜이 쌓인 삶의 고난과 실망에 짓눌려 있었다. 이 중년의 여정을 통해 엉겨 붙은 층이 서서히 벗겨지자 나는 진정한 모습을 되찾았다. 반딧불이들을 보고 감탄하고 그것이 발산하는 빛과 고래 떼를 바라보며 기뻐할 수 있는 사람으로 돌아왔다. 놀다가 넘어져도 몸을 일으켜 다시 인생의 길을 굴러갈 수 있는 행복한 사람이 되어 있었다. 다시 우울해질 수도 있었다. 그러나 나는 경험을 통해 나 자신의 새로운 면모를 알게 되었다. 생각보다 나는 더 강하고 오뚝이 근성이 있으며 지혜로 웠다. 만일 폭풍이 다시 몰아친다고 해도 다음번에는 더 잘 견 뎌낼 수 있을 것 같았다.

나는 또한 자연, 동물, 그리고 이 세상이 선사하는 온갖 멋 진 장소를 전과는 다른 눈으로 보게 되었다. 그리고 한동안 잃 었던 희망, 낙천적 성격, 삶에 대한 열정을 되찾았다. 삶이 어 둡고 우울할 때에도 바로 코앞에서 좋은 일들이 기다리기도 한다는 사실을 알았다. 나는 내게 무엇이 중요하고 앞으로 살 면서 무엇을 원하는지 뚜렷이 알게 되었다. 여행은 늘 내 인생 의 큰 부분을 차지할 터였다. 하지만 이제 나는 정착할 준비가 되어 있었다.

새 일을 시작한 지 2주일 후, 라일리가 새벽 2시에 멍멍 짖어 나를 깨웠다. 라일리는 밤중에 짖는 일이 거의 없었다. 그래서 나는 어떻게든 잠에서 깨려고 애썼다.

"라일리, 무슨 일이니?"

잠자던 중이라 목소리가 잠겨 있었다. 갑자기 우지직하는 요 란한 소리가 들리더니 캠핑카 지붕 위에서 쿵 하는 소리가 들 렸다. 그러자 캠핑카가 마치 날뛰는 야생마처럼 앞뒤로 흔들 렸다. 무슨 일인지 의아했다. 지진인가? 그런데 우지직하는 소 리는 뭐였지? 캠핑카 위에 전선이 떨어졌나? 일어날 수 있는 여러 가지 재난을 상상하자 소름이 확 돋았다. 침대에서 일어나 캠핑카 문으로 갔다. 문에 있는 창으로는 아무것도 보이지 않아서 바깥 현관의 전등을 켰다. 문 바로 앞에 소나무 가지 덩어리가 보였다. 나는 우지직하던 소리가 캠핑카 바로 옆에 있는 소나무에서 가지가 부러진 소리임을 깨달았다.

나는 라일리를 바라보았다.

"나한테 주의를 주려고 그랬구나? 기특한 녀석."

나는 라일리의 머리를 쓰다듬고 나서 옷을 입고 손전등을 잡았다. 나뭇가지가 막고 있어서 캠핑카 문으로 나갈 수가 없었다. 그래서 운전석 쪽에 있는 문으로 나갔다. 손전등을 캠핑카 문 쪽으로 비추어 보니 캠핑카 한쪽 면 전체가 나뭇가지로 덮여 있었다. 손전등을 위로 비추었다. 캠핑카 지붕 위로 커다란 나뭇가지 두 개가 매달려 있었다. 아주 큰 소나무 일부가 쪼개진 것이었다. 나는 라일리와 내가 매우 운이 좋다는 것을 깨달았다. 소나무 가지가 땅에 떨어지는 바람에 쪼개진 나무가 추락하지 않은 것이었다. 만일 그렇지 않았다면 쪼개진 가지는 우리가 자는 침대 바로 위에 있는 캠핑카 지붕으로 추락했을 터였다. 그리고 가지가 지붕을 뚫고 들어왔다면 우리는 압사하거나 적어도 심각하게 다쳤을 게 빤했다.

"이제 다른 곳에서 살 때가 되었어. 오늘 밤은 호텔에서 보내자."

나는 라일리에게 말하고 필요한 물건을 몇 개 챙겼다. 그런 다음 녀석을 승용차에 태우고 가까운 호텔에 투숙했다. 다음 날 아침에 캠핑카로 돌아와 보니 근처에 관리인이 서 있었다.

"저 나뭇가지를 자를 일꾼들이 오고 있어요. 무슨 일이 있었던 거예요?"

관리인이 말했다. 나는 그녀에게 간밤에 들은 소리, 캠핑카 위에 나뭇가지가 매달려 있어서 불안감에 호텔에 간 얘기를 해 주었다.

나뭇가지와 나무를 치우자 그 크기에 비해 캠핑카가 입은 손상은 놀라울 정도로 아주 작았다. 흠집, 몇 군데 움푹 들어간 자국, 냉장고 통풍구에 난 구멍이 전부였다. 나는 정말 운이 좋아. 차는 경미한 상처를 입고 우리는 무사했다. 하지만 이 일을 겪고 나자 더 튼튼한 집에서 살고 싶은 욕구는 더욱 커졌다.

두 달 후에 우리는 타운하우스(단독주택을 두 채 이상 연속으로 붙여 지은 집_옮긴이)로 이사했다. 울타리를 두른 작은 마당이 있고 침실 두 개가 딸린 집이었다. 타운하우스가 있는 지역은 경치가 좋았다. 다 자란 나무와 풀, 근처에 오리와 거북이가 헤엄을 치는 연못까지 있었다. 라일리와 나는 매일 그곳을 산책했다.

새 집에는 딱 한 가지 애로점이 있었는데 RV 주차가 허용되지 않았다. 나는 가까운 곳에서 RV를 주차할 수 있는 차고지를 발견하고 그린 몬스터를 주차했다. 그런 다음 캠핑카에서 나머지 필요한 물건들을 꺼내 승용차에 싣고 시동을 걸었다. 나는 차를 몰고 가다가 백미러를 힐끗 보았다. 눈에 익은 초록색 줄무늬가 시야에서 점점 멀어졌다. 온갖 부품 문제와 값비싼 수리비 때문에 속을 썩이기는 했지만, 5년간 여행을 하면서 그린 몬스터에 애착이 많이 생겼다. 내게 그린 몬스터는 마법의 양탄자였다. 차를 몰고 가는데 목이 메어왔다.

나는 새 집 차고에 승용차를 세우고 트렁크를 열었다. 몇 달 동안 트렁크에 싣고 다녔던 상자들을 몇 차례 왔다 갔다 하며 타운하우스 안으로 옮겼다. 나는 상자를 부엌 카운터에 놓고 비세일리아에서 산 접시를 조심스럽게 꺼냈다. 접시가 내게 무엇을 의미하는지 정확히 알 수는 없었지만 접시를 보는 것만으로도 행복했다. 나는 접시를 씻고 마른 행주로 닦았다. 접시를 승용차에 싣고 몇 달 동안 돌아다녔는데 파손되지 않은 걸 보니 안심이 되었다. 그런 다음 접시를 찬장 선반 위에 가지런히 쌓아 놓고 문을 닫으며 미소를 지었다.

생일 선물

2013년 1월

삶은 끊임없이 우리를 지지하고 선물을 준다.
문제는 우리가 그런 삶에 마음을 여는가의 여부이다.
—댄 밀먼*

    내 생일인 1월 10일이었다. 교육 설계 계약직이 연장되었다.
내가 계약직으로 1년 반 동안 일하고 나자 컨설팅 회사는 나
를 정규직으로 채용했다. 그 일은 흥미롭고 도전적인 데다 월

---

* 미국의 자기 계발 분야 작가이자 강연자_옮긴이

급이 두둑했다. 나는 멋진 친구들과 즐겁게 사회생활을 했다. 그들 가운데 몇 사람은 등산 동호회를 통해 만났다. 우리는 정기적으로 등산, 파티, 게임을 하고, 춤을 추러 갔다. 나는 캠핑카 여행은 거의 다니지 않았다. 하지만 해외여행을 더 많이 하기 시작했고, 그것으로 방랑벽은 충족되었다.

4개월 전에 나는 등산 동호회에서 알게 된 새 친구와 함께 페루에 갔다. 안데스 산맥의 고지인 마추픽추를 오르기로 했다. 우리는 매일 등산을 하고, 밤에는 고풍스런 오두막에 머물렀다. 심지어 5킬로미터의 산길도 건넜다. 고지대 등산은 힘들었지만 그만큼 보람도 아주 컸다. 마추픽추는 오랫동안 버킷리스트에서 1위를 차지했다. 마치 마추픽추가 에베레스트 산이라도 되는 것처럼 나는 버킷리스트에 체크 표시를 했다. 만족스러운 삶이었다. 딱 한 가지 아쉬운 점은 경험을 공유할 수 있는 동반자, 즉 오랫동안 갈망해 온 대상이 없다는 사실이었다. 하지만 나는 외롭지 않았다. 함께 어울리는 재미있는 친구들이 많았다. 게다가 다시 정기적으로 캐미를 볼 수 있었다. 나는 행복했다. 노숙자들을 부러워하던 8년 전의 여자는 온데간데없었다.

생일날 아침에 이메일을 열어 보았다. 캐나다인의 이름이 보였다. 그러자 여전히 심장박동이 빨라졌다. 어쩌면 내 마음속

어딘가에서 이 남자가 위험하다는 것을 인식하는지도 몰랐다. 캐나다인은 내 생일을 축하해 주었지만, 그건 사과 편지이기도 했다. 그는 자신이 한 행동을 얼마나 후회하는지 적었다. 오랫동안 결혼생활을 하다가 마침내 이혼을 하자 너무 들떠서 실수를 했다는 것이었다. 그런 심리를 이해 못 하는 건 아니지만 그렇다고 달라질 건 아무것도 없었다. 거짓말을 하는 남자와 함께 하고 싶지는 않았다. 믿을 수 있는 남자를 원했다. 나는 캐나다인에게 생일을 축하해 줘서 고맙지만 이제 우리 둘다 더 잘 살고 있으니 그걸로 만족한다고 말했다. 캐나다인에게 행복하게 살기를 바란다고 적었다. 나는 이메일을 보내면서 그것이 사실이라는 것을 알고 미소를 지었다. 지금이 더 행복했다.

몇 주 전에 가장 친한 친구가 생일날에 무엇을 하고 싶은지 물었다.

"친구 몇 명과 모여 저녁 식사를 하고 춤을 추고 싶어."

나는 대답했다. 예전에 친구와 이웃해 살던 남자가 밴드의 리드 싱어였다. 그는 30분 거리에 있는 식당 겸 술집에서 연주를 했다. 나는 그 밴드의 연주를 몇 번 들었는데 실력이 훌륭했다. 저녁 식사 후 우리는 모두 무도장을 가득 메우고 밴드가 연주를 마칠 때까지 춤을 추었다. 친구가 큰 생일 케이크를 가져왔다. 우리는 밴드 멤버들을 초대해서 함께 케이크를 먹었다. 나는 리드 싱어는 많이 만났지만 밴드의 나머지 멤버들은 만난 적이 없었다. 우리는 가기 전에 이야기를 나누고 케이크를 먹었다. 그때 나는 옆에 서 있는 키 큰 남자에게 내 소개를 했다. 밴드의 베이스 연주자였다.

"안녕하세요. 저는 댄이에요. 생일 축하해요."

댄이 나와 악수를 하며 말했다.

"고마워요. 당신 밴드는 실력이 좋던데요."

우리는 몇 분 동안 수다를 떨었다.

"언제 또 연주하세요?"

내가 물었다.

"우리는 2주 후에 플레전트 힐에 있는 댈리먼티즈에서 연주를 할 거예요. 오세요."

"저는 플레전트 힐에 살고 있으니까 아마 갈 거예요."

"잘 됐어요. 그럼 2주 뒤에 봐요."

댄은 미소를 지으며 내 손을 꽉 쥐었다.

그는 믿음직스럽고 진실해 보였다. 내가 기댈 수 있는 남자 같았다. 식당을 나서는 내 발걸음이 경쾌했다.

어느 중년의 일상 탈출 고백서

초판 1쇄 인쇄 2020년 8월 24일
초판 1쇄 발행 2020년 8월 31일

지은이 하이디 엘리어슨
옮긴이 이길태

펴낸이 이효원
편집인 음정미
표지디자인 박대성
본문디자인 이수정
펴낸곳 탐나는책
출판등록 2015년 10월 12일 제 2020-000019호
주소 서울특별시 금천구 디지털로9길 68 대륭포스트타워 5차 1606호
전화 070-8279-7311 **팩스** 02-6008-0834
전자우편 tcbook@naver.com

ISBN 979-11-89550-24-0 03840

이 도서의 국립중앙도서관 출판예정도서목록(CIP)은 서지정보유통지원시스템
홈페이지(http://seoji.nl.go.kr)와 국가자료종합목록 구축시스템(http://kolis-net.nl.go.kr)에서
이용하실 수 있습니다. (CIP제어번호 : CIP2020032494)

이 책은 저작권법에 따라 보호받는 저작물이므로 무단전재와 무단 복제를 금지하며,
이 책의 전부 또는 일부를 이용하려면
반드시 저작권자와 도서출판 탐나는책의 동의를 받아야 합니다.

* 값은 뒤표지에 있습니다.
* 잘못된 책은 구입하신 서점에서 바꾸어 드립니다.